Luz Peña Tovar

FRECUENTAR
EL FUEGO

Villegas
editores

Libro diseñado y editado
en Colombia por
VILLEGAS EDITORES S. A.
Avenida 82 No. 11-50, Interior 3
Bogotá, D. C., Colombia
Conmutador (57-1) 616 1788
Fax (57-1) 616 0020
e-mail: informacion@VillegasEditores.com
e-mail del autor: frecuentarfuego@wanadoo.es

© LUZ PEÑA TOVAR
© VILLEGAS EDITORES, 2004

Editor
BENJAMÍN VILLEGAS

Departamento de Arte
PAOLA BERNAL

Primera edición, marzo 2004
ISBN 958-8160-65-0

Preprensa, ZETTA COMUNICADORES

Impreso en Colombia por PANAMERICANA FORMAS E IMPRESOS

Carátula: Cristina Llano,
He tropezado sobre tu ausencia, 2003
Óleo pastel sobre papel acuarela, 70 x 50 cm.

VillegasEditores.com

Para Gloria Navarro Amador.
Su infinita comprensión hizo posible
sostener el mundo de Caledonia.

Quien buscare otras causas a tu muerte,
fuera del mucho amar tu compañía,
mucho te agravia, y poco también sabe
de lo que con tus alas voló el ciego
y de su tiranía,
pues que, siendo tú ave,
bien más que el aire frecuentaste el fuego.

FRANCISCO DE QUEVEDO Y VILLEGAS

Pero yo que he sentido una vez en mis manos
                          [temblar la alegría
no podré morir nunca.
Pero yo que he tocado alguna vez las agudas
                          [agujas del pino
no podré morir nunca.
Morirán los que nunca jamás sorprendieron
aquel vago pasar de la loca alegría.
Pero yo que he tenido su tibia hermosura
no podré morir nunca.
Aunque muera mi cuerpo, y no quede
                          [memoria de mí.

JOSÉ HIERRO

UNA NOTICIA

Fue entonces cuando Laura gritó. Unas cejas indudables, una mirada, un cuerpo mil veces conocido, cayéndose; en su propio salón, Julián Aldana moría en diferido. Un sol de antiguo mediodía se oscureció bajo sus párpados. Tomás oyó el grito como si viniera de algún sitio lejano, no podía ser de ella. Durante unos segundos continuó leyendo el folio emborronado por un alumno descomedido, hasta detener su bolígrafo en el aire; la silla cayó con el golpe de sus piernas al correr hacia el salón. La encontró encogida en el suelo, gimiendo bajo la luz temblequeante del televisor; un impulso instintivo lo llevó a abrazarla y ella se ató a su cuerpo con brazos de hierro. Después de varios minutos que Tomás vio descontar en un lentísimo reloj de arena, descifró dos palabras roncas:

—Lo mataron.

De inmediato pensó en el telediario, sospechando la muerte de alguien en Colombia, y acertó. Conociéndola tan bien, no en balde se viven nueve años junto a alguien, Tomás la acarició, aguardando hasta el ceder de sus brazos. Como pudo, la acostó en el sofá y fue a prepararle un baño caliente. Regresó al salón para encontrarla otra vez en el suelo, hecha un manojo de temblores y gemidos. Dominó el pánico y, casi a rastras, la llevó hasta el baño. Logró sumergirla en el agua, sin tiempo para desnudarla; le frotaba la cara y el cuerpo, con el miedo concentrado en sus manos. Consiguió sacarla de la bañera cuando dejó de gemir y sus músculos se iban aflojando. Esa noche fue un vacío para Laura, no recuperó la conciencia hasta la mañana siguiente. Desconcertada, reconoció su habitación y la voz de Tomás susurrándole, una y otra vez, *para de llorar*. Se pasó los dedos por la mejilla y constató un desgranar silencioso e imparable de llanto, del que tampoco era consciente. Como un vómito, le regresó la imagen de Julián, muriéndose en el Puente Mayor; en medio de las arcadas, suplicó a Tomás un café.

Laura se mordía los labios, soportando el embate de sonidos antiguos y figuras inusualmente brillantes: una voz diciendo su nombre; pedazos rotos de paisaje; troncos de guaduales, azotados por el viento; sus caderas, empujadas por unas manos que después se agarrotaban a una piedra y golpeaban el aire, mientras los ojos iban apagándose. Los ojos de Julián, el inicio de todo.

A Laura le faltaba una semana para cumplir los doce años y pasaba las vacaciones en La Magdalena, la bella finca de sus abuelos, gigantesca, con potreros kilométricos de pastos para la ganadería floreciente, vastísimo corral para la recolección lechera y con una gran casa de tres pisos, las paredes blancas contrastando con el rojo de las puertas, los barandales y el tejado a cuatro aguas, muy de la arquitectura local de Caledonia. Laura no disfrutaba de la casa; a sus años, lo mejor era Canelo, su caballo. En las tardes de estudiar en el frío de Bogotá soñaba con montarlo y galopar en los pastales, acariciada por el viento. Sus deseos se fueron torciendo por la insistencia del abuelo Octavio en asignarle como custodio al segundo hijo de los mayordomos, a Julián, que la ayudaba a montar y la seguía, sin recibir ni una mirada de la enfurruñada peladita.

Como se sabía buena amazona, Laura se lanzó a correr en cuanto perdió de vista la casa, saltó los bretes y esquivó los caminos para esconderse por rutas escarpadas. Esfuerzo inútil, terminó siendo descubierta por Julián, experto en cabalgatas y conocedor de cada recoveco de la finca. Aceptando la derrota, le dirigió la palabra por primera vez y, para su sorpresa, él no le respondió, lo de encargarse de cuidar a la nieta del patrón no le hacía la más mínima gracia. Laura sufrió un atacón de rabia ante el atrevido silencio del peón; apretó los estribos en las ancas de Canelo y le soltó la rienda, echándose a correr. Con tranquilidad, Julián la vio perderse en los pastales y prefirió dedicarse a otear el paisaje y los sementales, la vaquería de don Octavio era una de las más célebres de la región; ya se encargaría de encontrarla cuando llegara el momento de regresar a la casa.

Laura tomó la ribera del río, en diciembre había encontrado un remanso escondido y anhelaba regresar a la playa rojiza erizada de piedras, al bullir delicioso de sus aguas oscuras. Nada más llegar desmontó a Canelo, lo despojó de la silla y lo vio entrar al río, patalear a gusto y salir, sacudiendo gotas. Ella se estaría desnudando, si no fuera por la amenaza del que la seguía. Acalorada, se quitó el sombrero, lo convirtió en cuenco para echarse agua en la cabeza y encontró una solución: decidida a no quedarse sin el baño, se zambulló vestida en el remanso.

El helaje del agua la sacó del río con las yemas de los dedos tan arrugadas como las uvas pasas. Se sacudió, imitando a Canelo, y sintió algo raro. Buscó entre los árboles y se encontró con Julián, mirándola; los ojos, pequeños y muy negros, tocaban sus senos, marcados en la blusa mojada; unos senos que hasta ese momento habían sido presencia nueva en su cuerpo de niña y que con la mirada se le fueron abriendo. El amor le entró a Laura por los pezones y a Julián por los ojos, o por el sexo, si se ha de precisar.

—Qué tetas más ricas tiene esta peladita —pensó Julián, sintiendo una erección tan fuerte que le estuvo doliendo hasta bien entrada la noche, cuando pudo desahogarse en la soledad de los guayabales.

Esa mirada definitiva apresaba a Laura en la cama, entre espasmos de llanto, veintitrés años después. Tomás le trajo el café y la ayudó a incorporarse y beberlo; estaba preocupado y esperaba el mejor momento para preguntarle quién había muerto. Laura se concentraba en cómo contarle, si no le venían las palabras y además, recordó con algo de temor, nunca fue capaz de nombrar a Julián. Sin encontrar la manera, se decidió por la diligencia más urgente, hablar con su hermano para confirmar las imágenes del telediario.

—El teléfono. Necesito llamar a Ernesto —Laura trataba de salir de la cama, entre temblores.

Tomás la ayudó a ir hasta el salón y al fin se decidió a preguntar por la identidad del muerto, la ignorancia lo estaba llevando a pensar en decenas de posibilidades.

—Julián con la bandera enrollada en la cabeza. Golpea el aire con las manos abiertas. Se cae.

Sólo existe una razón para haber ocultado ese nombre, pensó Tomás, aturdido al saber que había un pozo negro en la vida de Laura y que ese pozo también lo alcanzaba a él; marcó el número y Laura no tuvo mucho tiempo para pensar, respondieron antes del segundo timbrazo.

—Hola, hermanito. Perdona por llamarte a estas horas —en Guaduales daban las dos menos cuarto de la madrugada pero Ernesto estaba despiertísimo, el caos general de la ciudad había golpeado su mente y le ahuyentaba el sueño—. Quería saber —Laura no necesitó explicar más, Ernesto conocía de sobra la razón de la llamada. El teléfono cayó al suelo, arrastrado por el golpe del auricular.

Tomás consiguió recuperarla del desmayo dándole a oler un pañuelo impregnado de agua de colonia, lo único que se le ocurrió mientras revolcaba entre maldiciones los cajones del armario del baño, buscando alcohol o algo similar, y al fin consiguió que se durmiera. Enseguida llamó al instituto para que alguien lo reemplazara y después habló con Guaduales; Ernesto le contó de los disturbios y los muertos, evitando nombrar a Julián; se alertó aún más. Buscó en la radio, estaban con las noticias de esa misma mañana; le quedaba el periódico.

Como la respiración de Laura era pausada y regular, Tomás salió al quiosco más cercano. El frío de la calle le sentó bien, eran los vientos del otoño, estupendos para despejar la cabeza. Recién comenzaba la oleada de violencia y unas cuantas muertes aún eran reseña de importancia en la prensa española; ocupaba una esquina de la primera página:

Censura en Colombia, se titulaba a una fotografía en blanco y negro, mostrando a un hombre embozado; una de sus manos se apretaba a una piedra, la otra se sujetaba en el aire; las piernas se iban tras el torso, doblándose ante la cámara. Detrás, una columna de fuego enraizada en un neumático y un fondo de gentes, arcos metálicos y agua, en medio de la bruma. *Emitida en la televisión colombiana la muerte de Julián Aldana, dirigente campesino de Caledonia,* decía al pie de la foto. Un tropel de porqués recorrió la cabeza de Tomás, necesitaba sentarse en algún lugar; algo desorientado, como si la brújula interna le estuviera fallando, fue hasta el bar más cercano y abrió el periódico.

Pablo Martín, Ícarus, Bogotá.

Los fuertes disturbios ocasionados a raíz de las imágenes de las muertes ocurridas en el Puente Mayor de la ciudad de Guaduales, al sur del país, emitidas por la televisión nacional de Colombia en el Noticiero del Mediodía, dieron origen a un decreto de emergencia del Gobierno, ordenando a los informativos de televisión abstenerse de transmitir reportajes no oficiales.

En cualquier otro momento, los vientos de censura habrían hecho reflexionar a Tomás; en ese instante no, tenía en su cuerpo una sensación de hueco, de pérdida definitiva, y realmente así era, porque a esa pérdida, venida del pasado de Laura, pronto se uniría otra aún más definitiva, urdida en su propia casa, en la decisión de Laura de regresar a Guaduales.

Laura no dormía cuando Tomás salió por el periódico. Escuchó el cerrar de la puerta, se levantó y fue al salón, quería escuchar *Libertango*; la decisión brotó como una fuente después de las primeras notas del bandoneón. La pieza sonaba en repetición sin fin y Tomás la escuchó desde el pasillo; supo que algo le esperaba, intentó recoger un poco de calma en algún lugar de su cerebro y prepararse, sin conseguirlo. Con mudez absoluta, desplegó el periódico sobre la mesa. Laura miró la fotografía con los ojos muy abiertos y sus dedos acariciaron las rutas de sangre marcadas en la camiseta de la figura que empezaba a sufrir la muerte de plomo.

—Un viejo amigo —Laura no hallaba la forma de explicar.

El silencio de Tomás era obstinado y había preguntas en sus ojos. Laura trató de contar algo, pero se atascaba. Habló de La Magdalena, de las vacaciones; frases sueltas, hasta llegar a lo más difícil de decir, su partida inmediata. Lo único que se le ocurrió a Tomás fue pedirle un par de días, para ir juntos. Laura se negó, con los ojos fijos en el suelo. En este instante, al estar seguro de la importancia del hombre muerto, Tomás dijo las seis palabras de las que se arrepentiría una vez dichas:

—Si te tienes que ir, vete —y la dejó sola. Vagó como enajenado por las calles durante horas, sintiéndose egoísta y poca cosa. Cuando regresó al piso, se encontró con el vacío.

Laura también se sintió mal por ocasionarle dolor a Tomás, pero era tanta su angustia, su necesidad de ir a Guaduales, que empezó sin dilación a preparar el viaje. Salió de Madrid ese mismo martes, en un vuelo saltarín de una ciudad a otra, conexiones y maromas para estar sobrevolando Bogotá a la mañana siguiente, favorecida por la diferencia horaria. Se notaba anestesiada al no encontrar ni la más mínima emoción en el regreso, viendo pasar con indiferencia el paisaje urbano explayado bajo su ventanilla. Saltó del asiento al oír su nombre, la azafata la invitaba a salir antes que los demás. Lo que tenía era miedo.

Su miedo creció hasta convertirse en pánico al ver un jeep militar esperándola a los pies de la escalerilla. El carro partió a toda velocidad y tocando sirenas hasta llegar ante un avión de movilización de tropas. El teniente Quintana la recibió, muy sonriente, y se presentó: era el adjunto del hermano mayor de Laura, *mi general le envía sus saludos, señora*. Laura había vuelto al mundo familiar y social abandonado durante años y entraba a formar parte de la cadena de circunstancias que se eslabonaba a toda velocidad en Caledonia.

El temblor de Laura era perceptible al ver las cuatro filas de soldados que ocupaban todo el largo del avión; la miraba en silencio la tropa de refuerzo que el Batallón Cundinamarca enviaba a Guaduales para reforzar el control al orden público, tan desordenado por momentos, que se hablaría de control al público, olvidándose del orden. Quintana la tomó del brazo y la llevó a sus asientos, junto a la cabina. Incluso dentro de su amabilidad, el teniente no soltó prenda sobre cosa distinta al buen estado de salud de su general y de la familia, y Laura tampoco se encontraba en estado de preguntar. Fuera lo que fuera, lo sabría dentro de poco y el conocimiento no cambiaría su determinación de encontrarse con la vida de Julián; porque además de ir a un entierro, Laura quería escudriñar en los años durante los cuales no supo nada de él.

—Me he pasado la vida buscándolo —pensó, sin enfadarse consigo misma, constatando algo indudable.

Aunque Julián aseguraría otra cosa, Laura creyó que el hijo de los mayordomos no le lanzaba ni una mirada de caridad en esas vacaciones de custodia obligatoria. Julián diría que ella no paró de provocarlo y casi lo vuelve loco, haciéndolo visitar todas las noches los guayabales. Pensaba que la niñita era peligrosa: demasiado joven, demasiado rica, demasiado buena. En cuanto se terminó el vía crucis de custodia, arregló con don Octavio, el abuelo inocente de la turbamulta que había causado su decisión de cuidar a la nieta, otra compañía para las siguientes vacaciones.

Laura se pasó el semestre de estudios bogotanos suspirando su traga adolescente, y en las vacaciones de diciembre se sorprendió a sí misma con el aburrimiento repentino al montar a su Canelo y el constante mirar hacia atrás, buscando un rostro distinto en el custodio. A las horas de las comidas revoloteaba por la cocina, hablando a todo timbal para llamar la atención de los peones que cuchareaban a gusto en la gran mesa donde se les servía. Todos le hacían miradas de reojo, menos Julián; resistía, aferrado a la cuchara y visitando los guayabales. Consiguió dar con él en la fiesta de año nuevo. Se escurrió con disimulo de las luces del patio, escabullendo pretendientes; recorrió el primer piso de la casa sin atreverse a entrar en los cuartos de los peones, paseó el establo y al fin se animó a ir hasta el corral, aunque debiera cruzar a oscuras el potrero. Se descalzó, llevando como cartera los zapatos de tacón y adivinó el camino, guiándose por el recuerdo diurno. La música de la orquesta se escuchaba, traída por los vientos. Se dio de bruces con el cercado y gritó un *¡ay!*, adivinando la rotura de sus medias. Tanteaba en la puerta, buscando el batiente, y sintió que alguien la tomaba del brazo; soltó los zapatos por el susto.

—Tenga cuidado con el quiebrapatas —Julián estaba divertido y bastante nervioso, había adivinado la razón de la escapada de la fiesta.

De acuerdo con el comportamiento usual en ella, provocador pero de lejos, creyó que iba a disimular y él podría seguir haciéndose el desentendido. Le preguntó en qué podía ayudarla y Laura le respondió que estaba buscándolo; eso no le gustó, si ella rompía el dique, no podría resistir y se la bebería como agua represada. Le soltó el brazo que habría estado sosteniendo toda la noche con el mayor gusto. Laura, intuyendo una derrota, lanzó una pregunta apresurada, sus razones para estar solo en el corral.

—No soy fiestero, eso es todo —Julián soltó una mentira del tamaño de la finca. Llevaba cerca de una hora rabiando por ser un maldito peón que no se podía dar el lujo de sacar a bailar a la nieta de don Octavio, a la muchachita que bailaba con otros, invitándolo con la mirada.

Dicha esa somera frase, Julián no soltó prenda y Laura, enfrentándose por primera vez a la parquedad de palabras de su escurridiza traga y presionada por la dificultad de encontrar otra oportunidad, apretó los puños, inspiró con fuerza y se lanzó al vacío:

—A mí me gusta usted.

El instinto de Julián, el mismo que lo había sacado otras veces de los peligros, haciéndolo reaccionar con rapidez, le aligeró los pies. Laura lo oyó correr. Al igual que en esa antigua madrugada de año nuevo, una lágrima despistada bajaba por su mejilla. El teniente Quintana la había visto perderse en la tierra rodante bajo la ventanilla y la miraba llorar.

—¿Llevaba mucho tiempo sin venir? —Quintana sonreía, adjudicando su llanto a la visión del paisaje.

Ella desempañó la mirada del pasado y enfocó el verde furioso de la cordillera. Un ramaje apretado de árboles cubría las montañas; de vez en cuando, un pequeño claro de pastos, coronado por una casita; la línea retorcida de las montañas era remontada por la precaria carretera, construida con la elemental técnica de ampliar un poco el trazado instintivo de las mulas, vehículos ancestrales para cruzar los montes; abajo, muy abajo, la cinta marrón del río Catarán. Laura lloraba sin tapujos, esta vez por la vista, y le respondió:

Así, intrépida, independiente, inconquistable y libre,
ella seguirá su brillante rumbo de gloria,
pues la valerosa Caledonia debe ser siempre inmortal.
Quintana pasaba revista a las letras de los him-
nos, en un radar mental que Laura captó enseguida
y se apresuró a aclararle que formaban parte de un
poema de Robert Burns. Él se disculpó, su fuerte no
era la poesía.

—A un cura italiano le gustaba mucho y consiguió bautizar a mi tierra con título de poema —Laura
reía entre las lágrimas, recordando el contrasentido
del nombre de la región. Para no ahondar en el tema,
se pegó a la ventanilla, callando por mera vanidad
que su fuerte tampoco era la poesía.

La llanura había sustituido a la cordillera. La vista
era de potreros cercados y rebaños de ganado pas-
tando en calma; el Catarán trazaba curvas veleidosas
con su fluir oscuro; algunas casas de zaguanes y rojos
tejados le recordaron, con emoción punzante, a La
Magdalena; un grupo de vaqueros arreaba unos po-
tros que de lejos se podían adivinar aún monteros y
bien bravos. Guaduales asomaba, cada vez más cercano, se distinguía el campanario de la catedral y los
siete pisos del Palacio de Justicia; había tanques recorriendo la Circunvalar, *muy raro*, pensó Laura, y la
visión del cuadrado negro de tizones donde deberían
estar las dos manzanas de la plaza de mercado, le
hizo taparse la boca con las manos, aterrada. Inmersa
en su dolor y rodando de un avión a otro, no había
tenido ocasión de enterarse del caos que paseó por
Guaduales desde las muertes del Puente Mayor.

Varias organizaciones habían citado a una manifestación de protesta en la plaza de mercado. Al principio, parecía una feria; cientos de personas acudían desde los cuatro puntos de Guaduales con pancartas de paz y al llegar, asados del calor, compraban tajadas de fruta, o jugos de guayaba o de piña, o el éxito de ventas, helados hechos con raspar metálico y prensar de hielo, inmersos en anilina roja y adornados con leche condensada, con el exacto nombre de *raspados*. La concentración, despaciosa, escuchaba a la banda de vientos de la universidad, en soplo al himno de Caledonia y a todo el repertorio de aires locales, mientras se daba inicio a la manifestación que recorrería media ciudad. También muy lentamente, la policía fue acordonando las calles de los alrededores y formando barricadas. La manifestación intentó salir de la plaza, pujó por romper el cerco y se inició una tormenta de piedras sobre los policías, que respondían con porrazos y gases lacrimógenos. El techo de la plaza de mercado recibió granadas, provenientes de manos expertas en algo más que en manifestaciones, y estalló, llevándose en el incendio varias vidas humanas y la edificación completa, tan antigua como la ciudad en sus primeros tiempos de puerto fluvial, con paredes de bahareque y puestos de venta en madera, el más dulce alimento del fuego. La estampida que originó el incendio rompió las barricadas militares; cubrió las calles con restos de sangre, ladrillos rotos y vidrios destrozados; aprovechando el desorden, los saqueos barrieron con cuanto comercio se les atravesó en el camino; hubo muertos, decenas de personas heridas y cientos de detenidos; se oyó tañer de campanas, sirenas de alarma, carreras militares y aullidos de ambulancias y carros de bomberos.

—Teniente, ¿quién hizo eso? —Laura señalaba bajo la ventanilla.

Quintana miró los restos tiznados y se demoró en responder, pensando en la manera de contestar y, a la vez, retener la mayor cantidad posible de informaciones.

—Se está investigando la autoría. Hubo continuos brotes de violencia, pero la situación empieza a volver a la normalidad.

—¿Muertos?

—Pocos. Nadie conocido, así me lo hizo saber el doctor Ernesto. Nosotros pasamos sin bajas. Algunos heridos.

El avión giró para perder altura, ocultando la ciudad y regresando la atención de Laura a la ventanilla. Quintana se salvó de la preguntadera que aguantaba mal, sin saber cómo moverse entre su obligación de serle grato y su también obligatoria discreción. Laura se concentró en la vista, dentro de algunos segundos vería La Magdalena y quería disfrutarla, tras los años de ausencia. Y la vio, desmoronada. El techo rojizo se parcheaba con oxidados brillos de cinc, las paredes de blanco amarilloso se abrían en boquetes oscuros, a los barandales no les quedaba nada de rojo. Laura sintió que la muerte, aposentada en Guaduales, había extendido su manto hasta La Magdalena y estaba junto a ella, en el avión.

LA MARCHA

Ninguna premonición asediaba a Julián Aldana el día antes de morir; al contrario, le era imposible sentir algo distinto de euforia, solamente ellos habían conseguido llegar a las puertas de la capital de Caledonia. Fueron tres las marchas campesinas de protesta que se dirigieron a Guaduales y, para diferenciarlas, se les dio el nombre del pueblo desde donde partieron. La que él dirigía se llamó marcha de Palmeras en razón de la pequeña ciudad que se asienta al lado del río Caledonia y se distingue por el capricho de sus fundadores al diseñar amplias calles centradas por líneas de palmeras, haciendo las delicias de quien pasea sus calles techadas de hojas, calles de sombra vegetal con rayas de sol, como las de una persiana diseñada al azar.

En el campamento que aguardaba junto a Guaduales habría más de tres mil personas, según los cálculos de Oriol, que remontaba el río Catarán esa tarde de domingo, paseando los ojos por la ribera y la colina donde no se distinguía a Julián, escondido en la cima para comentar en voz baja con Wilson los desplazamientos y las posiciones del ejército y la policía en la ciudad desplegada a sus pies, al otro lado del Catarán. También Guaduales se erigía al borde de un río, por la sencilla razón de que las primigenias comunicaciones se realizaron mediante canoas y lanchones; las carreteras llegaron después y de cualquier manera, los ingenieros arribaron a Caledonia con mayor retraso que los automóviles.

La ciudad iba a todo galope hacia el millón de habitantes; una veloz inmigración atraía a los huidos de pobrezas o violencias del resto del país, hinchándola y sobrepasando la Circunvalar, lo cual hacía que existieran dos ciudades con frontera en esa calle, antiguamente rodeándola, como el foso de un castillo. Dentro de la Circunvalar estaba la Guaduales anterior a los años ochenta, con edificios de escasos pisos por la movilidad casi de barro de la tierra; fuera de la Circunvalar se exhibía la Guaduales del ostentoso desplegar del dinero de los ricos recientes y las calles trazadas al arbitrio de la ocupación de los nuevos pobres. La visión era casi total desde el mirador de la cima donde se acuclillaban Julián y Wilson para evitar ser vistos; estaban de acuerdo en observar una militarización absoluta cuando descubrieron a Camilo. El niño los había seguido colina arriba y, al saberse pillado, salió de entre los matorrales como si viniera de paseo, preguntándoles si sería chévere vivir en Guaduales. El truco le funcionó. Julián pidió a Wilson que se olvidara de la indisciplina del niño y volviera al campamento para organizar las entrevistas, calculó que había tiempo de sobra para hacer de guía turístico con Camilo.

—A mí me parece una ciudad muy bonita —Julián puso la mano en el hombro del niño—. Ése es el Puente Mayor. Del otro lado, el edificio grandote es el Hotel Imperial.

Pese a la belleza de la construcción y a que Camilo sólo había visto edificios altos en el televisor, el niño miraba el verde móvil de las calles:

—Está todo lleno de tombos y milicos. ¿Va a pasar lo de Manguaré?

Manguaré, el pueblo donde casi termina la marcha de Palmeras. De acuerdo con un plan general que había conseguido detener las otras marchas, el ejército los emboscó. La carretera fue bloqueada por dos tractomulas y flanqueada por líneas de soldados. El comandante exigió la detención de la marcha y, en menos de lo que canta un gallo, de entre los campesinos brotaron llantas que empezaron a arder en el pavimento; volaron piedras y gases lacrimógenos. Alguien lanzó una llanta ardiente sobre el capó de una tractomula, no se sabe con qué intención, pero si la que tenía era la de abrir un boquete de sangre, lo consiguió. La explosión de las tractomulas, afortunadamente vacías, fue seguida por ráfagas a granel.

Los campesinos iniciaron una estampida de urgencia, refrenada por las filas de soldados, y cayeron al suelo, en medio de detonaciones de armas, maldiciones y gritos, formando una masa confusa de cuerpos regados por la carretera. Julián se salvó por un pelo; murieron cuatro hombres, entre ellos, uno de los miembros más activos de la marcha,

Justino Costa, mirándolo asustado, ahogándose. Y
después, el silencio; todo el mundo en el suelo, esperando el final.

Comenzaron a escucharse cantos de iglesia y llegaban oleadas de incienso y quema de velas. Una
enorme procesión venía, arengada por el padre
Casariego con oraciones a pleno pulmón, en chilli-
dos de altavoz. El Comandante suspendió el operativo y enfrentó a los orantes, pero Raúl Casariego,
asturiano de origen, jesuita, partidario de la teología
de la liberación y, por encima de todo, de la vida
humana, continuó predicando a Manguaré al completo, en rescate de la marcha. A canto de letanía, la
procesión rompió la barricada de soldados y fue levantando a los campesinos hasta tenerlos en pie;
giró en redondo y los regresó, sanos y salvos, a la
iglesia de Manguaré, a ritmo de rosario y llevando
en hombros a sus muertos.

La risa de Julián por el recuerdo de la cara fulgu-
rante de Raúl Casariego se cortó con la preocupación de Camilo, que pensaba en el ataque y los
muertos, no en la milagrosa salida del sacerdote, en
una acción que atrajo a Manguaré al periodismo
nacional y terminó permitiendo la continuación de
la marcha hasta las puertas de Guaduales. Julián inventó en su voz una seguridad absoluta:

—Aquí no va a pasar lo de Manguaré —ahuyentó
las dudas como si fueran moscas zumbantes en los
oídos y buscó algo para distraer a Camilo—. Entre
toda esa tejamenta roja se ve una especie de cubierta
blanca con un hueco en la mitad, ¿pilla? Es el estadio.

—¿Allá es donde juega el Deportivo Guaduales?
Julián asintió, contento al desmigajar la preocupación del niño. Mientras Camilo goleaba la invisible portería del óvalo blanco, Julián encontró de memoria, un poco más lejos y a la derecha, la Universidad del Sur, ocho bloques de cemento enlazados por césped, donde había pasado años cruciales de su vida.

—Me gustaría jugar en ese estadio —la vocecita anhelosa de Camilo no sabía cuán cerca estaba de cumplir sus deseos.

—Podrá jugar en Miramar —Julián aventuró una posibilidad más cercana, creía él, a las posibilidades del niño—. Hay un campo de fútbol, no será tan bonito, pero hay. Mire: esos techos sin pintar, de puro cinc, que arrancan de la Circunvalar y van subiendo la loma, pequeñitos y apretados, para después bajar hasta el Catarán, este mismo río de acá, son los techos de Miramar, donde viven Silverio y nuestros amigos.

Julián miró al río y se botó al suelo, llevándose al niño con él. Había visto la canoa donde venía Oriol, muy atento a que el agua no tocara su cámara. La precaria embarcación se acercaba a los pies de la colina, cabeceando al empuje de la pértiga conducida por Silverio, haciéndola atracar en el playón rojizo y amarrándola en las ramas de un árbol que se agachaba sobre la corriente; Oriol saltó a tierra, abrazado a la cámara. Se internaron en los pastales hasta sufrir la amenaza de muerte de un rifle de juguete, empuñado por un niño furioso, llamado Tino; aunque Silverio se riera, a Oriol no le hacía la más mínima gracia ese juego de guerra, cuando la guerra estaba encima, ahí nomás, en los soldados que cortaban la entrada por carretera al campamento, obligándolos a hacer el clandestino viajecito en canoa. Tino fijaba la vista en el desconocido de la gran mochila con tal obcecación que Silverio se vio en la obligación de explicarle que Oriol era el periodista encargado de grabar las entrevistas.

—¿Cómo es eso de grabar? —había ansiedad en la voz del niño.

—Como si tomara muchas fotos muy rápido para coger el movimiento y la voz —Oriol se animaba cada vez que hablaba sobre su trabajo—. Como se ve en el televisor: Yo lo cojo y usted lo ve. Desde muy lejos a veces, desde donde yo estoy hasta donde usted está.

—¿Lo que hay en el televisor lo coge usted?

—No todo. Algunas cosas. Hay mucha más gente que graba.

—Como en Manguaré. Tomaban fotos y grababan.

—No estuve en Manguaré —Oriol se disculpaba, le parecía una falta de olfato profesional no haber estado con la marcha de Palmeras, la única que llegaría hasta Guaduales. En realidad era demasiado riguroso consigo mismo, su comportamiento había sido diferente al de los demás camarógrafos, convirtiendo en único su trabajo.

Su instinto de testimoniar los esfuerzos perdidos lo llevó primero a Figueroa, en espera de la marcha de Guacamayas, que jamás llegó. Con ellos se usó por primera vez el bloqueo de tractomulas y los soldados arrearon a los campesinos, cual ganado, en dirección al matadero, donde les esperaban las carpas que la Cruz Roja instalaba apresuradamente en los potreros aledaños. El mismo instinto lo llevó enseguida hacia Curises, para realizar el único testimonio que habría de conservarse de los enormes barracones madereros junto al río, llenos a rebosar de bultos de ropas y comidas, de miradas temerosas y tristes; el mayor número de campesinos, en marcha desde una pequeñísima ciudad de nombre bíblico, Jerusalén, había conseguido entrar a Curises por la noche y el río, eludiendo en canoa el bloqueo de tractomulas. Acordonaron el puerto y sellaron a la marcha de Jerusalén dentro de las gigantescas bodegas madereras.

—¿Quiere grabar algo? —Oriol observaba al niño, creyendo descubrir un esbozo de esperanza dentro de la rabia.

—Me hubiera gustado grabar a mi papá, para volver a mirarlo. Lo mataron. En Manguaré. Grabaron y tomaron fotos, pero no vi ninguna, ni en el televisor salió nada. ¿A veces no se ve?

—A veces no se ve —la indignación en la voz de Oriol alcanzó a reflejar la puteada interna para todos y cada uno de los que habían recortado sus imágenes.

—¿Puede sacar el aparato ese y grabarme?

Oriol no dudó un instante, era la oportunidad de resarcirse por no haber estado en Manguaré. Preparó la cámara y dio algunas indicaciones al niño.

—Buenas. Me llamo Justino, pero me dicen Tino porque mi papá se llamaba Justino y para que no nos confundieran, a mí me decían Tino. Pero mi papá se murió y entonces me llamo Justino. Lo mataron antes de llegar aquí, y mañana entramos a Guaduales y él no estará. Pero yo voy a entrar por él. Y cuando yo entre, será como si entrara él.

Tino miraba el objetivo de la cámara sin parpadear, con ojos tercos y aguanosos; Oriol abrió el plano hasta dejar al niño rodeado de pastales y silencio. La cara de Tino se animó y Oriol giró en redondo, siguiendo su mirada. Julián venía hacia ellos, apoyado en el hombro de Camilo. Los dos hombres se dieron la mano con la afectuosidad de los que ya se conocen a través de las referencias oídas de otros, continuando el caminar entre pastales hasta que Oriol se detuvo en seco, se plantó la cámara en el hombro y enfocó: la vista del campamento era estupenda.

Abajo se regaban las sinuosas líneas de carpas, improvisadas con lonas y plásticos, unidos en los extremos por trozos de palos; colores deslucidos por el sol, curvas confluyentes en un nudo desde donde salía humo de cocina. El campamento se extendía hasta un camino que iría a dar a la Carretera Principal, si no estuviera cortado por una barrera blanca y roja con soldados de guardia, dos carpas de color verde oscuro, un camión militar, una ambulancia de la Cruz Roja y una furgoneta de la competencia. Oriol se rió al verlos fumando en conferencia de paz, sin poder acercarse al campamento. Pensó que la panorámica estaba cheverísima, un acercamiento para el lado verdeoliva, abrió el plano, un acercamiento al nudo, al centro de la ciudad provisional y en miniatura.

Entraron al campamento por ese nudo, donde las mujeres cocinaban mientras los hombres se dedicaban a discusiones y tareas de planeación, en una división de funciones de acuerdo al sexo que repetía en la marcha la distribución de tareas de la vida cotidiana. Dentro de los hombres se distinguía la voz de don Baldomiro, uno de los campesinos más ancianos, discutiendo con el padre Casariego, a quien Oriol no reconoció porque no vestía sotana, estaba de civil, como cualquier cristiano, la diócesis le había negado el permiso para continuar con la marcha. Oriol habría ido directo hacia el grupo de hombres, si no lo hubiera detenido una bella cara que se desglosó del grupo de mujeres y se acercó a él, presentándose como *Adriana Pinzón, maestra de la marcha y a su servicio para todo lo necesario*.

—No sabía que la marcha tuviera una escuela —Oriol reflejaba un gigantesco interés, más por la maestra que por la organización, en realidad.

—Tenemos de todo. Permítame, le mostraré un poquito el campamento —la sonriente invitación de Adriana empezaba a ser de verdad, le habían encargado atender al reportero y el agasajado le resultó un papacito, no podía evitar ponerse colorada con sus propios pensamientos.

Dejando a Oriol concentradísimo en las explicaciones de Adriana y seguido por un ruidoso coro de niños, Silverio y Julián se acercaron a don Baldomiro, terco peleador por su permanencia con la marcha, en contra de la decisión de la última asamblea, obligando su evacuación nocturna a Miramar junto con los mayores, los niños menores de diez años y sus madres, si elegían ir con ellos. Sólo se había exceptuado al padre Casariego, por petición propia, y don Baldomiro alegaba que él tenía igual derecho; el padre, por su parte, lo acusaba de falta de colaboración al negarse a testimoniar ante la cámara. La idea conciliadora vino de Silverio, sugirió un canje de papeles: el padre sería evacuado en lugar de don Baldomiro, a cambio de que hablara a la cámara de Oriol. Tamaña gresca se zanjó en segundos, intercambiando el destino de los discutientes, en una resolución que llevaría al padre Casariego a considerarse igual a una rata que abandona el barco antes del hundimiento y, a los demás, a calificar como un sacrificio la terquedad de don Baldomiro, buscándose morir a plomo limpio; él sería otro de los muertos del Puente Mayor.

Agregados los hombres a la población de niños y mujeres, se abarrotó la enorme lona gris que hacía las veces de comedor común y salón de actos de la marcha. Oriol tenía preparada su cámara sobre un trípode, había instalado un refuerzo de luz y charlaba animadísimo con Adriana. Todo el mundo hablaba sin parar y no había manera de acallar el ruiderío. El padre Casariego se subió a una mesa, hizo bocina con las manos y gritó a pulmón herido:

—Os rogamos guardar compostura. Callad, por favor. Los micrófonos del señor reportero no podrán captar la voz de nuestra compañera Marina si no os calláis.

El bullicio se convirtió en silencio, la autoridad del padre Casariego era indudable. Oriol habló en voz baja con la viuda de Justino Costa, dándole las indicaciones. Podía oírse el volar de una mosca bajo la lona gris.

—*Mi marido tenía que irse a trabajar por fuera, de bracero. Nosotros apenas si teníamos con la finquita de platanales y piñas, usted sabe que esta tierra no da para mucho cultivo. El ganado lo teníamos al partir y apenas nos dejaba nada, después de que el dueño se llevaba lo suyo.*

—¡Bravo, valiente!

El grito cortó la grabación; el auditorio en pleno sentía como si fuera su propia voz la que hablaba, era también su historia, aunque no fueran aparceros sino que hubieran llegado a Caledonia de peones, aunque trabajaran en las cocinas, los campos o los establos, a ninguno de ellos le llegaba la plata sino para malcomer. Un aplauso arrancó tímido, encontró compañía, y al instante todo el mundo aplaudía a una Marina de ojos húmedos y bajos. Julián respiró hondo; sin estar buscándola, se había conseguido la moral para marchar al día siguiente, para ir al encuentro de lo que se les hubiera preparado en el Puente Mayor.

LOS REPORTEROS

La sala de edición del Noticiero del Mediodía flotaba en el humo de los cigarrillos que Néstor fumaba incansable, revisando con el mismo ímpetu el enorme metraje enviado por Oriol vía microondas, en segundos desde Gualuales a Bogotá. Después de horas y horas de visionado, Néstor no conseguía decidir la orientación que iba a dar al reportaje: la historia contada por la gente de la marcha de Palmeras no tenía nada en común con las afirmaciones de los entrevistados en Guaduales; contrapuestos en las motivaciones y, peor aún, también en los hechos. Encendió las luces de la sala y decidió revisar los hechos, con el fondo sonoro de las imágenes casi memorizadas. Tomó una carpeta elaborada por él en los tres últimos meses, desde las primeras y aisladas protestas campesinas; comparando las opiniones de las autoridades, la más contundente provenía del comandante de las Fuerzas Militares del Sur.

—Ponme otra vez a Felipe Otálora —pidió a Alfonso.

El editor, semidormido, se recuperó al instante, rebobinó al ritmo de un silbar de vallenato hasta encontrar la figura uniformada del hermano mayor

de Laura, pleno de medallas, mirando directamente
al objetivo de la cámara.

*La inteligencia militar ha detectado comunicacio-
nes de los grupos subversivos que demuestran su de-
cisiva participación en la marcha de Palmeras.* La
razón principal para justificar los planes del Puente
Mayor, razonaba Néstor, encontrando huellas de
tormenta. *Tenemos pruebas fehacientes de que la marcha encubre, además de la protección a los intereses
de los narcotraficantes, un plan general de los subversivos para implosionar el caos dentro de Guaduales.*
Otálora es hábil, opinó Néstor, identificaba ante la
opinión pública al enemigo, guerrilla y narcotráfico;
faltaba lo mejor: *La ciudad se convirtió en un objetivo
militar. Son ellos los que están atacándonos, nosotros
nos encargamos de su defensa.*

El planteamiento era de guerra. La preocupación
de Néstor radicaba en que el general parecía tener
razón, una guerra empezaba a cocerse en Caledonia.
Néstor fue una de las primeras personas neutrales
en ver lo que traería el futuro; vio los secuestros y
las incursiones destruyendo caseríos, hiriendo pueblos de selva, lanzando dentelladas sobre Guaduales
y Figueroa; vio las matanzas indiscriminadas, los
cuerpos tendidos bocabajo en la obscena disloca-
ción de la muerte a bocajarro por disparo en la nuca;
vio las bombas cayendo sin más destino cierto que
acabar con un movimiento sospechoso sobre ríos o
árboles; vio fumigaciones sin fin terminando con la
vida vegetal; vio el hambre, y vio a la gente huyendo en estampida de Caledonia entera.

Néstor encendió otro cigarrillo para dominar el estremecimiento y enderezar la mente. *La marcha es una de las fichas del ajedrez de una guerra entre cuatro facciones*, se dijo, recuperando el rumbo de su engranaje racional, *del cuarto ángulo no se ocupó el General Otálora: los paramilitares. Tal vez porque aún no habían entrado en acción, ¿o sí?* Repasó con velocidad las hojas de su carpeta. Sí, lo habían hecho después del paso de la marcha, en plan retaliativo. Néstor observó la fotografía de un rancho campesino hecho carbones con un cartel pegado al tizne: *El que colabora muere. ¡Viva Colombia Libre!* La firma de las Fuerzas Armadas Paranacionales, a quien todo el mundo llamaba Paras.

La pantalla mostraba la panorámica del campamento de la marcha. Alfonso seguía el trabajo de Oriol con silbidos vallenateros, sin cansarse de ver la toma, y soltó, sin pensar, una exclamación: *¡Chévere la hamaca!*

—¿La qué?

—La hamaca, jefe. Oriol mueve la cámara como una hamaca, yendo de un lado a otro.

—Ponla otra vez —Néstor observó cuidadosamente y se soltó a reír a carcajada limpia—. ¡Editamos el material, al fin! Primero la panorámica, seguimos con el general Otálora y a continuación la mujer de la marcha, Marina de Costa.

Alfonso emprendió la edición con el mismo ímpetu que atacaba un baile de vallenato. Tenía en gran aprecio el trabajo de Néstor, pero la madrugada los había pillado en pleno mareo de visionados caóticos.

—No uses fundido a negro, encadena —Néstor no se podía creer el tiempo gastado ante un asunto tan sencillo—. Una hamaca meciéndose: los unos afirman una cosa, los otros dicen lo contrario; ambos dicen la verdad y mienten, a la vez. Se me pasó por ser tan obvio: blanco es y gallina lo pone...

—Huevo es el que tiene Oriol, por no habértelo dicho; tú entiendes de imágenes, pero no es para tanto. Voy a grabar a la mujer de la marcha —el monitor mostró la lona gris del campamento. Se escucharon los gritos del padre Casariego y se podía ver a Marina, parpadeando del susto—. ¿De veras es así de jodida la vaina, como ella la cuenta?

—La hamaca, Alfonso. Unos desesperados y otros intimidados; algunos con la necesidad y el hambre hincándoles espuela y algotros de puro oportunistas.

—Listo. ¿Con qué encadeno?

—Con el gobernador, seguido por el padre Casariego y después los entrevistados de la calle. Déjamelos ver, escogeremos dos radicales antimarcha.

Néstor eligió a una jovencita que hablaba de *manipulación del campesinado*; decidió encadenar con Baldomiro Uyandé y pasar a un señor que afirmaba, muy angustiado, *me robaron la ciudad*; suficiente. Seguiría con unas tomas de los niños y cerraría con el hijo del asesinado en Manguaré, pastales y silencio. Dio un puñetazo feliz al aire. Alcanzó a dar el orden de la edición antes de que el timbre del celular lo hiciera salir al desierto pasillo de los estudios, para hablar tranquilo.

Néstor escuchó con simpatía el dramonón que le contaba Pablo. Cuando lo vio por primera vez era un hombre vestido de hollín, vagando sin rumbo entre los escombros de lo que había sido una ciudad y se había convertido en una ruina semienterrada por la avalancha del volcán nevado. Néstor llegó con los primeros equipos de salvamento y cuando tocó el brazo del hombre tiznado, la mirada azul de horror e incomprensión se clavó para siempre en su memoria. Era el primer encargo en la carrera de Pablo, había llegado a la ciudad del volcán unos días antes de la gran erupción, no le bastaban los reportes locales y quería cubrir en directo los leves brotes cenicientos; llegó a tiempo para protagonizar la tragedia, pero muy adelantado para reportearla.

Tres días después, Néstor reencontró al hombre en Bogotá. Iba a agradecerle su ayuda y se presentaba como Pablo Martín, corresponsal en Colombia de la Agencia Ícarus. Se hicieron amigos ese mismo día; a Néstor le encantaba la ruda franqueza de Pablo, muy castellana, yendo directo al grano, como hacía en la madrugada de la edición, contándole con lujo de detalles y aderezos de *¡coño, hermano!*, la mala pasada de los camarógrafos de Guaduales, prometiendo imágenes y dejándolo en la estacada. Sin más, le pidió prestado el material de Oriol, acababa de hablar con él y estaba de acuerdo. Néstor accedió y regresó a la sala de edición, riéndose solo.

Alfonso grababa a don Baldomiro.

Las fumigaciones nos unieron, sí señor. Cuando uno es pobre de toda la vida, pues se resigna, pero

*los plantíos de coca nos mejoraron la vida. No nos
hicieron ricos. Los ricos son los que nos compran a
nosotros y la procesan y la negocian. Allá con ellos
es donde usted puede encontrar la plata.*

Néstor pasó hojas hasta encontrar las cantidades;
la pasta de coca se les pagaba mil veces más que
cualquier otro cultivo, por eso se metieron: salarios
multiplicados, trabajo cuya productividad se elevó
geométricamente; razones de plata, no de ideología.
Razones de oportunidades de vida, concluyó Néstor.

*A nosotros nos dio para mejorar los ranchos, nos
dejó llevar a los niños a estudiar para que no sean
analfabetos, como yo. Y sobre todo, nos aseguró que
siempre iba a haber un plato de sopa en la mesa.
Cuando el Gobierno nos manda las fumigaciones y
nos quita eso, media Caledonia vuelve a los tiempos
del hambre. Y es peor que antes, porque en la tierra
fumigada no crecen sino yerbas de monte. Ni para
dar de comer a las vacas vuelve a servir la tierra.*

*Por eso empezaron las marchas. Sólo nosotros lle-
gamos hasta aquí y nos quieren parar mañana.
Como si no les bastaran los muertos de Manguaré.
Como si no tuviéramos derecho a comer. Como si
tuviéramos que dejarnos morir.*

—O dejarse matar —pensó Néstor, con una clari-
videncia que era producto de su larga experiencia
como corredor de fondo en los procederes ante casos similares. Con sólo treinta y seis años de vida,
gozaba del privilegio de ver la profundidad de las
cosas por sus veinte años de profesión en el periodismo investigativo, desde aquella primera mañana

en la que entró a trabajar como recadero del periodista de noticias radiofónicas más alborotador de la Colombia de los setenta, un tiempo en el cual buena parte del país carecía de televisión, los últimos años de reinado del radio.

—Van a ser las cinco —Alfonso grababa el fundido a negro final y recogía veloz, silbando *La casa en el aire*—. Bastante madrugadita va la madrugada, jefe, hasta dentro de un ratico —y se fue, con el garbo vallenatero de cintura quebrada.

Néstor rebuscó entre sus papeles, entre sus experiencias en conflictos como éste, entre los variados análisis, entre las conjeturas posibles, algún atisbo de éxito de la marcha en el Puente Mayor; no vio ninguno. Y ninguna posibilidad de grabar veía Oriol a la mañana siguiente, encerrado en el lujoso restaurante acristalado del último piso del Hotel Imperial, donde se ofrecía un suculento banquete al plenario periodístico, con todas las variedades colombianas de desayuno, desde chocolate hasta aguardiente, desde panes y bizcochos hasta plátano frito y carne asada. Amable invitación del gobernador, gentil transporte a cargo de la policía y *Cortesía de la Industria Licorera de Caledonia*, anunciada por un gran cartel.

En la mesa de conferencias se sentaban todas las autoridades civiles y militares. Oriol sentía los problemas en el aire; apartándose en una esquina, como perro apaleado, marcó por cuarta vez el número de Silverio en el celular. *Todavía no ha llegado*, le contestó una voz de mujer.

—Buenos días, señores —Joaquín Saldarriaga, en desenvuelta actitud de alcalde plenamente respaldado, sonrió con amabilidad—. Me permito anunciarles que el Gobierno Nacional declaró zona de emergencia el Puente Mayor. En consecuencia, es imposible la presencia de periodistas o persona alguna en esa zona y sus cercanías. Oportunamente y con la mayor celeridad, se enviarán boletines a los medios de comunicación, manteniéndolos al tanto de los sucesos. Para explicarles la situación, se dirigirá a ustedes el comandante de las Fuerzas Militares del Sur.

Dos soldados desplegaron un gigantesco mapa de Caledonia tras los conferenciantes, en medio del murmullo general de descontento. Los periodistas acababan de perder la ocasión de lucirse en su trabajo y repetirían homogéneamente los boletines, como loros. Felipe Otálora tomó el micrófono:

—¡Asalto a Guaduales, señores! —anunció, acallando los murmullos al segundo.

Asalto a Guaduales, sería el titular en todas las noticias, cual loritos. Cámara terciada al pecho, Oriol ensayó una sonrisa a los policías de guardia y llamó al ascensor. En el primer piso, atravesó el vestíbulo lleno de soldados; a los de la puerta les dedicó un *hasta luego, me voy a otro lugar, por aquí no hay nada que ver*. Entró a su viejo Renault 4, destartaladísimo y con la pintura en estado lamentable, y volvió a llamar a Silverio.

—Aislados, hermano. La cosa está fea, hay que hacer algo. Voy para allá —Silverio le dijo que estaría en la escuela—. Donde me impidan entrar, vaina jodida —a Silverio se le ocurrió una coartada para pasar el retén—. Chévere, eres mi ayudante, entonces.

Salió muy despacio del parqueadero del hotel y se desvió por la Novena, la calle troncal de Guaduales que corta la ciudad por la mitad, partiendo por el sur desde la Carretera Principal y finalizando al norte en la Carretera Central, la vía de salida hacia Bogotá. Si se toma a Guaduales como una esfera de reloj bordeada por la Circunvalar, la Novena es la vía que marca las doce y media. Oriol no pudo enrutar por el camino más directo, girando antes del Puente Mayor para tomar la Circunvalar, porque estaba completamente bloqueado por decenas de soldados.

Aunque pasar el retén fue tan difícil como se lo imaginó, le creyeron la historia inventada apresuradamente, apoyado en la cámara y el carné; no controlaban el paso a los periodistas sino a los posibles alborotadores. En la escuela, Silverio le presentó a Ricardo González, el maestro, un hombre de grandes ojos asombrados, y enseguida se lamentó, no encontraba la forma de llevarlo a algún sitio donde pudiera grabar.

—Si sabías que la cosa se iba a poner color de hormiga, debías habérmelo dicho —Oriol, sentado en un pupitre, batía piernas, nervioso—. ¡No sé cómo salir de la encerrona! ¡Haber confiado en mí, carajo! ¿Qué te crees, que iba a ir hasta el campamento así porque sí, que iba a burlar al ejército sólo por una chiva y por la plata? Lo que grabé ayer nos puede costar más de un problema a Néstor y a mí, por si no te enteras.

—El hermano de uno de mis muchachos trabaja en el molino. ¡Nos puede llevar hasta allá! —a Ricardo le brillaban los ojos.

—¿Dónde vive ese tipo, maestro? —Silverio intentaba calcular el tiempo para ir a ver al muchacho, convencer al hermano, llegar al molino; que todo se pudiera hacer en menos de dos horas.

—Aquí mismo, en Miramar.

—¿Me quieren contar de qué va la cosa? —Oriol no conseguía aclararse.

—¡Desde el molino se ve todo el Puente Mayor! —Silverio no cabía del contento.

—¿Qué diablos estamos esperando? Rápido, vámonos —Oriol se llevó casi a rastras al maestro y a Silverio.

Corriendo lo más posible, Oriol logró llegar al molino, vacío como medio Guaduales, cuando la marcha había abandonado el campamento, salía a la Carretera Principal y tenía a la vista el Puente Mayor. Subido en una escalera dudosa, acomodó la cámara en un tragaluz, a la altura de las aspas; era un antiguo molino de arroz aún activo, al pie de la Circunvalar y el río Catarán, reliquia de los primeros tiempos del puerto de Guaduales. Enfocó hasta encontrar los pilares, abrió el plano y abarcó el perfil del puente, aún desierto y adornado, en el extremo de la Circunvalar, por soldaderío en grandes cantidades, camiones, tanques, movimiento de un lado para otro, y en el extremo de la Carretera Principal, por un bloque compacto de policía antimotines, en impávida espera de la marcha que ya llegaba. Un jeep militar partió de la Circunvalar y se detuvo en la mitad del puente; un hombre uniformado, megáfono en mano, subió al techo del carro. Desde el molino se escuchaban algunas palabras sueltas. *Alto. Orden público. Guaduales. Ilegal.*

La marcha fue detenida en la Carretera Principal. Las primeras líneas de hombres se abrieron para dar paso a las mujeres y los niños. Oriol aplicó el zoom, se distinguían los rostros de las mujeres en agitares de brazos, gritando a los antimotines cosas que él no podía escuchar. Ahí estaba Marina; ahí estaba la carita de Camilo junto a la de Tino, llevando de la mano a su hermana Deyanira; ahí estaba la cara de Adriana, se desenfocó la cámara, por primera vez le falló el pulso a Oriol. Esos instantes de duda le hicieron saber que la maestra de Palmeras le había pillado el corazón.

Las mujeres encararon a los antimotines, empujándolos. Los policías no reaccionaron y se mantenían firmes, pero a éstos, como a cualesquiera de los hombres de Caledonia, les resultaba difícil atacar a mujeres y niños, que podían ser los suyos, y fueron reculando hacia el interior del puente. El jeep militar regresó a la Circunvalar. Los antimotines se replegaron dentro del puente para formar una columna que precedía a las filas del ejército. Los hombres de la marcha adelantaron a las mujeres y los niños.

—¡Están entrando al puente! —gritó Oriol a Silverio y al maestro de Miramar, ocupados en sostener la escalera y mirando para arriba, ansiosos de saber.

Un hombre de la marcha lanzó una llanta que cayó mediado el puente, corrió hasta ella y la prendió; era Wilson. Se oían palabras de megáfono. *Provocación. Alto. Procederemos.* La marcha avanzó, acercándose a la llanta, en una desordenada fila que partía desde la Carretera Principal; Oriol podía ver las últimas personas, cercadas por antimotines. *Ya los rodearon*, alcanzó a pensar, pero no dijo nada. Ardían cuatro llantas más, el humo se alzaba en columnas que el viento movía a su capricho entre los arcos metálicos del puente, adornado con voleo de piedras y lacrimógenos. Las gentes de la marcha se embozaron con los trapos que tenían más a mano, para aguantar el respirar y los lloros gasíferos.

Los antimotines fueron sobrepasados por compactas filas del ejército. Se oyó un tiro aislado, luego una ráfaga y enseguida más. Oriol giró la cámara desde los militares al fuego de las llantas y llegó a la primera línea de la marcha; un hombre con embozo de bandera se adelantó, corriendo; el primer disparo lo paró en seco, el segundo lo impulsó hacia arriba; cayendo, abrió los puños, los hilos de sangre bajaban por la camiseta; la piedra cayó antes que él y el embozo se resbaló.

—¡Mataron a Julián! —Oriol abrió el plano y encontró las demás personas de la marcha—. ¡Hay varios en el suelo! ¡Los mataron!

Silverio y el maestro dejaron de mirar hacia arriba. Silverio sostenía la escalera simplemente para no caerse y Ricardo lo miraba con sus grandes ojos aún más asombrados, nunca antes lo había visto llorar.

El perfil del puente se llenó con el caos de la marcha. Encerradas por bloques uniformados, compacta formación de escudos y fusiles que los aguardaba, las gentes corrían de un lado a otro, como las abejas cuando se les ha quitado la colmena. Ese correr de desastre terminaba el reportaje que el Noticiero del Mediodía emitía como primera noticia una hora y media después; Néstor despidió el noticiero repitiendo las imágenes y bajó del plató. El director de la productora lo esperaba tras las cámaras y lo invitaba a su despacho.

Con su característica forma de rematar con elegancia, el director le contó, como de paso, que Oriol había sido despedido pero que, teniendo en cuenta los años de colaboración y amistad, le daba una oportunidad de explicarse.

—Mataron y esas muertes quedaron grabadas. Mi deber era emitirlas —Néstor esperaba el caer de la cuchilla y puso el cuello.

—En menos de cinco minutos, se retiraron en masa nuestros anunciantes. Aún más, he tenido el honor de hablar con el presidente de la república y está consternado —el director hizo una pausa, necesitaba ganar tiempo para dominar la cólera por verse obligado a negociar, tenía autorización para echar al periodista más conocido del país sólo como último recurso—. Necesito garantías de que algo así no va a repetirse.

Durante unos instantes, Néstor valoró la oferta y pensó en lo que iba a sentir cuando se mirara en el espejo y viera la cara de quien ha aceptado callar la noticia que no se considerara prudente dar a conocer.

—Lo siento. No voy a ser yo quien ate mis propias manos.

—No me permites otra alternativa que sustituirte —Néstor se levantó para salir, el director lo detuvo con un gesto—. Continuarás en nómina, tu sueldo se ingresará cada mes como si nada hubiera pasado y tu nombre seguirá figurando como director del noticiero.

—¡No quiero la plata y quitas mi nombre! —Néstor no cayó en cuenta de sus gritos. La jugada le pareció de lo más sucia, se deshacían de él y además lo embadurnaban con un noticiero arrodillado y disculpante.

—Imposible por el momento, necesitamos dar imagen de imparcialidad. Puedes poner los pleitos que quieras —el director vio a Néstor sonreír con amargura, lo había cogido en la trampa; era casi imposible demostrar que no trabajaba para Producciones del Mediodía, sobre todo si quien afirmaba lo contrario era la productora de televisión de uno de los grupos económicos más importantes del país—. En cuanto salgas de aquí, no volverás a poner los pies en el edificio. Estás fuera de este negocio.

Néstor se vio a sí mismo recibiendo los portazos de todas las productoras y editoriales; se levantó de la silla, fue a decir algo, se detuvo antes de pronunciar palabra, su cabeza parecía un bombo. Protagonizaba una pelea de tigre con burro amarrado y el burro amarrado era él; sin embargo, la cabeza sólo estuvo a punto de estallarle en su casa, la mañana siguiente, con el aullido insistente del timbre. Aturdido, tambaleándose, abrió la puerta para ver a Pablo en duplicado y correr al baño.

Pablo preparó una enorme ración cafetera, burlándose de los sonidos que venían desde el baño. Los síntomas de su amigo eran más claros que el agua, se trataba de un guayabo feroz, nada mortal y que lo tranquilizaba; desde el instante de conocer la noticia del veto había empezado a buscarlo, con preocupación creciente, a la vez que tramaba un plan. Antes de decir algo, esperó hasta que Néstor se tomó el segundo tazón de tinto.

—Pues ya tienes otro trabajo —anunció Pablo, con regocijo por la cara estupefacta de Néstor—. A raíz de las imágenes del noticiero no solamente se han producido manifestaciones de protesta en toda Colombia y el decreto de emergencia que censuró las informaciones...

—¿De qué decreto estás hablando? —Néstor tenía la impresión de haberse despertado en otro país.

Pablo rió a gusto, empezaba a saber cuál había sido la ruta de Néstor después de recoger sus cosas en la productora: fue directo al primer café que se encontró en el camino y se infló a aguardientes, así no tuvo manera de saber que una hora después el Gobierno emitía la orden de censura, agravando aún más las protestas; que él y las demás agencias enviaron la noticia al exterior; que en todo el mundo se vieron las imágenes grabadas por Oriol y que varias organizaciones internacionales habían puesto en marcha campañas para enviar observadores a Caledonia y exigir responsabilidades; que a los del Puente Mayor se habían sumado más muertos.

—Que voy a Guaduales y te vienes conmigo. ¡Tenemos unidad móvil para nosotros! —la diversión de Pablo aumentaba. Marcó un número en el celular y dijo a alguien que ya podía subir. Néstor vivía en el decimocuarto piso de los enormes bloques cercanos a la plaza de toros bogotana—. Es una móvil pequeña, pero con la potencia suficiente para transmitir hasta la sede de Ícarus aquí. He hablado con Oriol, está escondido, volverá a la calle como reportero de Ícarus.

Oriol se había despertado esa madrugada con el ruido de la cerradura de la puerta de su habitación abriéndose a un grupo de hombres enmascarados que lo molieron a golpes, convirtieron la cámara en trocitos de chatarra y rompieron sus cosas; no le dejaron buena ni la ropa, ni mucho menos el celular.

—Lárguese de Caledonia y no vuelva, o si no, la próxima vez usamos esto —le mostraron sus ametralladoras y se fueron, dejándole de regalo el duplicado con el que habían abierto la puerta.

Oriol estuvo mucho tiempo quieto por el pánico y la espera del amanecer, que traería el final del toque de queda. Al fin se palpó el cuerpo sin encontrar nada roto; rescató del destrozo las llaves del carro y se fue a Miramar.

—Salió ileso de la paliza, sólo querían darle un susto —pese a las ganas de disimular, a Pablo se le notaba la preocupación—. Como no respondías el teléfono, decidió llamarme, por fortuna. Le llevamos cámara de reemplazo, celular, ropa, de todo. ¡Vamos a romper el silencio que han impuesto a Guaduales!

Néstor encendió un cigarrillo con la colilla del enésimo que fumaba sin descanso, Ícarus sí podía actuar en Caledonia. Pablo le explicó las características de la móvil; parecía un jeep normal, de los grandes, el equipo de transmisión funcionaba con baterías y era desmontable. El carro, aun para alguien conocedor, parecía transportar equipos de grabación, idéntico a los utilizados en transmisiones piratas.

Se oyó el timbre de la puerta. Néstor fue a abrir, pensando en las consecuencias del trabajo. *¿Cuántos días tendremos antes de recibir las primeras represalias? Pocos, tal vez los suficientes.* Antes de preguntarse por qué había pensado en días suficientes, a qué suficiencia se refería, abrió la puerta.

—Damas y caballeros —anunció Pablo, en plan de presentador multitudinario—, con ustedes, ¡el técnico de nuestra móvil!

Alfonso hizo una venia al público invisible y tranquilizó al auditorio, no lo habían echado de la productora, renunció. Néstor se sintió caer por un tobogán; lo adjudicó al guayabo, cuando en realidad era el vértigo por sentirse partícipe de una vuelta de tuerca en el destino de estos tres hombres, que habían salido bien de otras y pensaban salir también de ésta, preparándose para ir en dirección a la boca del volcán.

LOS NOTABLES

La misma tarde de domingo en la que Oriol grababa las entrevistas, sobre el escritorio del general Felipe Otálora reposaban las órdenes de sellar el destino de la marcha; detenido en un folio, lo repasaba con preocupación, detallando una fotografía. *Aldana, Julián. Comandante del Frente 14.* Sus ojos se perdieron en el aire, recordando la última vez que fue a pescar. Él y sus dos hijos, sentados al borde de un barranco, se concentraban en el pasar calmoso del río Catarán; unos sonidos metálicos les hicieron darse vuelta, las cañas se hundieron en el río y los niños gritaron, levantándose. Cuatro hombres armados les apuntaban.

—¡Echen de para allá! —el fusil señalaba la casa.

Felipe oteó los alrededores buscando más asaltantes y en cuanto los identificó, se supo perdido. Un comando del ARN venía por el potrero; el grupo subversivo más fuerte del país, Armas Revolucionarias de la Nación, causante de los mayores quebraderos de cabeza del entonces coronel Felipe Otálora y cuyos miembros se conocían con el nombre de Serenos, desviación popular de uno de sus lemas: guardianes de la revolución.

Los Serenos cayeron en abanico sobre el patio y la casa. Una ráfaga cortó la siesta. Felipe escuchó carreras de botas, gritos y rotura de puertas; maldiciones, rezos y súplicas; aullidos de perros, caballos y marranos; disparos; batir de plumas y cacareo de gallinas. No alcanzó a saber que habían matado a los perros y a la caballada completa, hiriendo al peón encargado de ensillar y cuidar los aparejos. Otra ráfaga inauguró el silencio. Llevaron dentro de la casa a los hijos de Felipe, con los demás niños y las mujeres. Reunieron a los hombres en el patio, obligándolos a botarse al suelo, bocabajo, piernas y brazos separados; los cachearon y los hicieron levantar, poniéndolos en fila, observándolos.

—¿Quién es el patrón? —el comandante de los Serenos no le quitaba una mirada de duda a Felipe. El dueño de la finca dio un paso al frente y fue prendido por los asaltantes—. Nos llevamos a ése también, es el coronel Otálora.

Los Serenos habían venido por uno y encontraron el premio gordo de casualidad. A Felipe se le revolvieron las tripas, dio un paso al frente; uno de los Serenos amartilló y apuntó el arma a su cabeza. Felipe sintió los pasos de la muerte. Un grito del comandante detuvo el disparo del Sereno:

—¡Quieto! Es el contrainsurgencia más jodido de por acá. Vale mucho si lo dejamos vivo; lo vamos a canjear, y bien carito —la orden del comandante hizo que el Sereno bajara el arma, controlando la rabia—. Ustedes dos, con nosotros —el dueño de la finca y Felipe Otálora salieron del patio, guardados por un grupo de Serenos—. Todos los demás, para la casa. Dejamos vigilancia por acá. Nadie se mueve hasta dentro de cinco horas, ¿entendido? Al que intente hacer algo, lo jodemos.

De la casa salían gritos, llantos y oraciones. Los Serenos se esfumaron en la tarde. Felipe recordaba, por encima de los meses de cautiverio, la indefensión de ese día, la muerte dándole un golpe de pánico en el cráneo y, como siempre que le volvía a la memoria ese tiempo de su vida, a Julián Aldana. Los Serenos se negaron a negociar con familiares o amigos, exigieron un mediador especial, el director de la Acción Comunal de Santa María, en quien deberían confiar también los Otálora, al ser hijo de los mayordomos de La Magdalena. Julián aceptó sin dudar un segundo y negoció con mano maestra la liberación de Felipe; se requirieron grandes esfuerzos, el canje se hizo con liberación de prisioneros de las cárceles de Caledonia.

No se volvieron a ver desde su liberación. Julián recogió en una carretera selvática a un Felipe en los huesos del cuerpo y del alma, y manejó durante toda la noche para devolverlo en la mañana siguiente a la familia. Once años y medio después, Felipe Otálora escribió un corto mensaje y lo ensobró.

—¡Quintana! —la puerta del despacho se abrió para dejar ver la misma sonrisa que recibiría a Laura en el aeropuerto—. Vaya hasta la guardia de la marcha, pida escolta para ir al campamento y entregue esto a un hombre llamado Julián Aldana. Recuerde, usted personalmente y en mano a este hombre; mire la foto.

Felipe esperó hasta la salida del teniente, se levantó de la silla y fue a la ventana. Desde su despacho podía ver casi todo el batallón; había luz en las casas fiscales y los barracones de los soldados, como en una noche cualquiera, pero no lo era. Acuartelamiento de campaña, operativos preparándose en todos los bandos. El general repasó posibilidades: no habría una toma de la ciudad por los Serenos, aprovechando el revuelo de la marcha, era imposible el movimiento de una sola brizna de hierba en dirección a Guaduales sin ser detectado por un retén militar; Miramar y La Ribera, esos barrios populares tan problemáticos, estaban acordonados; controles de circulación, ley seca y toque de queda desde las ocho, plena noche en una ciudad donde el cielo oscurece a las seis y media.

No sólo el general Otálora había recibido órdenes esa tarde; en el último avión llegaba un gran sobre remitido por la Presidencia de la República al único senador por la circunscripción de Caledonia, Ernesto Otálora, otorgándole el apoyo del Parlamento y el Gobierno Nacional, con gran libertad de gestión dentro de la línea trazada en aquel sobre. Mirando al suelo como si buscara un tesoro, Ernesto saboreaba un tinto con extremada lentitud, mientras hilaba argumentos y decisiones. La casa familiar de los Otálora estaba absolutamente iluminada en espera de sus invitados y le resultaba extrañamente vacía sin su mujer y sus hijos, residentes en Bogotá desde su elección como senador, sin los abuelos, muertos hace años; le llegó el recuerdo de la letra de una canción, *siquiera se murieron los abuelos, sin conocer el trastoque de los tiempos.* No se trataba de un imprevisto atacón de nostalgia, era el resultado directo de las protestas campesinas, impensables para la generación anterior.

Los primeros en llegar fueron Felipe, elegantísimo con sus ropas civiles, y el tío Daniel Otálora, con su bastón y sus setenta y dos años llevados con exquisitez. Pese a la cordialidad de los saludos, no se trataba de una reunión familiar sino política, Felipe venía en representación de la Fuerzas Armadas y el tío Daniel como director del Partido Nacional, del cual formaba parte toda la familia Otálora salvo Laura, desmarcada por los años de ausencia y los kilómetros. Felipe entró directamente en materia:

—La solución está más cerca de lo pensado, la marcha entrará en Guaduales...

—¡Jamás! —don Daniel enrojeció de la rabia—. ¡Sería una rendición!

Los sobrinos sostuvieron el enfado con tranquilidad, conocían a la perfección el carácter del viejo tío y su posición en el conflicto. Ernesto calló, fingiendo escuchar con sorprendida atención el plan expuesto por Felipe; cuando terminó de hablar, el tío estaba absolutamente fascinado y se frotaba las manos con regocijo. Convencido el patriarca, se terminaban los problemas entre ellos y les restaba conseguir el acuerdo de don Ignacio Saldarriaga, lo que era igual a lograr la adhesión del partido opositor.

La llegada del director e ideólogo del Partido Constitucional fue recibida con alborozo y gran abrazo de Daniel Otálora. La barba de profeta de Ignacio Saldarriaga tembló con sus carcajadas; a la antigua rivalidad le acompañaba una amistad también antigua. Se le esperaba en compañía de su hijo Joaquín, pero el alcalde no podría llegar hasta que se solucionara un problema de última hora: el sindicato de la Industria Licorera había ocultado dentro de su sede a casi un centenar de personas para que pudieran salir al parqueadero después del toque de queda y realizar una sentada en apoyo a la marcha de Palmeras. La disolución de la protesta era difícil; en sentido estricto, nada ilegal estaban haciendo, ni siquiera violar el toque de queda, vigente para los espacios públicos.

—Joaquincito está negociando —Ignacio Saldarriaga exudaba orgullo al hablar de su hijo—. La policía los tiene bajo control. La cuestión está en cómo disolverlos sin mayores problemas.

—Felipe, mijo, debería irse para allá —Daniel Otálora pedía una solución inmediata.

—Es innecesario, tío. El asunto no reviste mayor gravedad, lo realmente importante es el Puente Mayor —Felipe, conservando el usual respeto por la edad, cedió el turno a su tío.

Daniel Otálora expuso el procedimiento del día siguiente. Evitó la palabra *detener* y usó la de *alojar* a la marcha en el estadio, donde se recibiría a los hombres, y en la plaza de toros, para las mujeres.

—Resulta inhumano separar a las familias —Ignacio Saldarriaga estaba indignado.

—Se trata, señores, de unos días solamente —Felipe se dispuso a sacar un as oculto bajo la manga—, el tiempo necesario para revisar cuidadosamente la identidad de cada persona y proceder en consecuencia: El ARN es el instigador y protagonista de la marcha.

Ignacio Saldarriaga contradijo la opinión de Felipe, estaba hastiado de oír cómo se echaban las culpas a los Serenos por cualquier cosa que sucedía en Caledonia. Su protesta terminó en cuanto Felipe extrajo varios legajos de su cartera y se los repartió.

—Les pido unos minutos para ojear este informe, elaborado por la inteligencia militar.

Los hombres se concentraron en la lectura, plagada de documentos. Ernesto estaba sorprendido, ni siquiera él conocía la existencia del informe; pasaba las hojas con escaso interés, sabía la relatividad de cuanto estaba viendo, hasta llegar a la identificación de los líderes de la marcha: Julián Aldana, del ARN.

—¿Son verificables las pruebas de estas afirmaciones? —Ernesto dio a su voz el tono más casual posible.

—Por supuesto. El informe que ustedes tienen en sus manos es una versión abreviada de uno mucho más amplio que conservo en mi poder y pueden examinar en cualquier momento —el general Otálora sacó de su cartera cintas de video y de audio y un par de carpetas con fotografías y documentos.

Ignacio Saldarriaga pidió las carpetas y dio una ojeada al material, con preocupación creciente. Una cosa eran las afirmaciones a las cuales se les podía dar crédito o no, según quien las dijera, y otra las pruebas que desfilaban ante sus propios ojos.

—¿Por qué no han detenido antes a los Serenos infiltrados en la marcha? —don Ignacio planteaba así sus dudas sobre la autenticidad de los documentos.

—Es lo que pretendemos hacer mañana —le dijo Felipe, como si le desvelara una conjura secreta—. Estamos llegando al final de la madeja.

—¡Un plan de toma de Guaduales! —el tío Daniel se estremecía de sólo pensarlo.

—Desarticulado a tiempo —el orgullo de Felipe hacía aún más contundentes sus palabras—. Ésa fue la primera labor ejecutada por mí al hacerme cargo de las Fuerzas Militares del Sur. Nos queda la marcha, simplemente.

Joaquín Saldarriaga llegó en el momento justo, parecía responder a las plegarias de don Ignacio, necesitado de tiempo para reflexionar. Los saludos fueron en especial efusivos entre Ernesto y Joaquín, amigos desde la infancia. No se veían desde unos meses atrás y la reunión hubiera derivado en un relato de sabrosas anécdotas parlamentarias por parte de Ernesto, haciendo las delicias de todos con los comportamientos algo macarrónicos de los padres de la patria, pero don Daniel interrumpió, preguntando al recién llegado por la resolución de la sentada.

El objetivo de la protesta era llamar la atención sobre la marcha de Palmeras y burlar con sonidos el toque de queda, a punta de un altavoz que gritaba lemas y consignas, coreadas por los manifestantes y por más altavoces al otro lado de la Circunvalar, en las casas de La Ribera. El ruido era tal que había luz en las ventanas de varias cuadras a la redonda. La policía acordonó la sentada en buen orden, hasta el restallar del fuego de una hoguera que dio la excusa perfecta para intervenir, eso ya era alterar el orden público. Incursionó hasta las llamas y de paso se llevó el altavoz. Unos minutos después se acallaron, con arrestos, los altavoces de La Ribera.

—La cosa quedó en nada y pude venirme para acá —Joaquín se sentó a tomar aliento, esos problemas lo dejaban agotado. Más que político, era un gran administrador. Arquitecto de profesión, las obras públicas diseñadas por él cambiaron la cara a la ciudad y merecieron su reputación como el mejor alcalde de los últimos años, pero lo de lidiar con protestas cívicas lo sobrepasaba.

—Un problema menos, señores —Daniel Otálora quería retomar la decisión sobre la marcha de Palmeras.

—A medias, don Daniel. El resto de los participantes de la sentada continúa en el parqueadero —Joaquín se había negado, desde el inicio de su carrera política, a ocultar informaciones cruciales—. Si no alborotan, no pasa nada; nadie va a enterarse, sólo ellos y los policías de vigilancia.

Don Daniel respiró hondo para no despotricar contra la debilidad y el desatino de los Constitucionales, consideraba inadmisible la tolerancia a cualquier desviación de las normas de orden social, sólo que estaba entrando en una modificación de ese orden y, cuando llegara a saberlo, se vería a sí mismo cambiando de actitud sin siquiera notar alguna contradicción en su comportamiento.

—¡Una noche sin dormir para los dirigentes sindicales! —Ernesto palmeaba la espalda de Joaquín—. ¡Estupenda solución! Mañana estarán tan molidos que serán incapaces de levantarse de la cama.

La risa de los hombres fue unánime. Con su aparente chascarrillo, Ernesto resaltaba a su tío Daniel la poca importancia de una protesta de la cual nadie se enteraba y, a la vez, resituaba a don Ignacio Saldarriaga en el día siguiente, recordándole que la sentada era peligrosa por ser, en últimas, un apoyo al ARN.

Mientras Joaquín era puesto al corriente sobre el estado de la reunión, don Ignacio sopesaba cuidadosamente el valor de los documentos. Ganaría tiempo si impugnara su autenticidad; un tiempo que no podía tomarse, la resolución debía ser adoptada de inmediato. Permitir la entrada de la marcha a Guaduales podría ser la aceptación de una invasión por parte de los Serenos, inadmisible. Cruzó un par de palabras con su hijo y se levantó, solemne:

—A partir de este instante, señores, el Partido Constitucional retira cualquier apoyo que en otro momento haya podido prestar a la marcha de Palmeras.

—Llegó la tan esperada hora de brindar, amigos —Ernesto sacó una botella y copas. Escanció el aguardiente anisado, a borde lleno—. ¡Por Caledonia!

Un coro de brindis acompañó al feliz entrechocar de copas. En su opinión, habían decidido hacer lo mejor para ellos y para los campesinos de la marcha. En menos de un día sabrían de su error.

VOLVER A LA CASA

La madrugada se encontró con las calles de Guaduales plenas de adornos tricolores, se habían izado las banderas de Colombia en apoyo mudo a la marcha de Palmeras. Más banderas cruzaban la ciudad, rumbo al Parque de la Selva, donde se concentraba la protesta pacífica de solidaridad con la marcha, que entraría por el Puente Mayor sobre las once.

No cabía un alfiler en el enorme parque, una de las muchas obras públicas del alcalde, realizada en contra de quienes consideraban un desperdicio gastar metros de tierra en una zona recreativa con vegetación tan al alcance de la mano; Joaquín Saldarriaga impuso su opinión y dio a la ciudad un área para pasear entre lo mejor de los árboles de la selva profunda, cercanísima pero poco frecuentada. Parecía una fiesta mañanera, plena de cantos y consignas arengadas por los estudiantes de la universidad y recorrida por vendedores ambulantes en ofrecer de desayunos tanto a los manifestantes como a los policías antimotines. Por aquí y por allá saltaban gigantescas figuras con vestidos y caras blancas, como fantasmas de paz; eran los actores del grupo de teatro de la Facultad de Ciencias Agrícolas, subidos en zancos, bailando al ritmo de los tambores y las flautas de su grupo de música.

Las complicaciones empezaron en cuanto la manifestación tomó rumbo al Parque Central, bajo eterna compañía de antimotines alineados en las aceras; caminaron hasta dar con el tapón policial en la Quinta y ahí empezó la batalla. La primera pedrada se dirigió al cristal de Telecom, comenzando la llovizna de piedra y lacrimógenos. Un coctel molotov incendió un supermercado y el fuego abrió el tiroteo. Las fachadas de varias cuadras a la redonda se adornaron con destrozos y huellas de piedra y bala. Los bomberos impidieron la propagación del incendio, pero el supermercado quedó en nada. Dos personas murieron, un muchacho de quince años y el vigilante del supermercado. En el hospital se recibió a treinta heridos; entre ellos, a los actores de los zancos, en la confusión se fueron al suelo y la estampida los pisoteó. La manifestación no llegó al Parque Central.

Antes de las doce de la mañana, Guaduales tenía nueve muertos, a los de la Quinta se agregaban los del Puente Mayor, cinco hombres y dos mujeres. Así había empezado un día que terminaba para Ernesto Otálora con su arribo a la casa familiar, más allá de la medianoche; mediador por excelencia, el senador de Caledonia se sentía por completo derrotado. El primer fracaso había sido a las siete de la mañana, en su conversación con los campesinos de la marcha, la única exigencia impuesta a su hermano Felipe para aceptar el plan militar del Puente Mayor. Lo había recibido un pequeño grupo bajo la lona gris, dentro del cual no estaba Julián; Ernesto se extrañó, pero decidió no preguntar y se dedicó a ofrecerles conversaciones con el Gobierno Nacional a través de una comisión mixta que iniciaría su trabajo ese mismo día; la marcha permanecería en el campamento, mientras tanto.

—Si nos quedamos aquí, estaremos aislados —un hombre enjuto, de largas y calludas manos, llamado Ricaurte, estaba encargado de llevar la vocería—, su propuesta es convertir el campamento en un gueto. Aceptamos las conversaciones, si se hacen dentro de la ciudad.

Luego vinieron las muertes, la visita a la morgue, reconociendo el cuerpo de Julián y también el de Ricaurte. Empezó a sentirse portador del desastre. Hasta la morgue le llevaron la segunda derrota, su estratagema para alejar a los periodistas con una declaración de zona de emergencia había sido burlada y todo el país había visto lo del Puente Mayor; media Bogotá pidiéndole explicaciones y haciéndolo responsable: sus colegas del partido, del Senado, y también el presidente de la república. Manifestaciones de protesta en todo el país.

Para rematar, la tarde de Guaduales, plagada de destrozos y desórdenes. Comercios saqueados, actos vandálicos, millones de pesos en pérdidas. Ni un muerto más, pero el hospital reventó con los heridos. Ciento cuarenta detenidos, además de los miles de la marcha. Sobre las seis y media de la tarde, Ernesto se cruzó en el camino de una de las manifestaciones con pancartas de paz; iba en el viejo carro de la familia, no pensó en ser reconocido. Una mujer lo vio y gritó su nombre, gran cantidad de gente rodeó el Land Rover, golpeó la carrocería, el panorámico cayó hecho trizas. Le gritaban: *¡Asesino! ¡Asesino!* Ernesto todavía escuchaba las voces y veía las caras de rabia y de dolor. Quién sabe qué le hubiera pasado si la policía no libera el carro a porrazos. Lo que más le dolía era el zarandeo, los insultos, el odio.

A pesar del cansancio, el sueño no aparecía y Ernesto decidió intentar una disciplina de pestañeo; camino de su habitación, se sentó en la sala y ahí se quedó, con los pensamientos corriendo de un lado a otro. Miraba la pared con la atención que prestaría a descifrar una pintura abstracta cuando sonó el timbre; corrió a la puerta, preparándose para otro desastre. Joaquín Saldarriaga, con el rostro tan demudado como el suyo, lo miraba en silencio. En todo el día se habían visto más que en los últimos años, pero en plan oficial, un senador y un alcalde en inspección e hilvanado de calamidades. El recién llegado era el amigo de infancia al cual no se preguntaba la razón de una visita a tan avanzada hora, se lo hacía pasar sin ceremonias, ofreciéndole una copa. Renacieron las confidencias al calor de los aguardientes; los dos sentían una enorme impotencia, pese a ser quienes eran, o tal vez por serlo. El timbre del teléfono interrumpió la mutua mirada de comprensión.

—¿Aló?... ¡Laura!... No, estaba despierto. Supiste lo del Puente Mayor... Sí, era Julián —Ernesto escuchó el golpe del auricular contra el suelo. Se controló al máximo para evitar el temblor de la voz—. ¿Qué pasó, Tomas? Ayúdala, por favor —colgó, impresionado, cómo era posible que Laura continuara perdiendo la cabeza por Julián, después de tantos años. No sabía qué decir a Joaquín, se decidió por una verdad a medias—. Mi hermana quería saber lo del Puente Mayor.

—Tú siempre tan discreto —Joaquín estaba entristecido—. Quería confirmar la identidad de uno de ellos.

—Cómo sabías...

—Que Laura estaba enamorada de ese tipo y por eso se la llevaron a Madrid. Un secreto así es imposible de guardar en un pueblo tan pequeñito como el Guaduales de entonces, Ernesto. No me mires con esa cara, entendí tu actitud.

Ernesto tenía ganas de abrazar al buenazo de Joaquín. Si hubiera sido ésa la única vez que le mintió, estaría más tranquilo. La primera mentira había sido dicha cuando Joaquín acababa de enamorarse de ella y habría podido olvidarla más fácilmente, pero Ernesto silenció su participación casi directa en la historia secreta de Laura; él había sido su confidente desde la infancia. Se llevaban diez años y se tomó el nacimiento de su hermanita como algo atinente a él, en exclusiva, ya que sus papás estaban al tanto de su educación, pero se ocupaban poco de ellos; preferían su amplísima vida social y los constantes viajes de negocios al extranjero.

Para él, Laura siempre fue una criatura necesitada de protección. En el viaje de Semana Santa la había visto llorar, mirando el mar de Miami. Esa noche se pusieron a tomar en el cuarto del hotel y, en la primera borrachera de su vida, Laura lloraba y decía un nombre que Ernesto identificó de inmediato. Renunció a pasar las vacaciones de julio con el tío Daniel, recorriendo Caledonia, y se fue a La Magdalena, tras los pasos de Laura, llevándose como coartada a Joaquín, que no se enteraba de nada y le preguntó, muy ansioso, *¿crees que tengo puntos?*

—Si tú no tienes puntos, nadie los tiene, tranquilo —Ernesto mentía con entera naturalidad ya a los veintitrés años, hábito adquirido en plena adolescencia, desde sus comienzos en la política al lado del tío Daniel. Decidió rematar la faena—: ¡Ánimo! Esta vez cae, segurísimo.

En cuanto pudo, se despistó de Joaquín, preocupado porque no encontraba a su hermana en ningún rincón de la casa; paseó por el patio de guanábanos, el establo, los guayabales. En el corral vio la espalda de Laura, sentada sobre el travesaño más alto del cercado de madera, mirando los potreros. Ernesto la llamó y ella bajó de un salto y corrió, intentando huir, pero se encontró sujeta por la cintura y se derrumbó en llanto, como un merengue al agua.

—Es por ese tal Julián —Ernesto se dejó de rodeos.

Laura intentó soltarse; si insistía, terminaría contándole todo y no quería compartir la vergüenza de adorar a un peón que le sacaba el cuerpo, para más inri. Laura acertaba de pleno, aun sin conocer las razones de la fuga de Julián. Arrepentido por haber salido corriendo tras la declaración de Laura en la fiesta de año nuevo, había esperado con impaciencia la llegada de la Semana Santa, ella vendría a La Magdalena y él podría disculparse, explicarle. En realidad su deseo era verla, ayudarla a subir al caballo para poder tocarla y sentir su olor a semilla de tamarindo. Laura le había sorbido el seso y prefirió Miami sobre él y La Magdalena. Con el orgullo hecho pedazos, Julián se fue al cañaveral, sintiéndose un güevón. Hacía silbar el machete con la fuerza de un castigo merecido, cortando tallos de caña de azúcar a gran velocidad, y el sol lo plantó en la cama por una insolación de la cual tardó dos semanas en recuperarse. En cuanto salió de los dolores, decidió no volver jamás durante las vacaciones a La Magdalena; haría de peón en otra de las fincas de la familia, la más lejana, por el río Catarán abajo.

Laura no sabía nada de esto, de haberlo sabido, habría encontrado a Julián aunque se escondiera en mitad de la selva; tenía una fuerza inaudita cuando se trataba de él, convertida en debilidad máxima si perdía la esperanza. Ernesto sonreía a esa Laura pequeña, tan querida por él, y se volvió a reprochar su silencio con Joaquín. No pudo hablar en ese tiempo, no pudo cuando se la llevaron. Debería poder en esta tercera oportunidad.

—¿Todavía, Joaquín? —planteó la cuestión, a ver si podía.

—No hay caso, es verdad. Por eso me casé y además quiero a mi mujer, pero Laura continúa estando atravesada.

Ernesto tampoco dijo nada; se sentía mejor, no fue su silencio el motor de la esperanza de Joaquín. Aquél fue un silencio idéntico, que no cambiaría el sentir o la vida de su amigo; sin embargo, algún asomo culpable tendría, porque en cuanto se despertó en la mañana del miércoles llamó a Joaquín, pidiéndole su compañía para recibir a Laura y él dijo que sí, encantado de la vida. Eran ellos los únicos civiles que habitaban el aeropuerto; restringidos los vuelos comerciales, sólo había uniformados en espera de transportar la tropa del avión militar que traía a Laura.

Dos soldados empujaban la escalerilla hasta la puerta del avión donde el teniente Quintana se asomaba, sosteniendo a Laura por el brazo; no se trataba de cortesía, ella era un ramillete de temblores con necesidad de apoyo para bajar la escalerilla. Las fuerzas le renacieron al ver a Ernesto y Joaquín correr por la pista, y le volvieron del todo al escuchar el susurro de su hermano: *bienvenida, chiquitica*. Los treinta y cinco años de Laura necesitaban más que nunca de la ayuda de Ernesto.

La sospecha de regresar a un lugar distinto empezó en el parqueadero del aeropuerto: una enorme camioneta negra, de cristales ahumados, sustituía al carro de la familia. Ernesto le ocultó la razón por la cual el viejo Land Rover estaba en reparación, siguiendo la arraigada costumbre, no solamente familiar sino general en las tierras de selva, de poner paños tibios a la realidad cuando se habla a las mujeres. Laura vio en el cambio un aviso confirmado por el blindaje de la camioneta, por los hombres sentados en la parte delantera del carro, los guarda-espaldas del senador y el alcalde. Delante de tanta gente desconocida, Laura permaneció en silencio. Se puso aún más rígida en su asiento cuando le prohibieron abrir la ventanilla para ver el paisaje; era peligroso, según ellos. Nada se conservaba igual en esta Caledonia.

Tampoco era cierto. Incluso ahumado por los cris-tales, el paisaje continuaba siendo el mismo: pasaba en calma el río Catarán, la hierba se inclinaba doblegándose a los vientos, la ganadería masticaba con indiferencia y apartaba los insectos con el rabo, el horizonte se ondulaba en verdes montañosos y las palmeras tenían los cabellos en alboroto continuo. *El Aguardiente Anisado de Caledonia le da la bien-venida a Guaduales.* El anuncio produjo en Laura un retroceso en el tiempo, de origen puramente semántico: Guaduales, guadual, la casa del guadual. La Magdalena, como toda la región, tenía varios guaduales y había uno muy grande donde constru-yeron una casa para guardar aparejos y cocinar cuan-do las vaquerías se alejaban de la casa principal. Laura no regresó a La Magdalena desde el ataque de llanto y se volvió una mujer distinta; aceptó cuanta fiesta se le propuso, se ennovió con todo preten-diente que le pasó por el lado, inclusive con Joa-quín y también a él, como a los demás, lo despachó enseguida. Perdió el curso y en julio del año siguiente iba camino de perderlo otra vez. Sus papás decidie-ron darle el castigo ejemplar de enviarla a aburrirse con los abuelos en La Magdalena y lo consiguieron, Laura se aburría enormidades hasta la comida del segundo día. El mayordomo informaba al abuelo sobre las reparaciones de Julián en la casa del guadual. Silenciosa y sin mostrar ningún interés, Laura se enteró del destino de ese hombre detestado, perdió al instante el apetito y enseguida también el sueño. Sin casi haber dormido, apareció por la cocina para el tinto madrugador de los peones del ordeño, pidió su caballo, alistó comida en las alforjas y dijo que no volvería antes del anochecer. Esta vez no permitió que el abuelo le pusiera custodia y don Octavio Otálora aceptó el capricho, para ayudarle a recuperar el cariño por la finca y olvidar el fiesterío de la ciudad.

Julián, trepado en el techo, hizo sombra a los ojos con la mano al oír un cabalgar acercándose por el sendero; reconoció al jinete y, muy rápido, se agachó a colocar las tejas. Los ojos de Laura se quedaron prendidos en la figura agachada; descabalgó y le gritó un saludo que él contestó sin dejar de trabajar. Ella, para no ser menos, decidió ignorarlo. Buscó la sombra del zaguán y se apoyó en la baranda. El silencio era un rumor de guaduales meciéndose en el viento. La casa del guadual se había construido de bahareque y tenía un único espacio para todo salvo el sanitario, construido aparte, y la inexistente ducha, para eso estaba el río.

La puerta que conducía al interior estaba abierta y Laura entró a la fresca penumbra. Inspiraba olores de barro caliente, leche, carne asada y algo más que no identificaba. Se aproximó al lugar donde crecía el olor desconocido, al borde de la cama; levantó la sábana y la llevó a su rostro. Olía a Julián.

—¿Quiere una toalla para secarse el sudor, en lugar de ensuciarse la cara con mi sábana? —Julián no pudo ser más brutal. Aparentando concentrarse en el trabajo, no se había perdido ni un movimiento de Laura. La vio buscar cobijo en la casa, esperó a que saliera y en la espera empezó a imaginarla husmear, en plan de dueña; la sangre se le subió a la cabeza. Se dio cuenta del lugar donde estaba Laura al verla soltar la sábana y salir como una exhalación hacia el sol de la mañana.

Laura corrió entre los palos de guadua, sin importarle los rasguñones de las ramas. El guadual terminaba en el río. Sin pensarlo dos veces se lanzó de cabeza, dio un par de brazadas y sintió el tirón de la corriente; en la furia, se había olvidado de las botas de caucho, que la empujaban hacia el fondo. Nadó con angustia, intentó pedir auxilio, la voz le salió en gorgojeos de agua. Julián se había ido tras ella y no vio el peligro, al ser tan buena nadadora; entró en pánico con el pasar de los segundos sin verla emerger. Detenido ante la idea del ridículo al cual se exponía si ella sencillamente buceaba, se abstuvo de ir a buscarla tantos minutos que casi la rescata ahogada.

En cuanto terminó de vomitar y de toser, Laura se zafó del apoyo de Julián y se sentó en un tronco del patio a mirar los guaduales con obstinación, decidida a aguantar cualquier cosa menos la humillación de su risa. Julián no se reía. Buscó ropa seca y trató de que la aceptara o, por lo menos, que entrara en la casa, el sol pegaba fuerte y podía sufrir una insolación. Las palabras no valían y Julián decidió acercarse; se arrodilló a sus pies, cogió una bota por el talón y el empeine, jaló suavemente hasta sacársela. Laura no sabía qué hacer, por primera vez en su vida tenía ante sí a un hombre arrodillado, quitándole la media. Julián, con los ojos cerrados, tomó su pie como una copa y le pasó la lengua por los dedos.

El frenazo de la camioneta hizo que Laura mirara al frente y encontrara los arcos metálicos del Puente Mayor. El conductor mostró un salvoconducto, los militares del retén saludaron antes de levantar la barrera. Cruzando el Puente Mayor, como había hecho desde niña a pesar de saber que es un agüero tonto y va a pedir lo imposible, Laura dejó de respirar y pidió volver a la casa del guadual, encontrar a Julián esperándola, acostado en una cama de sábanas aún intactas. Inspiró con ahogo pasado el puente, extrañeza de nuevo, había otra barrera militar. El teniente Quintana bajó del carro, escuchó a los soldados y se asomó a la ventanilla.

—Los entierros van a pasar por la Plaza Central —Quintana hablaba a Ernesto con un tono de voz que no extrañaría a Laura, de saberlo detentador de la autoridad de Felipe y con carta blanca para disponer sobre su seguridad—. Doña Laura debería ir al batallón. Hay una reunión urgente en el salón del Hotel Imperial, lo están esperando, y a usted también, doctor Saldarriaga.

La casa familiar de los Otálora estaba en la Octava, a sólo media cuadra de la Plaza Central, de ahí la urgencia de Ernesto en aceptar.

—Necesito hablar contigo a solas, Ernesto —más que pedir, Laura exigía.

—Joaquín es como de la familia —Ernesto lanzaba un disimulado pedido de auxilio a su amigo. Laura aceptó y los tres se quedaron solos dentro de la camioneta—. La situación es de una gravedad increíble, escúchame: tal y como están las cosas, cualquiera de nosotros se encuentra en peligro. Vete con el teniente Quintana al batallón, por favor, más tarde pasamos a recogerte y te llevamos a la casa.

—¿Me han puesto guardaespaldas?

—Deberías contárselo —Joaquín había decidido intervenir tras la autorización muda de Ernesto—. Yo estaba en tu casa cuando llamaste a preguntar por el destino de Julián Aldana. Al poco rato nos estalló un petardo en la puerta. Destrozaron la fachada. Afortunadamente no pasó nada más.

Ernesto, que pensaba callar para no asustarla, le contó las llamadas de insultos y promesas de muerte a los Otálora. Laura estaba tan rígida en su asiento como una garza en el río.

—Nadie que no sea yo misma va a decidir ni uno solo de mis pasos en Guaduales. Ya no soy una niña, no voy a permitir más intromisiones en mi vida. Si las cosas están así de graves y yo ando por ahí con un hombre uniformado, no voy a poder ir a ningún sitio.

—Quintana irá donde tú quieras, vestido de civil —Ernesto improvisó, afanado.

—Está bien, iré con el teniente, pero no al batallón, mi lugar está en la casa.

No hubo argumento alguno para hacerla cambiar de parecer. Laura terminó con la discusión al preguntar si en los entierros iría el de Julián.

—Su cuerpo está en la morgue —Joaquín dio a su voz un exagerado tono casual—. Se esperó a unos especialistas de Bogotá para las autopsias.

A Laura se le pusieron los pelos de punta al pensar en Julián acuchillado al bisturí. Apenas se despidió de ellos, no cruzó palabra con Quintana y empeoró al llegar a la casa de la familia, imposibilitada de moverse. El teniente le abrió la puerta del carro y estuvo esperando un tiempo eterno. Laura no conseguía reconocer su propia casa. Se debía a la excelencia profesional de Joaquín Saldarriaga; arquitecto de vocación, evaluó los desperfectos en cuanto se le pasó el susto del atentado con el auxilio de un par de aguardientes. No había daños estructurales, se podía arreglar en un día si se contrataba a un buen número de peones y, de paso, se aprovechaba para hacer un nuevo diseño, mejorándola hasta dejarla irreconocible.

Aparte del cambio, la puerta estaba adornada con soldados de guardia. Laura habría sido incapaz de entrar si no cuenta con el alborozo de Carmelina, que salió corriendo a recibirla y la arrancó de la camioneta a punta de abrazos, *vuelve desde tan lejos mi niñita bonita*, así era como le seguía llamando esta mujer que creció sirviendo a la familia y se encargó de ella cuando estaba en Guaduales. Laura no cabía del contento y la nostalgia. Carmelina pasó tantos años con la abuela que adoptó sus expresiones, su manera de andar, hasta su carácter; era impresionante sentir a la abuela traspasando la muerte.

Las atenciones de Carmelina le cambiaron el ánimo. Después de una larguísima ducha y de un tardío desayuno al mejor estilo de la abuela, obligada a comer por las riñas cariñosas de Carmelina, Laura estaba atacada de la risa con el espectáculo del teniente Quintana, vestido con las ropas de Ernesto, anchas y muy cortas para él, convertido en un niño obediente, rebañando los platos.

—Ni una miguita se puede dejar un militarote tan grande como usted —Carmelina batía el índice, vigilante.

Laura se estremeció de alegría, sintiendo que, por fin, había llegado a Caledonia.

ESCOMBROS

Con las emociones del regreso bien atadas a la espalda, Laura tomó aliento para llamar a Madrid. La voz de Tomás tenía una sequedad que raspaba el oído, no la perdonaba todavía; su racionalidad le indicaba el absurdo de sentir celos por un hombre muerto, pero no podía evitarlo, Laura lo había abandonado para ir al encuentro de un afecto mantenido en secreto. La confianza en ella también había muerto.

—Han dicho que Julián Aldana era guerrillero —Tomás planteó el tema, ya que Laura no lo hacía.

—No me lo creo, él no iba a estar metido en esas vainas.

—Has recuperado tu acento —Tomás se fue por otros rumbos, el diablillo de los celos bailaba ante sus ojos, satisfecho: ella lo conocía tanto como para saber dónde iba a meterse y dónde no.

—Espero recuperarte a ti, ¿vas a venir? —silencio de segundos al otro lado, Laura se entristeció, amaba a Tomás—. Ven en cuanto puedas...

Laura amaba a dos hombres de forma simultánea, saltándose a la torera la idea del amor único y exclusivo vigente en estos tiempos, porque hubo otros períodos de la historia con distintos pareceres, antes de la entronización del cristianismo. Se trataba de amores fuertes, verdaderos, únicos y completamente diferentes. A Julián lo amaba con el sentir nacido en la adolescencia, un amor esporádico en su realización, clandestino y contrariado, pero intacto. A Tomás, con el afecto de la veintena, un amor abonado en cotidiano que creció, robusto, con los años; un amor que aún no había sufrido el desencanto. Y a los dos los amó hasta el último día de su vida.

Laura apartó la tristeza por la aridez de Tomás, tenía cosas muy duras para enfrentar. *Al mal paso darle prisa*, se dijo, y se llevó tras ella a Quintana, rumbo a la morgue; necesitaba ver el cadáver de Julián por el bien de su corazón, empeñado en conservarlo vivo. No llegaron más allá de la esquina. Acordonada por policías, la calle daba paso a los entierros; Quintana iba a dar reverso pero Laura lo detuvo, quería saber qué estaba pasando.

Los monaguillos encabezaban el cortejo fúnebre. Portaban una altísima cruz, velones de cera ardiendo al sol y oscilantes incensarios. Los seguía el padre Raúl Casariego. Laura lo reconoció, había visto en la televisión española su participación en Manguaré; saltó del carro y se encajó entre dos policías que no reaccionaron, detenidos por una señal del teniente Quintana.

A Dios le pido, reinaré. Reine Jesús por siempre, reine en mi corazón, cantaba el padre, coreado por los grupos enlutados que iban tras él. Pasaba el primer catafalco, llevado por seis hombres con camisas blancas, bandas negras en el brazo y sombreros de paja, en silencio, la mirada obstinadamente fija en el suelo. El ataúd era seguido por un enorme grupo de personas muy mayores, con los ojos vacíos; rezaban rosarios sin parar y llevaban niños de la mano. Eran los dolientes de Baldomiro Uyandé, los miembros de la marcha de Palmeras evacuados a Miramar, grabados por un hombre que caminaba hacia atrás, guiado por otro que lo jalaba del cinturón. Laura no conocía a los evacuados de la marcha ni a Alfonso, convertido en guía del avance de espaldas de Oriol, pendiente de su encuadre.

Oriol estrenaba cámara y trabajo a las órdenes de la Agencia Internacional Ícarus, gracias al arribo madrugador del jeep con el transmisor pirata y sus tres amigos; se sintió renacer. El tiempo de esperar la madrugada, inmóvil en la cama por los dolores de la paliza, le templó el ánimo para permanecer en Guaduales pero no en el hotel, muy sospechoso por el asunto de los asaltantes llave en mano. Se dirigió a Miramar, donde Silverio le prestó una ayuda enorme, alojándolo en su casa y llevándolo al médico del barrio, un viejo curandero que después de palparlo por acá y por allá, lo llenó de yerbas y le confirmó que nada tenía roto.

Se sentía desnudo sin la cámara, pero los dolores bajaron por la tarde y decidió irse a la manifestación del barrio. La cita era a las cinco, en la plaza de la iglesia, y estaban allí las tres cuartas partes de Miramar, incluyendo a los evacuados de la marcha y al padre Raúl Casariego, que ayudaba al sacerdote del barrio a dar los toques finales en el altar, improvisado a pleno sol. La protesta empezaba con misa a dos curas. El padre Casariego se echó un sermón de antología; pasando de las lamentaciones por los muertos a las acusaciones contra los asesinos, con el mismo aire de las de Jesús a los fariseos, rehuyó la cristiana resignación para reclamar justicia en Caledonia.

En cuanto se oyó el *Id en paz, hermanos*, la gente se lanzó en ruta para salir del barrio; los esperaba un muro policial, cortando el acceso a la Circunvalar. Oriol ayudó en el trasiego de bultos para formar una barricada de gentes, a escasos metros de la de los policías; ayudó en la gritadera de insultos dirigidos a los antimotines; ayudó a tirar piedra; lloró con los demás por los gases lacrimógenos y, como a los demás, se le pusieron los ojos cual tomates. Entre lágrimas, vio explotar un coctel molotov sobre los uniformados y no alcanzó a saber si caía alguno herido porque la marejada verde y negra se le vino encima. Corrió como jamás pensó en su vida, saltó una baranda con agilidad desconocida y cayó en plancha sobre el yerbajo de un patio trasero. Un niñito lo miraba aterrado, Oriol le hizo señal de silencio y se mantuvieron congelados hasta que bajó el barullo de la pelotera. El niñito lo hizo entrar a la casa y le presentó a los hermanos y a la abuela. Lo sacaron por la puerta de enfrente, después de espiar los alrededores sin ver ni un policía. Al lado de la manifestación, la grabación de los entierros estaba resultando un sencillo paseo; doloroso, pero paseo al fin de cuentas. Y para Alfonso estaba constituyendo un auténtico bautismo, el editor se fogueaba por primera vez con el trabajo de a pie, el de producir imágenes tal y como se iban presentando, en lugar de ponerlas en orden.

¡Militares! Gritaba un joven, tras el cortejo de Baldomiro Uyandé. *¡Asesinos!* Coreaban más jóvenes. *¡Gobierno!,* continuaba la arenga. *¡Asesino!,* contestaban. Los gritos se diluyeron calle arriba, suplidos por una música de banda que Laura no reconoció; era el *Dies Irae* del *Réquiem* de Verdi, en una extraña versión muy lenta, con redobles de tambor estremeciendo hasta a los antimotines. Tras la banda de la universidad venía el segundo ataúd, cargado por adolescentes en uniforme de colegio, seguido por varios niños vestidos de negro y una pareja también joven, sobre los treinta años. El hombre, ceñudo, se secaba las lágrimas a golpes del dorso de la mano, y la mujer lloraba incontenible, estrujando un pañuelo entre las manos. El hijo mayor salió de su casa la mañana del lunes y ya no volvió más. Los quince años de Heider Durán terminaron en la revuelta de la manifestación de apoyo a la marcha, en la Quinta.

Laura, con los ojos enlagunados, siguió mirando a la gente pasar, recorriendo rostros de facciones borrosas. *¡Policías, asesinos!* Gritaban a la cara protegida por cascos de los antimotines que permanecían inmóviles, como si estuvieran pintados. *¡Asesinos!,* le gritaban a Laura, incrustada entre ellos. El teniente Quintana la jaló del brazo y se la llevó a la camioneta.

—Esperamos aquí —estaba un poco molesto, iba a resultar difícil custodiar a una Otálora tan arriesgada—. Todavía falta bastante gente por pasar.

Y a Laura todavía le faltaba mucho por oír. *¡General Felipe Otálora!* Llamaban unas voces, respondidas por un coro de *¡asesino!* Continuaron con los nombres de su familia, de los Saldarriaga, de todos los dirigentes de Caledonia. Con cada nombre, Laura sentía pronunciar las cinco letras del suyo.

Pasaron los entierros, rumbo al cementerio. Guardaron a sus muertos en nichos de cemento y se disolvieron sin incidentes, la policía tenía orden estricta de no mover un dedo. Acordonamiento perfecto y ninguna incidencia; funcionó porque a la gente le podía el dolor sobre la rabia. La camioneta no encontró más obstáculos y pudo llegar al hospital, donde estaba una morgue sin sala de espera, imposible prever el apelotonamiento monumental de familiares, aguardando a sus muertos. Laura conocía los del Puente Mayor, pero no sabía que el número de vidas segadas llegaba a veintitrés. El teniente Quintana tuvo que contarle los detalles del incendio en la Facultad de Veterinaria, donde años atrás había estudiado Julián; el fuego no se extendió gracias a la cantidad de prados entre los edificios de la Universidad del Sur, pero los estudiantes sumaron sus muertos a la lista. Sin incendio, la concentración de La Ribera había contribuido en el número, como Miramar.

Fuego en Guaduales, titularon los periódicos del país. El martes no abrió ni un solo negocio, nadie fue a trabajar, salvo los encargados de enfrentar o paliar la revuelta. Idéntico titular enviaba Ícarus al exterior, cambiando Guaduales por Colombia, ante la ausencia de crónica especial ya que Pablo Martín, Alfonso y Néstor habían tropezado con el toque de queda de las siete de la tarde en el retén de entrada a la ciudad. Se apretujaron a dormir en el jeep de las transmisiones piratas hasta cuando el toque de diana del amanecer levantó la barrera y ahí, como en los demás retenes del trayecto, nada sospechoso encontraron, los miraron como una gota más de la inundación de representantes de organizaciones civiles y políticas, reporteros, observadores y voluntarios internacionales que iban al entierro de Julián Aldana. La censura estaba asegurada en manos de los editores y no se preocuparon por ellos.

En tres días la ciudad, de una manera o de otra, giraba alrededor del saldo de la violencia. Caravanas fúnebres, esperas de tristeza en la morgue, o de pánico en la sala de urgencias, o de angustia por ver familiares heridos o quemados, o de temblor al consultar las listas de detenidos buscando el nombre de quien no se conocía el paradero. Repaso de pérdidas en almacenes y negocios, cálculo de daños en las casas por donde pasaron las protestas, lo que es igual a decir que en casi todo Guaduales. Recogida de carros convertidos en amasijo de hierros y limpieza de restos de llantas quemadas, cascotes de bala, alambres de barricadas. La vida del día siguiente a una hecatombe.

Debido al amontonamiento frente al hospital, Quintana decidió intentar por la parte de atrás, reservada a la entrada de ambulancias. Consiguió pasar mostrando credenciales, cuadró la camioneta en el parqueadero de empleados y entró con Laura a la morgue, por la salida de emergencia. El depósito de cadáveres rebosaba de batas blancas y camillas cubiertas por sábanas, salvo una, donde se afanaban la mayoría de las batas. Otro grupo embatado se reunía junto a un pequeño escritorio donde un hombre, tecleando velozmente en una máquina de escribir, seguía los dictados que un perito voceaba desde la camilla descubierta. Al otro lado de la sala se encontraba la puerta principal, con claraboyas vidriadas dejando ver la sombra de soldados en guardia; de ahí venían murmullos, oscilantes al ritmo de los estados de ánimo de los familiares, portadores de esperas de horas y hasta días.

Quintana no necesitó presentar sus credenciales, una mujer alzó los ojos de la autopsia para identificar a los intrusos, echó a correr y abrazó a Laura; era Alejandra Galván, magistrada del Tribunal, recién nombrada juez especial para investigar y fallar los delitos relacionados con los disturbios de Guaduales, una de esas típicas decisiones derivadas de las declaratorias de zona de emergencia, dejando en sus manos la resolución judicial del liazo. Acertaron de pleno, ella era un compendio de discreción, neutralidad y amplio sentido de justicia; en lugar de aplicar la ley a rajatabla, la convertía en una masa moldeable a las circunstancias humanas; escultora del derecho, dura y blanda a la vez, se le criticaba a menudo pero nadie ponía en duda su capacidad, era la juez con mejor formación de Caledonia.

Alejandra conoció a Laura en Madrid, cuando fue a hacer su segundo doctorado. La esposa de Felipe, amiga suya de infancia, envió unos regalos cuya entrega fue el comienzo de esas amistades que la distancia y la añoranza común hacen entrañables. Hacía tres años que había dejado a Laura ante la puerta de salidas internacionales del aeropuerto madrileño, agitando la mano; la recuperaba ante otra puerta de salida, la del depósito de cadáveres. En realidad, Alejandra no estaba obligada a presenciar las autopsias, pero no le bastaban los informes, hojas de papel donde no observaría el trazo labrado por la muerte en los cuerpos. Tenía especial debilidad por su trabajo, hasta el punto de no encontrar el tiempo de casarse y tener hijos; era feliz así, descubriendo el engranaje del derecho, le había confesado a Laura en una noche de bares madrileños.

Laura le contó el propósito de su presencia y Alejandra no entendió la razón, tampoco a ella le había hablado de Julián Aldana; sin embargo, la expresión de su rostro no admitía dudas. Ordenó un almuerzo común y de inmediato. La dejaron sola, después de señalarle una sábana blanca. Laura permaneció algo más de un minuto junto a la camilla, observando con dedicación los pliegues dibujados por el cuerpo en la sábana. Una parte de ella quería huir, otra parte le sujetaba los pies al suelo de cemento. Cerró los ojos. Instintivamente, sus manos encontraron el borde de la sábana y fueron enrollándola, retorciéndola, hasta tenerla completa entre los brazos. Se tapó la cara con la sábana y aspiró, buscando el olor de Julián; encontró aromas de formol y de pólvora. Abrió los ojos y el cuerpo desnudo le rompió la garganta. Su boca se abrió en persecución de aire, roncos sonidos peleaban inútilmente por llenar los pulmones; la sábana se deslizó hasta el suelo.

Una desesperada carrera la llevó a la salida de emergencia. Apoyada en la puerta, convulsa, los pulmones le dolían, estrujados, y el corazón palpitaba cada vez más despacio. Después de un espasmo ansioso, su cuerpo consiguió respirar. Pasaron varios minutos antes de conseguir un pulso normal. Cerró la puerta y volvió a enfrentar la visión del cadáver.

De no ser por la palidez de la muerte, le hubiera parecido idéntico a aquel Julián que se quedaba en la cama después de hacer el amor, fumando, perezoso, mientras ella preparaba tinto en la vieja cocina de carbón de la casa del guadual, hablando sin parar de las películas que se veían en Bogotá y que a Caledonia no iban a llegar jamás; el único cine programaba películas de exclusiva serie B y en idioma extranjero, casi ininteligibles por los rayones tajoneando los subtítulos hasta convertirlos en pedazos de letras sin cosido posible.

A ese Julián que ella volvía a ver como si no hubiera pasado el tiempo, le faltaba una mano tras la nuca, le sobraban los costurones, los huecos con bordes de sangre coagulada repartidos en el pecho y el vientre. Laura se sentó en la camilla como si lo hiciera en la cama de la casa del guadual.

—Respira, mi amor —le pedía. Pasó sus dedos por los labios del cadáver y, sin notar el helaje de la muerte, lo besaba, soplando dentro de la boca entreabierta.

—Respira, mi amor, no te me vayas —suplicaba, recorriendo con su cara los rasgos de.Julián hasta llegar a los ojos, abiertos y mirándola.

Laura tuvo que apretar los párpados, volvía a ahogarse. Sin sentir la rigidez del cuerpo, recorrió suavemente con los dedos el pecho y el vientre de Julián, tocando las heridas de la muerte.

—Quién te hizo esto, dime —Laura lloraba con los ojos cerrados—. Quién te sacó de la vida.

De la salida de emergencia venía un carraspeo cada vez más fuerte que Laura no escuchaba. Alejandra se decidió a llamarla suavemente, para hacerla volver del lugar donde se hallaba.

—Por favor, dime quién lo mató —Laura se levantó y Alejandra fue a abrazarla.

Alejandra no sabía por qué, pero también lloraba. Su llanto era el reventar del dique construido durante los dos días de trabajo intenso, recorriendo Guaduales en seguimiento de los desastres. Lloraba la ciudad destrozada, las gentes heridas y muertas, los familiares exigiendo responsabilidades o suplicándole, como Laura, *doctora, dígame qué pasó, dígame cómo murió, dígame dónde está, dígame.* En el abrazo las pilló el empujón de la puerta y la caída estrepitosa de Patricia y el teniente Quintana. Si hubieran estado menos conmocionadas, habrían escuchado los gritos, la pelea cada vez más violenta entre una voz de hombre que pedía un poco de respeto y unos insultos de mujer. Patricia iba a seguir gritando cuando se levantó, encontrándose con el cadáver desnudo; recogió la sábana del suelo y tapó el cuerpo.

—Exijo que me entregue ya mismo a mi marido —Patricia se dirigía a Alejandra, nadie en Caledonia ignoraba quién era la juez especial.

—Lo siento, señora, todavía no podemos —Alejandra se esforzaba en encontrar palabras alejadas de la jerga jurídica—. Estamos a la espera de una diligencia crucial. A más tardar hoy mismo se lo entregamos.

—¡Al carajo sus diligencias!

—Entrégaselo, Alejandra, lleva dos días esperando —Laura no despegaba los ojos de Patricia, sólo la había visto antes una vez, al lado de Julián, formando parte de la larguísima fila de los pésames que recibía, junto con su familia, en el entierro del abuelo Octavio.

Alejandra sopesó las circunstancias a toda velocidad y decidió aceptar. Llamó a los enfermeros para sacar el cadáver.

—Aunque sea una Otálora —Patricia sonreía a Laura con algo de amargura—, venga al velorio. Es en la escuela de Miramar.

De esta forma tan escueta, Laura supo que la esposa de Julián la conocía tan bien como para no tener necesidad de ser presentada. Patricia adivinó la historia a través de los años, recogiendo trozos de frases, ausencias, revelaciones de dudosas amistades, y se encargó de memorizar la cara de esa mujer tras el cruce de pésames en el cementerio, estudiando sus rasgos en una foto del periódico local.

La morgue, aligerada del peso de un cadáver, volvía a tener aire de trabajo febril. El teniente Quintana, apoyado en la pared, tejía datos de un lado y de otro y reconstruyó los pesares de Laura, comprendiendo la razón por la cual el general Otálora lo había encargado de escoltarla, en lugar de asignarle un guardaespaldas común. El trabajo no solamente era más peligroso, Laura se estaba metiendo en el otro lado del campo de batalla, sino infinitamente más peliagudo por las informaciones puestas en sus manos. A partir de ese momento, el teniente dejó de sentirse degradado a simple escolta y se tomó el trabajo como el anuncio de un ascenso; acababa de pasar de guardaespaldas a guía y ángel custodio de la hermana de su general.

Arrinconada cariñosamente por Alejandra, Laura resumió su relación con Julián en una frase: *me enamoré de él sin remedio desde los once años*, y volvió a preguntar quién lo había matado. Alejandra no logró convencerla de la inoportunidad de la pregunta; como juez, no podía dar informaciones reservadas acerca de la investigación. Laura suplicó y suplicó hasta conseguir de Alejandra por lo menos un dato confirmado, que las balas encontradas en el cuerpo de Julián provenían de un único fusil y correspondían a las utilizadas por el ejército.

—¿Felipe tiene algo que ver? —Laura recordaba las acusaciones de los entierros y las palabras de Patricia: *aunque sea una Otálora.*

—No se sabe nada todavía. Sólo puedo decirte que hay una denuncia contra él.

La prisa entró en Laura como una ráfaga. Se despidió de Alejandra con la promesa de llamarla esa misma noche, hizo una señal a Quintana y abandonó el depósito de cadáveres después de lanzar una larga mirada a las sábanas blancas. La camioneta volvió a las calles de Guaduales y el teniente Quintana tomó la Novena en dirección al Hotel Imperial, previo aviso por radio: la hermana del general necesitaba hablar urgentemente con él.

—Dígale que saque tiempo de donde sea —pidió Laura, mirando pasar el destrozo de las fachadas como si ella y Caledonia en pleno hubieran entrado a formar parte de los juegos de algún dios brutal y enloquecido.

BAJO EL PUENTE MAYOR

La familia aglutina la vida también en Caledonia, como en otras latitudes. Catorce rostros ceñudos voltearon a mirar la sacrílega apertura de la puerta y, en cuanto vieron la palidez de desmayo en la cara de Laura, entendieron sin dificultad la inmediata pausa de la reunión que había sido solicitada por Felipe y se había concedido para media hora después. La saludaron despidiéndose a la vez y desaparecieron como por ensalmo, dejando solos a los Otálora.

Se esfumó el impulso que había llevado a Laura de la morgue al Hotel Imperial, de la espera a la decidida irrupción en la sala de reuniones; preparada para una conversación con Felipe, le entró el recuerdo de las asambleas familiares con los saludos cariñosos del tío Daniel y la mirada seria de Ernesto. Los hombres guardaron silencio, cediendo el turno a Laura; esperaban conocer el caletre de tamaña urgencia.

—Necesito saber si el comandante de las Fuerzas Militares del Sur dio la orden de disparar a la marcha, a las manifestaciones, a la gente desarmada —Laura hablaba muy suave, como si estuviera detallando los colores del cielo—. Y la responsabilidad del senador de Caledonia y del director del Partido Nacional.

Los hombres desbordaban de enfado; nada podía ser más grave que su hermana, su sobrina, los llamara por el cargo, rompiendo de un tajo los vínculos de familia. Se miraban entre ellos, decidiendo quién iba a tomar la palabra. Laura les dio la espalda y fue hasta la ventana para dejarlos arreglar la respuesta. Aproximando las cabezas, los tres Otálora cruzaron opiniones en susurros. Ernesto era partidario de calmar los ánimos de Laura haciendo énfasis en la confusión de los hechos y en la actitud provocadora de las protestas; Felipe estaba por la idoneidad del silencio, era una ofensa gravísima ser acusados por su propia sangre, y don Daniel optaba por contarle todo con pelos y señales. Ante el estupor de los otros, arguyó que Laura no dejaba de ser una de ellos y, estaba seguro, por nada del mundo traicionaría a la familia, ningún Otálora haría algo así. Los convenció.

—Bien, mijita —llamó el tío Daniel, agotado bajo el golpe repentino de sus años—, nos duele profundamente una acusación como la tuya. Sin embargo, vamos a contarte ciertos aconteceres desconocidos por ti, al estar viviendo en el extranjero —Laura iba a darle un abrazo—. No, mija, lo siento. Esperaré a verte tranquila. Los muchachos tienen la palabra, yo ya no estoy para estos trotes.

El tío Daniel se despidió, apoyándose como nunca en su bastón. Laura empezó a sentirse culpable. Sus hermanos hablaron y hablaron, quitándose uno a otro la palabra; una hora después, Laura cargaba sobre sus hombros el conocimiento de circunstancias que habría preferido ignorar.

Supo que los Serenos estaban muy lejos de ser un minúsculo grupo subversivo; el dinero recibido a cambio de la protección al negocio de los narcotraficantes los había convertido en el ejército insurgente mejor armado del país, con miles de hombres y mujeres bien alimentados, instruidos, con plomo para desperdiciar y apoyados por tecnología a la última en comunicaciones y armamento. Lo mismo sucedía con los Paras.

Supo que la lucha contra los narcotraficantes y el ARN iba a cambiar para siempre la cara de su tierra. No se encontraban trabajadores, al no podérseles pagar los salarios ofrecidos en las fincas cocaleras; agonizaba el negocio ganadero, tanto en producción como en posibilidades de acercar la carne a los mercados externos ante el constante saqueo; las fumigaciones a los cultivos, indiscriminantes con las tierras aledañas no cocaleras, mataban las posibilidades de replantar, causaban oleadas de emigración y empezaban a atrapar a los dueños de tierras ganaderas, incluyendo a los Otálora.

Supo que Caledonia, al ser el productor más grande de narcóticos, se había convertido en el centro de una política internacional de exterminio. Las órdenes recibidas por los hermanos Otálora el día anterior al fijado por la marcha para entrar en Guaduales, tenían un recorrido mucho más largo de lo que ella suponía, provenían de miles de kilómetros al norte del Gobierno Nacional y eran dictadas en lengua extranjera por personas que de Caledonia apenas conocían el mapa y a veces ni siquiera eso.

Felipe le contó que el domingo anterior había escrito una nota a Julián, violando la ética de su profesión militar, para cancelar la enorme deuda contraída con él a raíz del secuestro. Se la entregó a Quintana como encargo especial. Iría hasta la guardia de la marcha, pediría escolta para ir al campamento, preguntaría por Julián, identificable con certeza después de mostrarle la foto. Nadie en la lona gris confesó conocer a Julián Aldana. Quintana lo reconoció y prefirió esperar; sin dirigirse a nadie en concreto, explicó que tenía un recado del general Otálora.

—Puede decírmelo ahora mismo —Julián se había levantado de la silla—. No tenemos secretos para nadie.

—Tengo órdenes de esperar respuesta —Quintana le ofreció la nota.

Julián leyó con calma y dijo, simplemente, *dígale que sí*. Los demás guardaron silencio hasta que el jeep militar se perdió en la noche. La nota pasó de unas manos a otras, entre murmullos; había una radical división de opiniones entre los favorables a la entrevista y los absolutamente negados, creyéndola una trampa. Julián les contó su mediación en la liberación de Felipe, afirmó estar seguro de la ausencia de una treta absurda, al contrario, iba a ayudar, lo decía en la nota, *le debo una y llegó la hora de pagársela*; si quería acabar con él, lo tendría al alcance de la mano en la mañana siguiente, o esa misma noche, con una incursión por sorpresa al campamento. La sola mención del ataque, por lo demás factible, acalló los ánimos. Julián prefería ir solo, pero en ese punto no cedió el comité. Se escogió a Raúl Casariego, por la valía sacerdotal de su testimonio en caso de líos; a Wilson, por ser la mano derecha de Julián, y a Ricaurte, por su agilidad y su capacidad de orientarse en la noche hasta en caminos desconocidos.

Los cuatro hombres acudieron a la cita y esperaban bajo los palos de mango, charlando en voz baja. El ruido de un motor los hizo callar y rebuscar en la oscuridad; vieron aparecer las luces de un jeep, acercándose a saltos por la trocha. El carro se detuvo a unos metros de ellos, con apagar de luces, y dos siluetas oscuras bajaron, encendiendo linternas. Julián reconoció al general Otálora, vestido de civil; pidió a Wilson la linterna y se alumbró la cara. Felipe también se enfocó el rostro.

—Necesito hablar con usted a solas —pidió Felipe.

Wilson gritó una condición: *cacheo mutuo*. Felipe aceptó, lo mismo venía aconsejándole Quintana. Pasada la requisa, el general indicó con la linterna tras los palos de mango. Se alejaron lo suficiente para no ser escuchados. Fue una conversación sin recovecos, directa, de escasos minutos.

—Hay acuerdo absoluto de acabar con la marcha —Felipe susurraba con lentitud, como si temiera no ser entendido—. A cualquier costo. Váyase de aquí. No puedo hacer nada para protegerlo, ni a usted, ni a nadie. Daré las órdenes necesarias.

Julián se negó en redondo a seguir el consejo de abandonar la marcha; al estar cierto del fracaso, le pidió un poco de mano ancha en la vigilancia de esa noche a la ribera del Catarán, para facilitar la evacuación de los ancianos y los niños. Felipe aceptó y los soldados de esa zona recibieron la orden de irse a descansar. Las canoas dejaron en Miramar su carga, transportada en silencio hasta la Acción Comunal. Con ellos iba el padre Casariego, a quien Julián contó una versión arreglada de la conversación, la que en principio dijo a todos: el general Otálora les había ofrecido una rendición incondicional. Si el sacerdote conocía la verdad, se negaría a abandonar la marcha. Julián le dio un paquete sellado, con la petición de entregárselo a Silverio, y abrazó con emoción al sacerdote, antes de ayudarlo a subir a la canoa.

Julián Aldana alcanzó a intuir el final de su vida pero no quiso o no pudo escapar, probablemente la escapatoria no le fue posible porque, una vez evacuado el campamento de mayores y niños, reunió al comité de dirección y contó la conversación tal y como había sido. No creyeron que Felipe Otálora estuviera hablando con sinceridad.

—No tiene razones para mentir —Julián pasó de la sorpresa a la desesperación—. ¡Van a matar si es necesario!

—¡Si un general del ejército se viene en clandestino para hablar con nosotros es porque le vamos ganando, carajo! —don Baldomiro veía en Felipe un acto de rendición y no de advertencia.

—Después de tantos días, de tantos sacrificios, después de haber abandonado nuestras tierras y de haber regado con muertos esta marcha —Ricaurte tampoco estaba con él—, ¡no nos podemos echar para atrás y obedecer el consejo de un milico!

—A usted lo que le pasa es que se está cagando pata abajo —Wilson empezó con las acusaciones.

Además de miedoso, le dijeron traidor, le dijeron vendido al ejército, le dijeron que se fuera de la marcha si no tenía las huevas bien puestas. Ante los insultos, Julián dejó de discutir, derrotado. El destino de la marcha se volvió ineludible, se dirigían en línea recta hacia el desastre; creían, todavía y por última vez, que su pobreza interesaba a alguien, que su protesta cívica iba a prevaler sobre los intereses económicos, que eran más fuertes por estar desesperados y dispuestos a todo, que la vida aún valía algo en Caledonia.

Julián no podía con su alma. Otro de sus sueños, el último, estaba muriendo. Agonizaba la esperanza que se había empezado a fraguar con la bofetada que le estampilló Patricia en Santa María, el pueblo más cercano a la finca de los Otálora donde buscó el olvido, alejándose de Laura. Después de terminar el primer semestre de veterinaria, aprobado de milagro y en el cual no se enteró de nada, Julián se metió de lleno en la vida de peón; como ellos, cogió la costumbre de beber cerveza tras cerveza desde las ocho de la mañana del domingo. A la hora del almuerzo estaban bien borrachos y comían a dos carrillos en un restaurante del pueblo, atendidos por una mesera muy linda, vestida de rojo. Ella les servía la segunda copa de aguardiente del postre y Julián, achispadísimo, le dedicó una sonrisa con palmada en el trasero.

—¡Seré mesera, pero no soy puta! —le gritó Patricia en medio del silencio consiguiente al estallido de la bofetada.

A Julián se le esfumó la embriaguez en un instante y en su lugar se instaló un enorme sentimiento de vergüenza. El dueño del local restableció el jolgorio con ronda gratis de aguardiente. Ella perdió el trabajo y diez minutos después salía del restaurante, con la paga apretada entre los dedos y temblando de indignación, pero también de miedo; a buscar trabajo de nuevo, lo de no aguantar las burradas de los hombres la dejaba en la calle por tercera vez. Julián se fue tras ella en un inútil intento de disculparse. Patricia no lo perdonó, pero ese golpe, esa dignidad, lo marcaron para el resto de su vida; si una mujer en peores circunstancias, tan humillada por los demás como él por Laura, se lanzaba al vacío pese a todo, había algún lugar adonde ir. Abandonó el desinterés y el alcohol.

Se la encontró de nuevo en el almacén donde fue a comprar las provisiones de la finca. Ella ponía las cosas sobre el mostrador a golpes, sin mirarlo ni decir una palabra. Julián aprovechó para iniciar una confusa ristra de disculpas.

—No vuelva a hacer que me pongan en la calle —amenazó Patricia, estableciendo unos metros infranqueables de distancia.

—Se lo ruego, acépteme las disculpas. Si quiere, voy a hablar con el dueño del restaurante y le aclaro las vainas. Déjeme explicarle, por favor.

Patricia aceptó hablar con él cuando terminara el trabajo para evitar un nuevo desempleo. Fue su primera cita, recordarían después, aunque en esa ocasión llevaron una conversación a trompicones. Julián le contó la razón de sus dolores, así tuvo ella la primera noticia de las quemaduras de sol y de una niñita llamada Laura Otálora.

La Universidad del Sur abrió tanto el mundo de Julián como la bofetada de Patricia. Ahí conoció que el pozo entre campesinos y patrones se podía atravesar con acciones políticas e ideologías; ahí empezó un camino donde era tan dura la lucha con los dueños del poder y la tierra como con los mismos peones, preocupados tan sólo en la llenura de sus estómagos, la diferencia radicaba en el tamaño del estómago; ahí se abrió al sueño de conseguir la dignidad de los que nada tenían, aparte de una vida arrastrada en la pobreza; ahí empezó un árido trabajo que se prolongaría durante los restantes doce años de su vida, cuyos resultados se potenciaron con los descontentos por las fumigaciones, florecieron con las marchas y ahora sufrían los estertores finales. Poderes demasiado fuertes, de un lado y del otro, lo iban a machacar como a un gusano de río.

—Les pido sólo una sola cosa: ofrezcamos la oportunidad de quedarse en el campamento a los que no quieran ir hasta el Puente Mayor —Julián realmente pedía, con desesperación, y agregó lo que para él era una senda única a seguir—. No lo digo por mí, yo voy a estar allá. Y bien al frente, para demostrarles que lo mío no es traición ni miedo.

Julián puso el cuerpo en la primera línea del Puente Mayor por el fracaso de sus sueños, de su carrera política, y en defensa de la limpidez de sus actos y su nombre; prefirió perder la vida en lugar de salvar un pellejo que sería estigmatizado de traidor y cobarde. Los miembros del comité de dirección lo miraron con incredulidad y deliberaron bastante tiempo antes de aceptar. A las cinco y media de la mañana, con el tinto y los bizcochos del madrugador desayuno, Julián anunció que quien decidiera no ir al Puente Mayor podía quedarse en el campamento. Fue su último acto como director de la marcha, había sido sustituido por Wilson en la organización y por Ricaurte en la vocería.

Cuando la marcha levantó el campamento quedaron las carpas de los que no continuaron, aguantando los empujones, las miradas de asco y los insultos de los más decididos. Ese resto de carpas y personas era acordonado por el ejército, mientras la marcha corría de un lado para otro en el Puente Mayor, en desesperada estampida, y Camilo se asomaba a la colina para ver el campamento, dejando en el playón a un Tino inconsciente y protegido por su hermana Deyanira. La visión de la marejada de soldados, arreando a noventa y un remisos a entrar en los camiones, lo empujó a esconder la cabeza entre el pastal, sin saber para dónde coger.

Camilo y Tino habían conseguido escamotear su evacuación a Miramar aumentándose un año de edad. La curiosidad de Camilo espió a escondidas la reunión que decidió los diez años como umbral mínimo para permanecer en la marcha. Sólo podían ser desmentidos por sus mamás, pero ellas callaron, los preferían a su lado en lugar de que se los llevaran quién sabe dónde y aunque fuera a un barrio de amigos, *el Miramar ese, desconocido*. Deyanira necesitó cantar un año más para cubrir la mentira de Tino, a leguas se veía que ella era mayor; se puso once, mirando muy tranquila a los ojos de Adriana, que también supo de la mentira pero guardó silencio al comprender la necesidad de Tino de sustituir a su papá.

Camilo, entre el apretuje del Puente Mayor, perdió de vista a Tino y Deyanira; lloroso y tosiendo por los gases lacrimógenos, contribuía a la cadena de piedras rodantes de mano en mano hacia la delantera de la marcha. Escuchó los disparos y los gritos, el pulso le temblaba del miedo y se echó a correr para algún lado, justo hacia donde no debería ir, a la mitad del puente. Se encontró de frente a Deyanira que corría en la dirección correcta, intentando salir y gritándole algo incomprensible en medio del vocerío general; desesperada, lo cogió de la camiseta y se lo llevó con ella a punta de jalones, destrozándole la ropa. Esquivando como podía el gentío pululante en desorden, Deyanira llegó al comienzo del puente y lo guió por la trocha que bajaba hasta el río.

—¡Ayúdeme! —gritaba sin parar, mostrándole un cuerpo arrastrado por el río—. Tino se va a ahogar, ¡ayúdeme!

Camilo se lanzó a la corriente y Deyanira, tras echarse una bendición apresurada, se zambulló tras él. Braceando a toda prisa, alcanzaron el cuerpo inerte de Tino y consiguieron llevarlo hasta la orilla. Camilo le pidió cuidar del hermano mientras él iba a avisar a la gente del campamento; la niña esculcó por el cuerpo hasta encontrar la fuente de sangre en el muslo. Tino Costa, enceguecido por el deseo de cumplir el sueño de su papá muerto en Manguaré, se pegó a los barandales metálicos del puente y avanzó de refilón hacia las primeras líneas; no alcanzó a llegar antes del arranque de los tiros y una bala perdida le mordió la pierna, lanzándolo en desequilibrio hacia la baranda y el río.

Camilo lloró un buen rato ante el desmantelamiento militar de quienes podían ayudarlo; se limpió de lágrimas la cara, sorbió los mocos y recordó las palabras de Julián: *esos techos sin pintar, de puro cinc, que arrancan de la Circunvalar y van subiendo la loma, pequeñitos y apretados, para después bajar hasta el Catarán, este mismo río de acá, son los techos de Miramar, donde viven Silverio y nuestros amigos.* Regresó donde Deyanira amarraba un jirón de camiseta en la pierna herida y daba sacudones a Tino, intentando hacerlo volver en sí; en dos palabras, le contó la única posibilidad de no caer en manos del ejército y volvieron al río, llevándose el peso del herido.

Junto al Catarán se hallaban las casas de los más pobres de entre los pobres de Miramar; había que ser miserable para construirse la casa cerca de un río que periódicamente crecía, llevándosela por delante. Era muy pobre la niñita que los vio y entró corriendo a avisar de los extraños, empapados, llenos de barro y sangre, renqueantes y viniendo hacia la casa. En la puerta aparecieron una mujer y un hombre con cinco niños de distintas edades pegados a sus piernas.

—Somos de la marcha de Palmeras —Camilo no quería suplicar, pero la voz le salió dolidísima y frágil.

Los entraron muy rápido en la casa y atendieron a Tino. La mujer se fue corriendo a buscar al curandero del barrio y, con la lógica que dan las persecuciones y miserias, a nadie se le ocurrió un hospital. Un hombre muy viejo, el mismo que había constatado la poca importancia de las heridas de Oriol, volvió con la mujer; traía dos botellas de alcohol, un atado de trapos y un cuchillo de monte. Regó de alcohol la herida, sus manos y el cuchillo; cortó el muslo de Tino, hurgó con dedos suaves y mostró a todos la bala, orgulloso; echó más alcohol en el tajo, sacó una aguja bien grande enhebrada con nailon, cosió la herida y la vendó con dos trapos húmedos de alcohol.

—Cuando se despierte, denle un hervido de aguardiente con estas yerbas —indicó a la mujer, avergonzada por no saber cómo pagarle—. No me deben nada, así le quitamos un muerto a los milicos.

Los niños de la casa del río no se perdieron un paso de la operación, detallándosela con ojos tranquilos y curiosos, habían visto tantas cosas en Miramar que era difícil asombrarlos; Camilo y Deyanira, en cambio, tenían la mirada temblorosa por los músculos abiertos y la sangre, por la ayuda de esas gentes desconocidas que enseguida les dieron de comer el arroz y la aguada sopa de plátano y yuca, que se llamaría sancocho donde hubiera tenido algo de carne, el almuerzo de todos. La familia del río alojó a los niños, apretujándolos en la cama común, junto a los suyos.

Al día siguiente, vestido con ropa regalada por un vecino compasivo, Camilo empezó a recorrer el barrio para encontrar la forma de conseguir plata en algún sitio. Tenía nueve bocas por alimentar y ante él una ciudad desconocida. Así empezó el camino que lo sacó de Miramar para llevárselo a las manifestaciones del martes y, aprovechándose de la insignificancia de un niño vagando en medio de la ciudad alebrestada, lo condujo por rotas vitrinas de almacenes donde consiguió ropa, comida y hasta un maletín para llevarlas a la casa del río. Camilo, en un día, se había convertido en un hombre; asustado, pobre, desesperado, ladrón, y con la mente despierta de un adulto.

ACOMPAÑAMIENTO

Repicaban las campanas de las iglesias y chillaban las sirenas en las cuatro esquinas de Guaduales, haciendo ladrar a los perros y echando a volar a las bandadas de pájaros aposentadas en el Parque de la Selva; anunciaban el toque de queda, adelantado a las seis de la tarde en pleno sol de miércoles. *A este paso*, se comentaba, *el toque de queda terminará empezando al amanecer.* Guaduales se paralizaba a toda velocidad, con clausura de puertas y encierro frente a la televisión, o una partida de cartas, o charlas familiares, *qué le vamos a hacer.* Del batallón salían brigadas móviles de soldados y de las comisarías brotaban policías a son de trote.

Pese a que los medios de comunicación informaron reiteradamente el adelanto, en las calles corrían los analfabetos de la información y los despistados de remate. Se golpeaban puertas desconocidas que a veces se abrían a los ruegos del intruso y en más de un caso se dio nacimiento a una amistad y hasta a algún amor, o permanecían cerradas a cal y canto; el despistado era recogido por las batidas de orden público y, sin salvoconducto, daba con sus huesos en la comisaría más cercana, a rebosar con los menos precavidos.

Laura entró en el grupo del analfabetismo infor-
mativo. Con demasiados sentires y travesías humanas, no había tenido ocasión de enterarse y a nadie
se le ocurrió contarle una verdad tan conocida. Ni
siquiera Quintana dijo una palabra por la evidente
razón de llegarles la hora dentro de la casa familiar.

En cuanto terminó la confesión de sus hermanos,
Laura estaba tan desconcertada que buscó refugio
en la casa, siendo recibida por la preocupación de
Carmelina. Al verla sana y salva, se explayó en los
desastres recientes, de los cuales Laura tampoco sabía y miró con reproche al teniente, debería acostumbrarse a que nada decía si no se le preguntaba.

Las contiendas entre manifestantes y fuerzas de
orden público, alejadas del centro a punta de barricadas de soldados, hicieron estragos en los barrios
de la periferia. Un bibliobús se quemó en La Ribera,
y la misma suerte corrió el primer carro de bomberos que se acercó a apagarlo. Laura recordó las imágenes de las montañas de libros ardiendo en los
días del ascenso de Hitler y se estremeció de pánico; no quiso saber más, sólo pidió a Quintana el
número exacto de los muertos, para evitar una respuesta de circunloquios.

—Solamente dos —dijo la impavidez del teniente—. Lo de esta tarde fue menos grave. Va bajando
la cosa.

Carmelina se santiguó, escéptica. Laura ya no sabía a quién creer; se decidió por tomar una ducha
eterna y conservaba húmedo el cabello en el momento de oír el repiqueteo y las sirenas. Carmelina

le contó del toque de queda y Laura, sin admitir las objeciones del teniente sobre la peligrosidad de Miramar, le dio tiempo hasta después de la comida para encontrar una forma de ir hasta la escuela. Quintana regresó vestido de uniforme y Laura se temió lo peor, llegar al velorio con acompañamiento militar. Era la única posibilidad para no arriesgarse, le explicó el teniente, pero Laura se negó hasta escuchar uno de los últimos desastres: el puesto de Miramar había sido tiroteado durante un veloz ataque de embozados en moto y los dos muertos eran contribución de la policía.

Durante una noche de toque de queda en una ciudad donde se podían esperar los tiros desde cualquier facción, uno se ponía a temblar si escuchaba acercarse a un carro. Los dolientes de Julián apagaron las luces y aplastaron la espalda contra las paredes, temiéndose lo peor. En el salón ardía el resplandor de los cirios, encuadrando el ataúd. Silverio, agachado junto a una ventana, oteaba la calle, dispuesto a botarse al suelo en cualquier momento.

—Son milicos —susurró, aumentando el pánico—. Vienen para acá, todo el mundo al suelo.

El carro se detuvo ante la escuela. Quintana abrió la puerta con un simple giro del manillar y los soldados entraron, apuntando a la penumbra de cirios. El teniente barrió con linterna los cuerpos tendidos; más tranquilo, encontró el interruptor y las luces mostraron el suelo alfombrado por coronas de flores y gentes aterrorizadas.

—Bajen las armas y díganle a la señora que puede pasar —ordenó a los soldados—. Levántense, por
favor —los dolientes miraban por el rabillo del ojo,
sin atreverse a mover un músculo—. Mis disculpas,
señores. Levántense, por favor.

Los hombres ayudaban a ponerse en pie a las
mujeres, sin perder de vista al teniente ni a Laura,
avergonzada ante semejante preludio a su visita.
Patricia recuperó la calma en cuanto la reconoció,
se acercó a saludarla y anunció a los demás quién
era; escandalizados por la presencia de una Otálora,
se cruzaron murmullos hasta llegar al silencio, y se
habría armado un definitivo helaje silencioso si la
mamá de Julián no abraza a Laura con una efusivi-
dad que restauró los rezos y las conversaciones. Laura
hizo un recorrido de pésames que terminó con las
hijas de Julián; calculó que rondarían los quince años,
reconoció en ellas la mirada inconfundible y enrojeció a punto de berenjena. Patricia no pudo soportar
el espectáculo, prefirió llevársela al rincón donde
hervía una gigantesca cafetera.

—Como está muerto —empezó Patricia, entre sorbos de tinto—, lo mejor que podemos hacer usted y
yo es sentarnos a hablar.

—Ahora no, no podría.

—Mañana. A usted no le afecta el toque de queda,
véngase por la noche, vivimos en Jacarandá —Patricia
rebuscó un lápiz y escribió la dirección y el teléfono
en el papel de estraza de una libra de café.

Si Julián tenía una casa en un barrio nada pobre,
ya no era un luchador campesino, pensó Laura, re-

cordando las informaciones donde se le fichaba como sereno.

—¿Llevaban mucho tiempo aquí? —hurgó, buscando datos.

Patricia se los dio, y en abundancia. Las ocupaciones de Julián en la Acción Comunal de Santa María se fueron ampliando hasta comerse su profesión de veterinario y extenderse por todo el occidente de Caledonia, obligándolo a viajes constantes de un pueblo a otro; Laura lo sabía. Julián, preocupado por la educación de las niñas, se las llevó a vivir a Guaduales seis años antes, compraron la casa con un crédito a pagar durante toda la vida y un poquito más; Laura no lo sabía y se le escapó un *¡ahh!,* de alivio. Patricia se decidió por una pausa con ruteo de ojos al salón. Más de media concurrencia las miraba, con disimulo evidente.

—Mejor nos unimos a los rezos. Venga mañana al entierro, es a las diez, en la iglesia de al lado —Patricia tuvo una idea repentina, salida del recuerdo de Julián en la primera vez que hablaron: la insolación, el sufrimiento por la niña de sus sueños dejándolo plantado—. Usted nos va a ayudar a llevar las andas.

Laura acababa de recibir lo más deseado, lo imposible de pedir, y aceptó, con las lágrimas asomando. Patricia desvió la vista y se apresuró a llegar junto a los orantes.

Almas santas, almas pacientes, rogad a Dios por nosotros, que nosotros rogaremos por vosotros para que el señor os dé su gloria. Laura repetía la plegaria con un automatismo proveniente de su infancia ca-

tólica, admirando la entereza de Patricia. Y, aunque
jamás podría perdonárselo, en un instante comprendió los motivos de Julián para impedirle irse con él.

Los días del amor en la casa del guadual rectifica-
ron el comportamiento despendolado que había llevado a los padres de Laura a castigarla con la
reclusión en La Magdalena, para alejarla de las fiestas citadinas; desde ese momento, Laura fue alumna
ejemplar y devota hija, nieta y hermana. La familia,
contentísima, la enviaba todas las vacaciones a la
finca, cargada de libros para, según ella, leer el día
entero en medio de la tranquilidad de los pastales, y
que en su mayoría eran encargos de Julián, textos
inencontrables en Caledonia.

Seis días multiplicados por dos Semanas Santas,
dos semanas por dos fines de año y un mes por tres
vacaciones de julio, sembrados de mañanas y tardes
en la casa del guadual entre sábanas, zambullidas en
el río, besos, apretujones con espalda apoyada en
una guadua, risotadas, polvos incansables, conversaciones y más polvos todavía. En cuanto se recupera-
ron del dolor de la ruptura, tanto Julián como Laura
recordarían esos dos años largos como los más feli-
ces de sus vidas.

Nadie se enteraba del engaño, especialmente porque Julián no volvió a trabajar en La Magdalena, sus
padres lo suponían en medio de la selva, de peón
para otros patronos; en realidad permanecía en la
ciudad y cada madrugada corría a la casa del guadual.
Nadie sospechaba, salvo Ernesto. Intrigado por un
giro tan brusco en el comportamiento de su herma-

na, husmeó sin dar con la causa, hasta encontrar una pista en la creciente emoción de Laura los días anteriores a sus vacaciones en La Magdalena.

—Se prepara más que una novia —pensó, y se fue con ella a la finca.

Lo demás fue sencillo, la siguió un día hasta la casa del guadual. De qué manera se enteró la familia es un misterio fácil de resolver, mas no por el camino de la delación del hermano, sino por el advenimiento de las bodas de oro de los abuelos. Tres días de fiestas, almuerzos y paseos atrajeron a La Magdalena a los Otálora al completo, incluyendo todas las ramificaciones familiares y los amigos, así como a Julián, invitado por ser hijo de los mayordomos. En cuanto los vieron juntos, les notaron el amor en la cara, en las miradas, en la manera especial de hablarse. Eran demasiado jóvenes para guardar un secreto así ante un ojo atento. Todo el mundo se dio cuenta, salvo ellos mismos, y la reacción no se hizo esperar. Con el reguero del festejo de la primera noche aún sin recoger, la familia hizo una asamblea plenaria, corta y brutal. Sin preguntar nada a Laura ni mucho menos a Julián, sin saber hasta dónde llegaba la relación, decidieron empaquetarla a España para no correr ningún riesgo. A él no se molestaron en dirigirle la palabra, a ella se lo dijeron al caer de la tarde.

Laura se supo tan atrapada como mosca en tela de araña; ensayó argumentos, solicitó apoyos en otros familiares, nadie salió en su auxilio. Ernesto trató de enmendar la complicidad de su silencio ofreciéndole ayuda media hora después, al encontrarla llorando en el corral. Desesperada, Laura le pidió buscar a Julián, contárselo y citarlo en los guayabales. Ernesto fue su cómplice para salir de la casa con el tinto madrugador del ordeño y se apartó para dejarlos hablar. Laura querría olvidar ese amanecer.

—Me voy contigo a Guaduales —fue lo primero que le dijo.

Julián, preparado para una despedida, se encontró frente a una propuesta inesperada, no había creído posible su renuncia a los privilegios de niña consentida y rica. Por pudor, le había ocultado las condiciones de su vida en Guaduales, la plata ganada en los trabajos de medio tiempo que le permitían estudiar, apenas le alcanzaba para pagarse un cuarto alquilado y dos comidas al día; se lo contó, y Laura le respondió en plan Juana de Arco, cualquier sacrificio era poco si estaba con él. Entonces cayeron en la cuenta de su minoría de edad; en cuestión de horas, a más tardar de días, serían encontrados por la familia y Julián terminaría en la cárcel por secuestro. Laura continuó Juana de Arco y se subió a la hoguera: *cualquier cosa, cualquier vida, cualquier lugar, no me importa*.

Julián, evaluando una persecución de alcance Otálora, encontró como única salida enterrarse en la selva; imposible emigrar de Caledonia quién sabe a dónde, llevársela como esposa de peón, a trabajar de sirvienta o lavandera; mucho menos de cocinera, si no sabía preparar algo más que un tinto, ni encender una estufa de leña, ni cuidar animales, nada un poco práctico para la vida de la mujer de un peón. Si se metían selva adentro, conservarían la precaria independencia de los colonizadores, una vida conocida a la perfección por él, la de su primera infancia, de padres enflaquecidos con niños de barrigas hinchadas por las lombrices; tan dura, que sus papás abandonaron la finca propia para irse a mayordomear en tierra ajena.

—Sólo durante un año y ocho meses. ¡Aguantaremos! —decidió Laura.

La mente de Julián barrió el mapa de Caledonia hasta encontrar la ribera profunda del río Catarán, más allá del último puerto, después de sortear a pie, canoa al hombro, el furor de las cataratas. Él cortaría árboles y construiría una casa, ella sobreviviría a los temores nocturnos; después de unas seis noches lograría dormir, acostumbrándose al aullido de la vegetación y los animales, al resoplido de los tigres olisqueando la casa, al sisear de serpientes y alimañas al acecho; sobreviviría a la piel convertida en mazorca y picores y rasquiñas por ser banquete de enjambres de mosquitos; sobreviviría a comer la carne ahumada de los animales que él pudiera cazar cuando se les acabara el aceite y tuvieran que racionar el arroz, la panela y el café, hasta conseguir algo de plata para comprar una remesa; sobreviviría a días de ayudarlo a rozar, limpiar y sembrar cacao, plátano y yuca, en la tierra roja y arisca. *No*, auguró Julián, *no sobreviviría*. El amor se convertiría en odio y volvería con la familia, pidiendo perdón de rodillas.

—Podrás regresar en cuanto seas mayor de edad —Julián agachó la cabeza—. Es poco tiempo, esperaremos.

—¡Cobarde! —le gritó Laura.

Él permaneció inmóvil y ella repitió una y otra vez el insulto, hasta llorarlo. Julián levantó la cabeza al escucharla alejarse y alcanzó a ver pedazos de sus ropas entre las ramas del guayabal, alumbradas por el sol recién nacido.

Almas santas, almas pacientes, rezaba Laura, mirando los brazos de Patricia, contorneados por la fuerza de quien ha cargado con bultos, y la curva del vientre que había llevado dos hijas, *rogad a Dios por nosotros, que nosotros*, rezaba Laura, mirando las manos de Patricia, agrietadas por años de trabajos domésticos, *rogaremos por vosotros*, la expresión de Patricia, de dolor estoico, de resignación, de resistencia, *para que el señor os dé su gloria*; Laura concluyó que Patricia había sido la mujer de su vida.

—Con su permiso me presento —un hombre, con acento madrileño bastante colombianizado, sonreía a Laura—, soy Pablo Martín, de la Agencia Internacional Ícarus.

—Lo conozco por los telediarios y las crónicas.

—Quisiéramos hablar con usted en privado, si no le importa —Pablo señaló a un conciliábulo esquinero formado por Silverio, Ricardo y Oriol.

Laura asintió, tenía curiosidad enorme por conocer más a fondo al hombre que había llevado la muerte de Julián hasta el salón de su piso en Madrid. Iniciaron la conversación contándole los detalles sobre la aventura de grabaciones, censuras y viajes, sin comentarle de las transmisiones piratas. Alfonso y Néstor no habían ido al velorio, ocupados en editar el material grabado ese primer día de estancia en Guaduales y en descifrar las notas de Pablo y los garabatos del propio Néstor, abandonados por los otros miembros del equipo para investigar lo del entierro, bastante complicado, según palabras de Pablo, ordenándoles, entre risas:

—¡A trabajar, que para eso los contraté! El título será *Tres días de protestas llevan el caos a Guaduales* Lo demás es asunto de ustedes, asalariados.

Y se fue con Oriol, rumbo al velorio, dejando a Néstor y Alfonso ocupadísimos, encerrados en la casa, arrendada en cuanto llegaron; una mansión enorme, rodeada de jardines vallados y con garaje triple que ofrecía un destartalado cartel, *En Venta o Arriendo*. Nadie había querido irse a vivir donde habían asesinado a uno de los jefes locales del negocio narcotraficante, aún se veían los boquetes del multitudinario ametralleo. Los reporteros de Ícarus no se amedrentaron: estaba en las afueras, suficientemente aislada para ediciones y transmisiones sin ser molestados por vecinos curiosos, y además no ofrecía un aspecto muy distinto al resto de Guaduales.

Una vez instalados, dejaron al jeep de las transmisiones piratas encerrado bajo llave en el garaje y usaron el carro de Oriol para recorrer la ciudad. Alcanzaron a grabar los entierros, pero Néstor los arrancó del cortejo al recibir una llamada de Silverio, contándole los problemas que tenían los familiares de los muertos para recuperar los cadáveres. No llegaron a tiempo para registrar la pelea de Patricia, pero sí grabaron la camilla cubierta con la sábana blanca saliendo de la morgue, entre las lamentaciones de la familia de Julián y el arranque de nuevas trifulcas. La tarde se les había ido de un lado a otro, persiguiendo los despelotes cívicos.

Oriol grabó a los antimotines empujando a porrazos a los manifestantes que caían en oleada de aterrizaje sobre el suelo, unos encima de otros. Grabó llantas de ardiente humo negro rodeadas de hombres en lanzamiento de piedra y antimotines respondiendo con tiros al aire y lanzar de lacrimógenos. Grabó a gentes en montonera, gritando a todo pulmón, batiendo con furor banderas, apenas contenidas por las filas policiales. Grabó a unos hombres que, a pujes varios, dieron la vuelta a un carro, lo bañaron con baldes de gasolina y lo miraban quemarse, llantas arriba. Grabó a una brigada de soldados cuyas armas apuntaban a un centenar de personas en manifestación congelada, pancartas y banderas sobre el suelo, de pie, mirándolo en silencio; unos soldados se dieron cuenta de la presencia de Oriol, le gritaron que se largara de allí y la cámara modificó el rumbo.

Grabó también a las espaldas de antimotines, corriendo; un policía pescó a uno de los hombres que huían, lo tumbó de una zancadilla para levantarlo del suelo y echarlo a volar, estrellándolo contra la pared; otro de los policías se fijó en la cámara, llamó a dos más y se fueron directos hacia Oriol. La cámara dejó de enfocarlos, siguió grabando la fachada de una casa, se oían las amenazas e insultos de los antimotines respondidas con palabrotas de Oriol y las voces de Néstor y Alfonso, identificándose y pidiendo tranquilidad. *Si no conservamos la calma y nos vamos al segundo, habríamos terminado presos y ahí se acabó el reportaje*, lo regañaron Néstor y Alfonso; faltó el regaño de Pablo porque no estaba con ellos, se ocupaba de entrevistas y papeleos en solicitud de salvoconducto para moverse durante el toque de queda. No se lo dieron, pero tampoco lo echaba de menos esa noche.

Tras preguntar, como por mera curiosidad, los detalles del velorio, Pablo empezaba a tener la certeza de que el entierro de Julián Aldana sería de las dimensiones sospechadas por él. Confirmó que no pudo ocurrírsele mejor idea que pasar la noche en el velorio cuando supo el apellido de Laura; inició el conciliábulo esquinero que decidió solicitarle charla apartada y ayuda para el salvoconducto de entrada al estadio y la plaza de toros o, si no podía ser, por lo menos que entrara ella; necesitaban saber qué había sido de los detenidos de la marcha de Palmeras. Laura no sólo ignoraba el desenlace de la marcha, también desconocía su incomunicación, sus apreturas y necesidades; prometió colaborar en todo lo que estuviera a su alcance. Intercambiaron los números de teléfono para mantener el contacto y Laura volvía a los rezos cuando Silverio la detuvo:

—Esto es suyo —le alargaba una hoja plegada en varios dobleces y sellada con la cera blanca de una vela—, se lo dejó Julián.

La noche antes de su muerte, Julián había entregado a Raúl Casariego un paquete para Silverio; el padre cumplió el encargo con retraso, por la conmoción de la matanza; se lo había dado antes de abandonar el velorio para buscar una cama, necesitaba descansar, sus huesos le chirriaban y el día siguiente iba a ser muy duro. Silverio encontró las instrucciones y las estaba cumpliendo paso a paso, salvo en la petición de enviar por correo ese escrito a Madrid, no fue necesario.

Laura fingió rezar un tiempo prudencial, conservando el papel entre sus manos orantes, humedeciéndolo de sudor. Se despidió como si no estuviera ya ahí. En la puerta de la casa familiar dio un *hasta mañana* agradecido al teniente Quintana, después de advertirle que llevaría las andas de Julián en el entierro, dijera lo que dijera sobre seguridad. Telefoneó a Alejandra y le pidió una autorización de entrada libre al estadio y la plaza de toros para conocer la situación de la marcha; Alejandra le comentó que el estado de los campesinos era de todo salvo bueno; tenían una posibilidad de ayudarlos y, ante el asentimiento de Laura, le dictó una lista de las necesidades que podría cubrir. Laura tomó nota, estaba segura de que la cabeza no le alcanzaría para acordarse. Después de colgar el teléfono, estuvo llevando a monosílabos una charla con Ernesto; le dio las buenas noches en cuanto pudo y se encerró en

su habitación. Rompió la cera y desplegó el papel.
Era la letra de Julián.

Si estas palabras llegan a usted, yo estaré muerto.
Perdóneme por no haber sabido conservar ni su amor
ni la vida. Sólo quiero que sepa que en el último ins-
tante estaré pensando en usted, Laura Otálora.

Laura sintió un calor insoportable y la ausencia
del batir de su corazón. Dobló el papel, lo depositó
cuidadosamente sobre la mesa de noche y se acostó, en espera de la muerte. Como si no fuera con
ella, sentía el desfallecer despacioso de su cuerpo;
ningún pensamiento cruzó por su cabeza, sólo el
calor oscuro donde quería quedarse para siempre.
Con un estremecimiento, el corazón latió de nuevo,
susurraba dentro de sus costillas con frecuencias
escasas; los ojos ardieron bajo los párpados apretados, unas lágrimas se escurrieron en silencio y el
sueño entró en su cuerpo, en lugar de la muerte.

LA CAMPANA DE CRISTAL

El general Felipe Otálora parecía observar con atención las luces de la noche a través de la ventana; sin embargo no miraba, los engranajes de su pensamiento se habrían podido escuchar en el despacho, de haber sido sonorizados; evaluaba los últimos tres días, plenos de asonadas, pero finalmente controlados. La ciudad continuaba en sus manos, inclusive si se agregaba a la cuenta la amenaza de mayores problemas por los once entierros de la mañana siguiente. Llegaban gentes a puñados para hacerse presente en los funerales, sin temor por el estado revuelto de la ciudad y probablemente para contribuir a él; la estrategia a seguir consistía en apretar el cinturón, pero cuánto.

El teniente Quintana, con batir de pulgares, esperaba la resolución de su general. Había una forma de terminar con la violencia callejera y de paso garantizar la vida de Laura Otálora; tras diez largos minutos de espera, se arriesgó:

—Sugiero la operación Campana de Cristal. Puedo tenerla ultimada sobre las nueve de la mañana, si la empezamos enseguida y contamos también con la policía.

Felipe dejó la ventana y miró a su ayudante; había pensado en todas las posibilidades salvo en ésa, por ser demasiado severa. Si la estrategia resultaba insuficiente, los entierros convertirían al jueves en el peor de los días de violencia; Quintana tenía razón, sólo la Campana de Cristal daba garantías absolutas de éxito. El general Otálora llamó al Estado Mayor en Bogotá, faltaba la aquiescencia militar, era necesario que enviaran más refuerzos, más helicópteros, más aviones. La respuesta se demoró quince minutos en llegar.

—Empezamos ahora mismo —Felipe estrechó con fuerza la mano de Quintana—. Usted coordinará la logística.

A Quintana le centellearon los ojos, tenía en sus manos una operación tan poco utilizada que se podía pasar toda una vida militar sin haberla visto ni de lejos. En menos de un suspiro, el despacho se adornaba con un gigantesco mapa de Guaduales, alrededor del cual pululaban oficiales y ayudantes, y a ellos se agregaba el comandante de la policía con varios de sus hombres. Marcaron el lugar donde se encontraban los once velorios y diseñaron las rutas de los féretros y sus dolientes hacia las cuatro iglesias; establecieron horarios escalonados para los funerales, enrutando las vías de confluencia al cementerio; dividieron la ciudad por barrios, los barrios por zonas, las zonas por sectores. Con febril actividad, atendían las disposiciones de Quintana; discutían, aconsejaban, asentían.

La operación Campana de Cristal sería aplicada en la versión más extrema, casi un preludio de las tácticas de la guerra, la de expugnación milimétrica;

ni un solo hombre, ni una sola arma se quedaría al margen. A la una y cincuenta y cinco de la madrugada se iniciaron las maniobras del primer objetivo, la limpieza de Guaduales. Sin sirenas ni alharacas, sin más ruido que el de los motores y las botas, brigadas mixtas de policía y ejercito se repartieron en exacto orden la ciudad, para un raqueteo milimétrico.

Las instrucciones, traducidas de la jerga militar al lenguaje común, decían: responder a cualquier acto armado; si la casa tiene patios o jardines, registrarlos; timbrar o golpear en la puerta, anunciar la identidad y avisar del registro; si no se abre la puerta, abrirla; cotejar la identidad de cada morador con los listados de personas buscadas y sospechosas, si figura, arrestarlo; si no tiene identificación o no quiere mostrarla y no se encuentra ninguna en la vivienda, arrestarlo; si opone resistencia, arrestarlo; cacheo de personas y registro de la edificación, incluyendo objetos y muebles; decomisar cualquier tipo de armas o insumos para la fabricación de explosivos. Fue una larga noche para Guaduales.

En varias ocasiones hubo tiroteo antes de la apertura de la puerta, en una de ellas con resultado de muerte, un hombre de veinticinco años, señalado como Para algunos días después. En los demás, entre el cruce de tiros se acercaba un helicóptero a los techos resistentes y llovía metralla del cielo; los militares recibieron la rendición de los opositores. No hubo tiempo de contar las puertas rotas, los cerrajeros hicieron su agosto y llegaron a estar más cotizados que los médicos, los futbolistas, las estrellas de televisión o las reinas de belleza. En las semanas siguientes se podrían ver puertas reparadas de mala manera, tablones martilleados, cadenas de bicicleta puestas de cualquier forma en lugar de la cerradura inservible, libre paso del aire donde alguna vez existieron los vidrios, abollones en las puertas de chapa y cristales adornados con dibujos de cinta pegante. Fue la noche del salto de puertas.

Saltó la puerta de la casa consistorial del señor obispo de Guaduales, un viejecito de sueño lapidario, rodeado de curas y monjas tan mayores como él; ni los de sueño ligero alcanzaron a abrir antes que los militares. Para calmar al señor obispo, se le aseguró que la reparación correría a cargo del Ejército Nacional y una pareja de soldados se quedó protegiendo el dintel vacío, era preferible desperdiciar dos cancerberos inútiles en la noche militarizada que afrontar un sermón apocalíptico del obispado el domingo siguiente, razonó con efectividad el teniente Quintana.

Saltó la puerta que sellaba la entrada al parqueadero de la Industria Licorera, el celador les pidió *un momentico para hablar con el gerente y autorizarlos a entrar*. Pasaron sin el permiso y allá se quedaron, las maravillosas bodegas de la licorera habían sido elegidas como puerto de arribo al raudal de arrestos, ante la escasez de centros de detención, repletos con los tres días anteriores de insurrección cívica.

Saltó la puerta de la iglesia de Miramar porque el cura no creyó que fueran militares los que le hacían la visita; aguantó la intromisión del registro echando agua bendita y rezos tras los movimientos de las botas, que se iban sintiendo más sacrílegas a cada paso y terminaron rezando a coro con el sacerdote. También saltó la puerta de la escuela del barrio, con los deudos de Julián Aldana otra vez por los suelos; al estar de velorio y no encontrar armas, la cosa no fue a mayores sólo que de ahí en adelante disfrutaron de la compañía militar. Recuperados por segunda vez de un susto, los dolientes de Julián invitaron a los soldados a reparadores tintos con bizcochos y charlaron con ellos; si los militares protegían, se garantizaba la ausencia de sorpresas provenientes de los Paras.

No saltó la puerta de la casa del río donde se recuperaba Tino Costa, de sólo un empujón se abrieron los tablones de madera endeble. Camilo temblaba como una hojita de guadual azotada por el viento, creyó que la irrupción militar venía a llevárselo porque había descubierto sus pescas milagrosas de ropas y alimentos. Deyanira tuvo que taparle la boca antes de que dijera *¡no disparen, fui yo!* Los padres afirmaron que los ocho niños eran suyos y les creyeron sin más, es cosa sabida la inmensa natalidad de los pobres y Caledonia no era una excepción. La señora comentó que su hijito se había cortado la pierna jugando en los basurales del río, pero ella no tenía plata para llevarlo al hospital; también le creyeron y Tino pudo volver a acostarse y cerrar los ojos asustados. Al no encontrar ni un buen cuchillo de cocina, siguieron en la casa de al lado. Con la luz del amanecer, la señora descubrió un arrugado billete de cien pesos sobre las tablas que hacían las veces de aparador.

Tampoco saltó la puerta de la Acción Comunal, donde se apretaban los evacuados de la marcha; los que dormían con los pies pegados a la chapa abrieron de inmediato. El cacheo de las gentes fue largo por la cantidad, pero se aligeró el registro de las cosas; fue un tentar de ropas, volteo de ollas varias y sacudones a telas que hacían las veces de paredes para darles un poco de privacidad en medio de la montonera, no tenían nada más. Por las respuestas al interrogatorio, los uniformados conocieron la existencia de estos huidos del destino general de la marcha de Palmeras, en auténtico apretuje sobre el espacio de la cancha de básquet de la Acción Comunal, escasísimo para casi un centenar de personas, pero al menos bajo techo y con más lujos que los habitantes de Miramar en las riberas del río Catarán: por lo menos tenían luz eléctrica, agua corriente de grifo y no de río, y techo bastante menos volátil. Los militares radiaron al batallón y, tras una pausa de consulta de Quintana con el general Otálora durante la cual el padre Casariego alcanzó a imaginarse preso y ausente en la misa de entierro de Julián, se respondió que los dejaran allí si no encontraban armas; no las había.

Otra puerta que no saltó fue la de la casa alquilada por los reporteros, antes había saltado la puerta de la verja del jardín y el brutal empellón convenció a Néstor y Alfonso de abrir la de la casa, apagando los equipos de edición y transmisión a toda prisa.

Muertos del susto y creyendo que había llegado el final de la aventura, batieron marcas de carrera con obstáculos entre el garaje y la sala, abrieron la puerta y se apartaron, pegando la espalda a la pared y encomendándose a la primera virgen que se les vino a la mente; cómo sería el pánico que Alfonso olvidó durante minutos todos los ritmos vallenatos, sempiterna compañía de su vida. Las credenciales periodísticas les evitaron el interrogatorio pero, ante el carro tan sospechoso y las máquinas calientes, los militares rasgaron la tapicería buscando algo escondido y removieron los equipos, afortunadamente sin dañarlos, constató Alfonso en cuanto pudo; habrían roto los neumáticos, de no ser por la orden del coordinador del operativo, conocía a Néstor y sabía que los tiros disparados por él eran de información y no de bala.

La cosecha de los allanamientos, abundante como la de la tierra más fértil, llenó los almacenes del batallón. Se reunieron montañas de armas blancas, entre machetes, cinceles, puñales, martillos, hachas, serruchos, chuzos de hierro y acero, alfileres, cuchillas hasta de afeitar, navajas, cortaplumas, tenazas, punzones, cuchillos, inclusive algunos de cocina de proporciones sospechosas; el curandero de Miramar se quedó sin su cuchillo de monte, el de las operaciones de urgencia, con el que había sacado la bala del muslo de Tino. Montañas más pequeñas, pero también montañas de armas de fuego, con y sin licencia, fueron a parar al batallón, a recoger personalmente por sus dueños. Ahí se le arruinó el negocio a un comerciante cuya ganancia secreta era el tráfico de armamento ligero; el mayor vendedor de plomo de Guaduales fue detenido esa noche en compañía del depósito subterráneo de su mansión y salió a la semana, en disfrute de fianza millonaria, cuando se comprobó que era sólo un asunto de negocios, previa recomendación de cambiar de actividad. Se quedaron sin armas los Paras y los extremistas menos expertos, se los llevaron a dormir unos días al batallón, mientras aclaraban la cosa; la mayoría salió después, de otros no se volvió a saber ni una palabra y tampoco se les vio más por Guaduales.

Pese a todo, no perdieron su armamento los Paras y extremistas más expertos, o los que alcanzaron a ser prevenidos por una apresurada llamada de teléfono y escondieron su carga en lugares mejor protegidos; porque la primera reacción en cuanto pasaba el allanamiento, no sólo de los colaboradores de los extremistas sino de toda la población de Guaduales propietaria de teléfono o celular, era llamar a los familiares y amigos para avisar o contarles la experiencia, encontrándose con que estaba ocupado, o nadie contestaba por estar siendo detenido o raqueteado en ese instante, o le respondían voces tan alarmadas como la suya ante el reciente paso militar. El consiguiente colapso de las líneas telefónicas impidió que la ciudad fuera consciente del ámbito generalizado del operativo hasta los primeros informativos periodísticos, naturalmente censurados, mostrando las montañas de armas.

Toda persona que figuraba en la lista de nombres sospechosos fue a parar al batallón, pero el mayor

número de detenidos estaba entre los remisos que
no aparecían en las listas y que fueron a dar a la
Industria Licorera. Las camionadas vaciaron en las
bodegas, como si de botellas de aguardiente se tra-
tara, a hombres y mujeres empiyamados, o a medio
vestir. Bajó de un camión don Ignacio Saldarriaga,
con sus barbas de profeta temblando de indignación; se había opuesto a la batida alegando su carácter de persona honrada y exigiendo una orden
judicial de allanamiento. Aunque su rango político
alcanzó a salvarle los muebles, no le llegó para evitar la detención. A las cinco de la madrugada, el
alcalde sacó de las bodegas a su papá, mudo de
rabia y dolor; por mucho que Joaquín Saldarriaga le
explicó de varias maneras el objetivo de la operación, no lo convenció.

—Nos llevó el putas, mijo —don Ignacio, normalmente tan comedido en el uso de las palabras, no
encontraba alguna carente de grosería para expresar la inutilidad de su carrera política. Se encerró en
su casa, jurando a los cuatro vientos que no volvería
a salir mientras la situación continuara desquiciada
por el militariado.

Como él, los demócratas de Guaduales que exigieron respeto a la legalidad para impedir el allanamiento, pasaron la noche en la Industria Licorera.
No había excepciones. Casi va a dar allá don Daniel
Otálora; avisado por su sobrino y preparado para lo
que iba a venir, aguantó con calma la invasión y los
registros, hasta verlos llevarse su escopeta; con agilidad impensable para sus años, se les plantó delan-

te y dijo que no. Los soldados, sabiendo bien quién era, decidieron consultar y Quintana sugirió el desenlace: dejar el arma al venerable tío y llevarse la munición. Don Daniel Otálora aceptó y en la claudicación se vio obligado a constatar, como don Ignacio Saldarriaga, que los días del reinado de la política habían dado paso al mando de las armas. Despidió a los militares con sonrisas, se aseguró de su soledad y se echó a llorar sin consuelo; su Caledonia había muerto, ésta era otra.

No se salvó tampoco el Palacio de Justicia. Felipe conocía tan bien a Alejandra Galván que la llamó a su despacho a las dos de la mañana y sonrió al encontrar su voz al otro lado; estudiaba expedientes, como él había supuesto. Cuando le explicó el alcance de la Campana de Cristal, Alejandra casi se cae de la silla; le dijo que estaba loco pero que acertaba de pleno en la legalidad de sus medidas: la declaración de zona de emergencia era un haraquiri de la Constitución. En cuanto colgó, Alejandra se sintió inmersa en una pesadilla y salió a pasear la soledad del inmenso edificio; iba abriendo oficinas y encendiendo luces, en espera de la invasión, cruzando los dedos para que los militares no tocaran el archivo ni bayonetearan expedientes, tal como le había prometido Felipe; de paso, avisó a los guardas del edificio, evitándose el respectivo salto de puertas. Los uniformados la requisaron en medio de constantes *usted perdone, doctora*, la reputación de Alejandra alcanzaba a llegar hasta ellos, y husmearon cual sabuesos, sin desordenar un solo legajo.

Durante el raqueteo generalizado, miles de personas se quedaron sin dónde sentarse o dormir, ante el acuchillamiento simultáneo de sus sofás, cojines, butacas, sillas, almohadas y colchones. En las casas se recogían del suelo porcelanas, jaulas de pájaros mudos, vasos, taburetes, manteles, ollas, equipos de sonido, sábanas y cobijas, platos, catres patasarriba, cubiertos, televisores, maletas y maletines desventrados, radios, cuadros, peroles, ceniceros, frutas amoratadas, esculturas, discos, botellas en verter de líquidos, libros despatarrados, floreros, materas con plantas temblorosas, pantallas, ventiladores sin estertor, encajes, joyas salvadas de milagro, desocupados matamoscas, adornos en lugares dignos de una escenografía surrealista, sombrillas, gorras, bomboneras con desparrame de dulces, ropas, estuches y juguetes, rotos por la prisa uniformada. Por mucho cuidado que tuvieran los encargados de los registros, si es que alguno tenían, era imposible evitar los destrozos. Ni siquiera en las casas ilustres, porque nadie, absolutamente nadie se libró de la batida.

En la casa familiar de los Otálora, Ernesto corrió a responder el teléfono; Felipe le informaba de la visita que recibiría y de las características del movimiento militar. Sin recuperarse de la estupefacción, decidió despertar a Laura y Carmelina, contándoselo, para evitarles el susto. Laura levantó los hombros con indiferencia, aún veía ante sus ojos las letras de Julián y empezaba a considerar posible cualquier cosa. Les llegó el turno antes de las tres de la mañana.

Carmelina ofreció tinto a los agradecidos intrusos y soltó un grito por la caída del Cristo que presidía el comedor. Laura y Ernesto corrieron a auxiliarla, la encontraron dando empellones a un soldado; si no consiguen calmarla habrían tenido que ir de rescate a la Industria Licorera.

Cuando al destrozo de las fachadas se agregaban las roturas de los interiores, el sol levantó cabeza sobre Guaduales. El primer objetivo de la operación Campana de Cristal se había alcanzado, la ciudad amanecía limpia de armas y personas bajo búsqueda o sospecha. Algunas quedarían acá y allá, es imposible el absoluto, aun contando con semejante despliegue; los más profesionales de entre los combatientes de izquierdas y derechas, guerreros tan excelsos como el mismo ejército, perfectamente encubiertos y de coartadas limpias como una patena, habían sobrevivido. Los tácticos del operativo conocían esa posibilidad pero, de eso podían estar seguros, los meros aficionados, los detentadores del furor popular y causantes de una gran parte de las revueltas, estaban anulados.

El segundo objetivo, mantener en el día el orden nocturno de la ciudad, se dio a conocer mediante la promulgación de varias medidas que constituyeron la prolongación no oficial y menos estricta del toque de queda, reforzadas con multiplicación de retenes y mayor presencia militar. Se prohibió la movilización en motocicletas, con lo cual se dejó sin transporte a media población; Guaduales era una ciudad transportada en moto, como dijo alguna vez

Joaquín Saldarriaga, desesperado ante el fracaso de sus múltiples intentos por arreglar el caos de la circulación. Se prohibió también el funcionamiento de taxis y buses, sólo carros particulares y constantemente requisados, tanto como las bicicletas y los caminantes. La salida de Miramar y La Ribera hacia la Circunvalar fue protegida por tanques y cerrada por retenes confeccionados con bloques de cemento y alambradas; cada persona que intentaba salir o entrar debía identificarse, explicarse y permitir el cacheo. En el resto de las principales vías de Guaduales se hizo lo mismo, sustituyendo los tanques por ametralladoras.

La segunda etapa de la Campana de Cristal continuó el éxito de la primera: nadie quiso salir de su casa sin una razón urgente o poderosa, pero no evitó el desplazamiento de quienes tenían como poderosa razón su presencia en los entierros; habían venido desde toda la geografía nacional y no regresarían sin cumplir el objetivo de su visita. Tampoco ese día se trabajó en Guaduales, salvo los encargados de urgencias y las personas de una labor normalmente apacible pero en ese día desbordada: los floristas y tejedores de coronas funerarias, que barrieron con las flores naturales, continuaron con las de papel y terminaron tejiendo ramos de plástico, sin dar abasto con los pedidos de los once entierros.

A las siete de la mañana empezaron las medidas para el cumplimiento del tercer objetivo, el absoluto orden de las manifestaciones populares en las riadas fúnebres. Oriol pudo grabar sin ningún problema el traslado de Julián hasta la iglesia, con el trayecto inaugurado por un jeep militar, las aceras ocupadas por antimotines, las caras curiosas asomadas en las ventanas, otro carro con asomar de fusiles cerrando la marcha. Se iba dejando pasar a la gente que salía de sus casas para agregarse al cortejo, el control estaba a cargo de una barricada en la esquina donde se abría la plaza de la iglesia. Al único que no cachearon fue a Julián.

Las personas y organizaciones en ruta hacia los entierros tardaron el doble de tiempo en llegar a sus destinos, detenidos cada dos o cinco cuadras por un nuevo raqueteo. Tanta continuidad llevó a algunos grupos a organizar coreografías ante las barricadas militares: *vamos a enterrar a Julián Aldana*, cantaban cada vez con mayor tino musical y batir sincopado de banderas y pancartas, *izquierda, derecha, al frente, parriba, pabajo, rarrarrá*.

Como casi todo ser humano que pretenda sobrevivir al enfado constante amenazando hacer estallar el hígado por un zarandeo de esas dimensiones, las gentes de Guaduales terminaban tomándoselo con buen humor. En cuanto veían una alambrada, ya tenían preparados los documentos, respondían a los uniformados una letanía de razones, cómos y porqués aun antes de ser preguntados y se apoyaban en la pared más cercana para ser cacheados de una buena vez.

—Fue el día que más manos me tocaron las huevas en toda mi vida —contaría un habitante de la ciudad—, es una pena que no hubieran sido manitas de mujer.

Como la milicia de Caledonia era masculina del todo y las mujeres sólo peleaban en el bando guerrillero, la población femenina de Guaduales se llevó la peor parte. Un depravado o un morboso vestido de uniforme podía hacer las delicias esa noche y día de jueves; pero no les quedó tan fácil, sobre todo por las propias mujeres registradas. En cuanto sintieron una mano pasarse del límite de la pierna o de la cuarta costilla, plantaron rodillazo, bofetada o golpe de codo al intruso, sin dudarlo un instante; tras los gritos y las confusiones, más de uno fue conminado a cuidar de las manos, aunque muchas mujeres finalizaron su defensa con estadía en las bodegas de la Industria Licorera. También se frenaron los abusos por la reacción de los hombres de la ciudad; en su propia casa, en sus calles de todos los días, aguantaban mal la furia de ver el tanteo de sus esposas, madres, hermanas, hijas, amigas y hasta desconocidas.

Por la mañana nació, quién sabe de dónde, un comportamiento generalizado de las mujeres de Guaduales. Salían de su casa trajeadas como todos los días, en general con faldas, pantalones cortos o los suaves y escotados vestidos de los climas calientes, veían la primera fila de alambres y cacheos y se daban la vuelta de regreso a sus casas para salir poco tiempo después, armadas de los pantalones largos más gruesos que tenían en el armario, las blusas más toscas y, en la mayoría de los casos, dos o tres brasieres, el mismo número de calzones y hasta idéntica cantidad de toallas higiénicas. El día de los entierros no se vio a ninguna mujer en falda y, si uno le hubiera preguntado a algún tocón de los cacheos, habría dicho que sucedía una cosa aún más rara: toda la población femenina de la ciudad tenía la regla.

Sobre las nueve de la mañana, tal y como había dicho el teniente Quintana, la operación Campana de Cristal llegaba a su último objetivo, conservar la lenta y calurosa tranquilidad de ese jueves en Guaduales; se había instaurado la paz de los ejércitos.

RECUPERAR AÑOS PERDIDOS

Los habitantes de la casa familiar de los Otálora despidieron a los militares de la Campana de Cristal, dieron las buenas noches a los soldados que guardaban la puerta y echaron el cerrojo, con alivio. Laura y Ernesto ayudaron a Carmelina en la operación más urgente, según ella: reponer la presidencia del Cristo en el comedor, restaurándole la dignidad arrebatada por el descuido de la requisa. Divertidos ante el despropósito de considerar la caída de un Sagrado Corazón como la mayor tragedia de la noche, olvidaron por un momento las preocupaciones que retomarían cada uno por su lado, en cuanto volvieran a estar solos. Remolonearon en una conversación alargada lo más posible hasta agotar los temas y no tener más remedio que irse a sus cuartos. Ninguno volvió a dormir.

En cuanto oyó el respirar silencioso de la casa, Carmelina se levantó a oscuras y fue hasta el comedor, rosario en mano, para rezar hasta el amanecer, pidiendo excusas al Cristo.

—Perdónalos, Señor, porque no saben lo que hacen —murmuró, santiguándose.

En la penumbra, Ernesto tomó ruta hacia el teléfono de la sala. Respiró más tranquilo, las líneas funcionaban. Conferenció con Bogotá y enseguida con los Constitucionales y Nacionales de Caledonia, armando una cita de urgencia que se trasladó del Hotel Imperial a la casa de don Ignacio Saldarriaga, empeñado en su encierro hasta el restablecimiento cívico de la ciudad.

Laura permaneció entre la oscuridad de su cuarto, dándole vueltas a un sentimiento que había empezado a nacer antes de la requisa y brotó con el impulso de un géiser.

—Hijo de puta —el insulto salió de sus labios con la fuerza de un susurro ronco proveniente del alma—. Hijo de la gran puta —mejoró la calidad de la puteada y el hablar casi inaudible—. Recontrasuperhijodeputa —concluyó.

Encendió la lámpara de la mesa de noche, leyó una vez más la nota póstuma de Julián y fue rompiéndola en trozos cada vez más minúsculos, meciéndose a ritmo de insultos, repetidos en salmodia. Podía soportar el dolor por la muerte de un hombre amado sin esperanza, pero el dolor por esa muerte recién conocida, la de quien la había querido hasta el último instante de su vida, un hombre que la estaba amando cuando entraba en la muerte, era un dolor insoportable; tan insoportable, que la hacía desear sacarlo a golpes del ataúd. Desde la despedida en los guayabales de La Magdalena, Laura se había convencido de que él jamás la había amado; Julián esperó diecinueve años para decirle que estaba equivocada y, todavía peor, esperó a morirse para decírselo. Ilusionarla mil veces, mil veces acabarle la ilusión y atreverse a extender la mano a través de la muerte, convenciéndola de ser su amor cuando ya nada había por hacer. No podía soportarlo.

Laura tenía razón en las ilusiones y desilusiones consiguientes, pero tampoco habían sido mil, exageración de su revuelto estado de ánimo, aunque sí fueron varias ilusionadas a fondo, *a fondo perdido siempre, perdido, perdido,* repetía Laura. El primer golpazo se lo había dado la huida de Julián en el corral de La Magdalena, durante la fiesta de año nuevo, cuando ella le dijo que él le gustaba; no se lo volvería a decir, pero la vida le daría varias oportunidades de demostrárselo. Ese primer dolor duraría hasta el renacer de la ilusión con los amores de la casa del guadual, la más grande de todas, la recontrasuperilusión. La negativa de Julián a llevársela con él, lo convirtió a sus ojos en cómplice del crimen familiar perpetrado contra ella, obligándola a irse a España; metió a Julián en el mismo costal de la traidora familia, se dedicó a odiarlo y al fin lo rebajó hasta convertirlo en un molesto dolor poco frecuente, como una bala no extraída o un hueso mal recompuesto, que duelen en los días de lluvia. Le llevaría años reducirlo hasta ahí.

Laura llegó a Madrid a mediados de un nublado enero, sin enterarse de la belleza de la ciudad, del fervor de la Transición, de nada distinto a llorar las noches y pasar los días como zombi, de aquí para allá, tras las andanzas de sus papás. A pesar de lo que puedan creer los corazones de los amantes despechados, la vida empuja fuerte y, poco a poco, la primavera renovaba los árboles y le daba a Laura algunos esquejes de ganas de vivir; lloraba una noche sí y otra no, paseando museos y calles aún adormecida, asistiendo a clases en un lujoso colegio privado donde la admitieron, aun estando tan avanzado el curso, en razón de las recomendaciones que portaba su familia.

Julián, con algunos años de más que ella y el recuerdo imborrable de la cachetada de Patricia, no volvió al alcohol ni al embrutecimiento. Reunió todo el dolor en una vehemente disciplina ascética, casi de santo, que no se le iba en rezos y meditaciones sino en terminar su carrera de veterinario y estudiar los textos distribuidos por el partido de extrema izquierda al cual se había inscrito en cuanto volvió a Guaduales después de la cachetada, y del que lo expulsarían algunos años después.

También con fervor religioso, Julián siguió desarrollando sus actividades políticas. Lo que no tenía como orador este hombre un poco demasiado callado, lo tenía en capacidad de acción y en el convencimiento que otorgaba la coherencia de sus ideas con su obrar. Fue uno de los líderes universitarios que más dolores de cabeza dio a don Daniel Otálora, al organizar manifestaciones periódicas en contra de la pobreza de las políticas educativas de los Nacionales; molestaba tanto que más de una vez terminó con sus huesos en la cárcel, acusado de delitos contra el orden público y la tranquilidad ciudadana. En cuanto terminó la carrera, el propio Daniel Otálora influyó con todo su poder para con-

seguirle algún trabajo irrechazable, bien lejos de
Guaduales, de tal modo que Julián tuvo una gama
de destinos a escoger y terminó eligiendo el de
veterinario del Fondo Ganadero en Santa María.
Don Daniel respiró con alivio, creyendo haberlo
comprado, y Julián se acercó al lugar que le interesaba por partida doble, donde estaban el corazón
del campesinado de su tierra y los brazos de Patricia,
con quien se casaría a los dos años de no encontrar a Laura durante las visitas periódicas a sus papás en La Magdalena.

Laura aprobó su primer curso de colegio madrileño quién sabe cómo, y en los meses de verano se la
llevaron a recorrer media Europa; seguía aletargada,
pero en las noches llegaba tan cansada al hotel respectivo que no tenía fuerzas ni de llorar. En el otoño de ese primer año de exilio, mientras Julián se
iba para Santa María, Laura detenía del todo su llanto clandestino y se dejaba guiar por sus compañeras
de estudios a la noche madrileña.

Al entrar a la universidad, sus papás se encarga-
ron de escogerle los estudios y Laura dijo que sí, le
daba absolutamente igual una cosa u otra, siempre
que le permitiera continuar de marcha en marcha.
Aprobando los cursos para no molestar a la familia,
se recorrió el mundo festivo y loco del Madrid de
esos días, sin perderse ni una; se la conocía en todos los bares y garitos con el nombre de María, en
homenaje al nombre popular de uno de los productos de su tierra, la marihuana, y se la adoraba por su
enorme alegría, su bailar de belleza explayada, sus

chistes y gracias continuas, la generosidad de su
cariño y su dedicación a los habitantes de la noche.

Fue reduciendo a Julián al pequeñito dolor de
punzada ocasional en el alma y, al fin, se sintió con
fuerzas para regresar a Colombia; ni siquiera con los
años transcurridos se atrevió a ir a Caledonia, permaneció en Bogotá, recuperando la ciudad donde
había vivido tantos años y las amistades debilitadas
por la ausencia. Al sexto día de su regreso, saliendo
de almorzar con unas amigas del restaurante que
servía el mejor ajiaco de la capital, vio a Julián en el
parqueadero; se le fue el alma a los pies, creyó que
alucinaba y desvió la mirada. A altas horas de la
noche, el mismo hombre se asomó al panorámico
del carro en la esquina de su casa. Ella cruzó el
semáforo en rojo, dejándolo en medio de la calle,
parqueó como pudo y se bajó del carro.

—¡No te acerques, o grito! —estaba realmente asus-
tada, se sentía víctima de algún engaño de la imaginación o del deseo.

Julián se detuvo a unos pasos de ella, identificándose, explicando. La noticia del próximo regreso de
la nieta no sólo fue comentario feliz de los abuelos,
también fue conversación en la mesa de los mayordomos de La Magdalena, el domingo de su visita
mensual a la familia.

—Hablemos, por favor. ¡Por favor!

La repetición de la súplica bajó la guardia de Laura.
Hablaron poco; en cuanto Julián se sentó junto a
ella en el carro, alargó la mano hasta tocar su mejilla
y la conversación ni siquiera alcanzó a nacer. Los

veintiún años de Laura, agregados a su bien adqui-
rida experiencia madrileña, los condujeron a un hotel
de cinco estrellas.

—Una por cada año perdido —dijo Laura, entre
risas.

En la recepción dejaron de poner peros a una
solicitud tan tardía ante el brillo de oro de sus cheques de viajero en dólares y las propinas a granel
en dinero contante y sonante. Una vez en la habitación, Julián se le echó encima cual avioneta en
fumigación de tierra cocalera; Laura lo detuvo con
un suave empujón más sonrisa de futuras delicias
y dedo sobre los labios, *¡shhhh!* Marcó el número
de recepción, pidió con la urgencia de una medici-
na cinco botellas de champaña adornadas de caviar
a montones, que llegaron con velocidad de ambulancia del primer mundo, no del tercero. Sacó un
billete más, sonrió al botones antes de cerrar la
puerta, descorchó una de las botellas y roció a Julián
de champaña, doblada de la risa. Lo enfrió en el
acto.

Detenido el ataque, Laura lo empujó hasta un si-
llón, puso a su lado el resto del convite que él no
tocó, abrumadísimo con el espectáculo de Laura,
sacando del bolso un buen paquete de la mejor
marihuana nacional, armando un cigarrillo con elegancia y sorbos de champaña. Más tranquila, buscó
en el hilo musical algo no demasiado pueril y
marchosito, aspirando de a pocos el sabor de la
maría, preludio de un empelote al mejor estilo de
cabaretera madrileña.

Regó de champaña su propio cuerpo, pasándose las manos y los dedos mojados por la piel, mostrándoselo a Julián, empalmado a su pesar y el de sus principios. Desató el cinturón de un Julián convertido en estatua, bajó la cremallera y sacó su trofeo. Lo miró con admiración, seguía siendo tan estupendo como el de la casa del guadual. Para alejar recuerdos, descorchó otra botella de champaña y bañó el trofeo, empequeñeciéndolo por segunda vez y dedicándose a enterrarlo con puñados del caviar que le encantaba, para emprender con esmero la labor de desenterrarlo con labios, lengüetazos y menos gusto del que pensó, era de imitación; pero el trofeo era original, de primera calidad, con denominación de origen, y de negritud ya sólo le quedaba la tierra del vello que ella se dedicó a escarbar con los dientes, mordiendo y jalando sin conseguir hacerlo pequeño. Resignada, Laura cogió la cuarta botella y tomó un sorbo que completó con un bocado de caviar y otro del trofeo, cuyo antiguo propietario se encontraba impedido de moverse por el violento palpitar del trofeo a punto de estallar y el vientre hundiéndose y sobresaliendo, alborotado, sin poder cerrar los ojos al espectáculo de la mujer desnuda, con la piel brillante de champaña.

Laura cerró los dedos sobre el trofeo, lo guió en inclinación y coordenadas y se lo hincó de un solo golpe. Sin darle la limosna de un solo beso, empezó a moverse al ritmo de un son de tambores internos. Julián intentaba atrapar con los labios algún trozo de los senos que se sacudían ante su cara y se hurtaban a su boca, incontenibles. Cuando sintió el primer baño de semen, Laura se deshincó y lo obligó a mirarla a los ojos.

—Ya no te quiero, no —le dijo, sonriendo, y se lo volvió a meter bien adentro. Se zarandeó con arte hasta dejarlo seco. Se levantó a abrir la última botella y brindó a la salud del hombre boqueante.

—Habrá que esperar un poquito hasta el siguiente polvo —le dijo, conmiserativa, liándose el segundo cigarrillo de la exquisita maría de la patria.

Esta Laura distinta, que mentía con la misma facilidad que respiraba, que manejaba el mundo como algo de su propiedad, sin querer salir del hotel de cinco estrellas que lo ponía mal del estómago, hablando de cosas para él inexplicables; esta mujer que él deseaba más que el arroz con fríjoles, su plato favorito, asustaba a Julián con un pánico absoluto que lo atraía hacia ella aún más, con el mismo imán de la belleza de una boa arco iris: en cuanto uno la mira, no sabe por qué sigue ahí, paralizado de horror, de delicia, deseando ser absorbido por ella, incluso a costa de la vida. Al mejor estilo iridiscente, Laura lo tuvo hipnotizado hasta conseguir el despliegue absoluto de sus artes amatorias, la práctica en diagonal, al derecho y al revés del *Kama Sutra* y demás manuales de Oriente y Occidente.

—No va mal la cosa, pero ya está bien —le dijo en la mañana del tercer día, tras el último desplome. Se vistió como un rayo, sin darle tiempo a reaccionar. Le prohibió buscarla de nuevo y le lanzó un beso al vuelo de los dedos y la sonrisa, antes de cerrar la puerta tras ella, con el aire indudable de *si te vi no me acuerdo, amigo mío.*

Cuando Julián se recuperó del estupor, de los dolores musculares y de huesos, del susto por esa mujer nueva, iba de regreso a su casa en Santa María. Se dio cuenta de que Laura lo había rematado de amor, como un torero en estoque único y perfecto. Laura, por su parte, creyó haber tomado venganza por su traición en los guayabales, hizo la paz con su pasado y sumó su conquista bogotana a las anécdotas del viaje y a larga lista de amantes sin mayor importancia. Se estuvo riendo sola durante cuatro días y, de ahí en adelante, cada vez que recordaba a Julián, sonreía a su recuerdo. No hay mejor manera de conservar el amor que la remembranza sonriente; Laura no lo sabía porque, de saberlo, habría preferido continuar odiándolo como el cobarde cómplice del manejo familiar sobre su vida.

Conservado al vacío, casi congelado como un mamut histórico, Laura llevó dentro de ella el amor, sin volver a su país, atareada con un nuevo cambio en su vida; el regreso a Madrid estuvo acompañado del abandono de la carrera impuesta por la familia y la discreta entrada en los trabajos manuales. Lo que más le gustaba en la vida, descubrió alborozada, era imitar a Dios y crear figuras en el torno de barro.

—Ya no te quiero, no —le decía al recuerdo de Julián, acrisolando hombrecitos que miraban al sol; equivocándose de la misma forma en la que erraba esa madrugada de Guaduales, al repetir las mismas palabras a la nota de Julián, vuelta serrines.

Era demasiado tarde para dejar de amarlo. Laura lo estaba queriendo con rabia, con reproches, con odio. Apretó los trocitos en el puño y se fue a botarlos a la basura. Aprovechó el viaje hasta la cocina para prepararse un tinto, empezaba a clarear. Al escuchar el ruido de ollas y platos, Carmelina y Ernesto fueron a dar junto a la olleta tintera. Por una vez, Carmelina no peleó su rango en la casa, se dejó servir por Laura; por una vez, los hermanos no se dijeron ni los buenos días. Se quedaron de pie, tomando varias tazas de tinto, callados, mirando cómo el día se entronizaba de manera inevitable y quién sabe qué cosas podía traerles; estaban temerosos, al igual que un actor en espera de salir al escenario para desempeñar su papel en una trama ignorada.

El escandaloso reloj de la sala dio seis golpeteos metálicos y arrancó de la cocina a Ernesto para el acostumbrado baño que inauguraba el día. Regresó a despedirse de las reflexivas mujeres, *tengo cosas urgentes por hacer*, les dijo sin más, y salió a la carrera, portafolio en mano; Carmelina ni siquiera se acordó de ofrecer desayunos y dejó irse al senador de Caledonia con la barriga vacía. La llegada del sol trajo la recuperación de algunos privilegios que la Campana de Cristal había eliminado y Ernesto se dirigió a la casa de don Ignacio Saldarriaga, viendo el pasar incólume de su carro blindado a través de los muchos retenes militares.

Laura esperó a la partida de Ernesto para exponer a Carmelina los problemas de aprovisionamientos milenarios que habría de enfrentar por la tarde, en cuanto pudiera sustituir su preocupación por la muerte y dedicarse a reconfortar la vida de los detenidos de la marcha de Palmeras. A medida que fue conociendo los problemas y las posibilidades de hacer algo para vencer el desaliento de los campesinos, Carmelina iba recuperando el vigor en la mirada; sacó papel y lápiz y tomó el mando, arrastrando a Laura a una febril actividad de planeación que las ocupó al completo.

—Si puedo tener la plata, un carro y seis manos, la cosa está resuelta —aseguró Carmelina, con la autoridad de toda una vida dedicada al bienestar ajeno.

—¡Cómo no! —concedió Laura, extendiendo cheques a granel, respaldados por la solvencia de su dinero español—. El carro está en el garaje y las manos serán de soldado.

Se chocaron sus palmas en sellamiento del trato y no pudieron evitar las risas, al pensar en los soldados colaborando con aquellos que deseaban alejar lo más posible de Guaduales, riendo cada vez más, hasta llorar de la dicha.

Pasadas las ocho de la mañana, salía del garaje el viejo Land Rover de la familia, recién reparadito de los daños ocasionados por el furor popular, llevando a tres soldados y a Carmelina, en desplegar de canastos y dispuesta a trasegar la ciudad de arriba abajo para cumplir con la gigantesca lista de compras. Gracias a la protección de un salvoconducto del tamaño Otálora, Carmelina exploró la ciudad por los cuatro costados, en busca y captura de los miles de artículos de aseo, comida y vestido. Se trataba de una misión bien difícil. Si no se tenían amistades entre tenderos, bodegueros y almacenistas, era imposible encontrar algo ese día de comercios clausurados; Carmelina las tenía, tras el tiempo enorme de hurgar en cada esquina para las provisiones de los Otálora, y pudo comprar a puerta cerrada.

Laura, sola en la enorme casa familiar, marcó el número de su piso en Madrid. La somnolienta voz de Tomás, recuperándose del susto por un telefonazo antes de las dos de la madrugada, no tuvo tiempo de asegurar el raspor y la sequedad del enfado irracionalmente celoso que aún lo poseía, y conservó la suavidad del inmenso cariño que sentía por ella.

—Te quiero —le dijo Laura, al despedirse—. No pasa nada si no vienes, volveré en menos de una semana.

Tomás colgó el teléfono y se dio la vuelta para seguir durmiendo, pero los ojos se resistían a cerrarse; resignado al insomnio, preparó una taza de té, no quería recordar a Laura con café colombiano, y fue al estudio, dispuesto a revisar sus notas para las clases de la mañana. Una figurita de barro expuesta en su escritorio le robó la mirada; era una mujer joven acariciando un caballo. Tomás se apoderó de la escultura y la estrelló contra el suelo.

VIVO EN MI CORAZÓN

La cortesía del ejército de Caledonia con los deudos de Julián, encargándose de su protección y compañía desde el raqueteo de la Campana de Cristal hasta el viaje a la iglesia, había puesto en funcionamiento la mente de Pablo; sólo podía significar que el entierro constituía un peligro para la milicia y un río revuelto en el cual más de un pescador querría sacar ganancia. Reinstauró el conciliábulo esquinero con Silverio, Ricardo y Oriol, continuando las preguntas que había estado haciendo antes de la llegada de Laura Otálora; a los diez minutos tenía ante sí un montonazo de papeles formado por telegramas, recados de llamadas, notas y cartas de adhesión y pésame, que habían llegado a la casa de Julián en Jacarandá y a la iglesia y la escuela en Miramar, con anuncios de presencia en el entierro. Pablo se frotaba las manos, dispuesto a encarar la organización; si alguien no ponía orden, el funeral de Julián sería ahogado por los militares, o adueñado por algún político sin escrúpulos, o aprovechado como detonante de una revuelta cuya utilidad rendiría exclusivamente a quienes la provocaran.

—Nadie se va a apropiar de los huesos de Julián Aldana —susurró al conciliábulo esquinero.

Ya no tenía dudas, la muerte no había sucedido en el Puente Mayor sino en la sala, el comedor o el cuarto de cada persona que vio el noticiero; medio país tuvo un muerto en su casa, se le fue muriendo ahí nomás, frente a él, y Néstor anunció que volvería a pasar las imágenes, repitiéndolas al final del noticiero y dándole tiempo al otro medio país de correr hasta el televisor más cercano. Era el muerto de todos.

Cuando Pablo llegó al velorio no encontró muchas personas, sólo familiares y amigos, y creyó que las sospechas de grandiosidad funeraria eran fruto de su inmensa imaginación periodística. La escasez provenía del toque de queda; el desfile había sido imparable hasta las cinco y media de la tarde, le estaba contando Silverio, gentes desconocidas a montones, lamentándose más que la familia, dándole la mano y diciéndole que venían desde lugares que él ni siquiera había oído mentar.

—Por eso las enormes colas en los retenes —confirmó Pablo.

El viaje en el jeep de las transmisiones piratas había transcurrido con celeridad hasta Alto del Rosal, la frontera terrestre de Caledonia, donde tropezaron con un trancón de más de cinco kilómetros. Después de un par de horas de espera con adelantamientos milimétricos, Néstor y Pablo decidieron iniciar ruta a pie, a ver de qué se trataba el parón; se debía al primero de los cinco retenes que pasarían antes de llegar a Guaduales. Caminaron hasta la barrera, plena de soldados en hormigueo sobre un bus; esculcaban maletas, bultos y bolsas regados por el suelo, mientras los pasajeros enfrentaban la carrocería, abrían piernas y brazos, agachaban cabeza, apoyaban las manos en las latas del carro y aguantaban palmeos a los flancos y a todo el derredor, rezando para que los dejaran seguir el viaje; habían visto a más de uno perderse entre el edificio del cuartel.

Pablo alistó su cámara y tomó fotos a velocidad de rayo. Néstor le dio un codazo; un militar venía en pos de ellos, exigiendo el carrete. Pablo no tuvo más remedio que entregárselo y pedir mil disculpas por su ignorancia.

—Creía que en este país aún se podían sacar fotografías —alcanzó a decir, antes de recibir otro codazo de Néstor.

Regresaron hasta el jeep de las transmisiones piratas con escalas múltiples de conversa con los demás carros del trancón. El primero en soltar datos fue el conductor de una tractomula en importación de verduras, incultivables en Caledonia, preocupadísimo por la anormal tardanza del viaje; en sus diez años de ruta había visto de todo, salvo tantas personas yendo en montonera hacia Guaduales. Los más abundantes en charloteo fueron los pasajeros de tres camionetas de las Acciones Comunales de Ulloa, les dijeron que iban al entierro de Julián Aldana y que tanta matanza no se iba a quedar así.

—Suficiente —dictaminó Néstor, llevándose a rastras a Pablo, que quería seguir de conversa en conversa. Ya se habían enterado de las razones del viaje de la mayoría de carros en ruta hacia Guaduales; la vía terrestre era la única, ante el cierre de los vuelos comerciales.

Pablo habría empezado a organizar el entierro mucho antes, si no hubiera llegado Laura Otálora, desviando la preocupación del conciliábulo hacia los problemas de los miles de campesinos detenidos; aún no amanecía, había tiempo. Organizador nato, diseñó una estrategia que consistía en algo aparentemente simple pero en realidad nada fácil, conseguir que todos tuvieran la oportunidad de expresar cuanto quisieran sobre la vida y la muerte de Julián Aldana, sin privilegios. Las instrucciones se contenían en una sola frase: *calma chicha, pelados*.

El amanecer liberó a los habitantes de Guaduales de la prisión doméstica del toque de queda y, al segundo, de la escuela de Miramar salieron tres hombres, a toda prisa: Silverio, en dirección a la Acción Comunal, para informar al padre Raúl Casariego que iba a ver trocada su labor de rezos y oraciones por la de maestro general de ceremonias. Ricardo tomó rumbo a las casas de sus alumnos para reclutar ayudantes con uniforme escolar y banda blanca en el brazo, su labor consistiría en coordinar a esos mensajeros y guardianes de la paz. Pablo corrió a la iglesia, previa cita con Néstor y Alfonso; por primera vez en su vida, Néstor se encargaría de organizar el discurrir de la noticia, en lugar de reordenarla después de que se produjera, y Alfonso pondría sus conocimientos técnicos en la preparación de equipos para amplificar las voces. Solamente Oriol permaneció inactivo, en espera de la salida del cortejo hacia la iglesia y encargado de retrasarla hasta recibir la orden telefónica de Pablo; debería continuar registrando el alcance de la muerte que él mismo había grabado en el Puente Mayor.

De negro hasta los pies vestida y readquiriendo sus fueros de familia, Laura recibió la tempranera visita de su jeep militar con la escolta y *el brigada Ortiz, a su mandar, relevo del teniente Quintana quien se encuentra destinado momentáneamente a otros asuntos, señora.* Con la ciudad en el estado de la paz de los ejércitos, Laura no necesitaba protección sino un chofer para llevarla al funeral sin sufrir ninguno de los numerosos registros de la ruta, que transcurrió algo más despaciosa de lo normal hasta llegar a las calles de Miramar; con la gente en invasión de calles, el jeep tuvo que adoptar velocidad de peatón. La única ventaja Otálora consistió en el rápido paso por los retenes, salvándose del raqueteo, para continuar a marcha lenta y pitazos hasta la misma puerta de la iglesia.

Laura se bajó del jeep y permaneció un buen tiempo asombrada por el bullir de la plaza, repletándose, minuto a minuto, con gentes de todas las edades y colores, yendo del negro africano al moreno español y pasando por el cobre indígena, agrupadas alrededor de pancartas en exhibición de letras dibujadas con prisa y a mano, enarbolando puñados de hojas de palmera y charlando pausadamente. De un lado a otro corrían adolescentes con uniforme de la escuela y bandas blancas en el brazo, preguntando y anotando cosas en pequeñas libretas. Se podía hacer un recorrido por la geografía de Caledonia: *Los Vientos, Figueroa, Guacamayas, Teruel, Amalfi, Juncales, Tres Cruces, Alcántara, Calima, Génova, Curises, Jerusalén, Turpiales, Villanueva del Monte*, eran algunos de los nombres leídos por Laura mientras se estremecía, percatándose de las dimensiones adquiridas por la muerte de Julián.

La puerta de la iglesia estaba abierta y controlada por un pelotón uniformado que le dio paso, en cuanto el brigada Ortiz mostró el salvoconducto de puño y letra del general Otálora. Ella pidió quedarse sola de ahí en adelante y el brigada aceptó, sus órdenes consistían en hacer todo cuanto quisiera la señora, sin perderle el rastro.

Hacía años que Laura no entraba en alguna iglesia y mucho menos como ésa, compartiendo la pobreza del barrio con las demás edificaciones. La constituía una sola nave con fondo de Jesús Crucificado de tamaño natural y un altar donde terminaban los paseos de los monaguillos y el sacerdote de Miramar, sin los vestidos de ceremonia, colocando los objetos de culto alrededor de un micrófono. Delante del altar y un poco a la derecha, un pequeño púlpito de madera, casi un atril, estaba siendo dotado de micrófono y cables por Alfonso, con la ayuda de Silverio, quien dirigió un saludo a Laura. Con su curiosidad natural, Alfonso le preguntó en susurros *quién es la bella dama*, sin detener el trabajo y soltando un silbido de admiración que recibió la mirada reprobadora de Silverio; entre el bajo continuo vallenatero y las admiraciones, lograría enfu-

recer al sacerdote. En la esquina del altar, tras el púlpito, sonreía una Virgen María de manto azul celeste y
Niño Jesús regordete en los brazos y, en la otra esquina, bendecía un san Martín de Porres de mirada benig-
na. A Laura le pareció que las imágenes no despegaban
los ojos de una mesa cubierta de raso blanco y arder
de velones, en espera de Julián, y antecediendo las
dos filas de bancos de madera sin respaldar.

Junto a la puerta, en un extremo reposaba un con-
fesionario de cortinas color uva madura y en el otro,
un san Antonio sonriente. Laura recordó una antigua canción de la abuela, *tengo a san Antonio puesto de cabeza, si no me da novio yo no lo enderezo*, y
correspondió a la sonrisa del santo.

—¿Le puedo ayudar en algo? —el padre Raúl
Casariego sonreía a su sonrisa y a la del santo.

Laura casi lo levanta del suelo con el abrazonón.
El padre aún no se acostumbraba a su fama reciente, pero ya se plegaba a ser tratado por desconocidos como trapillo de andar por casa; esperaba la
retahíla respectiva sobre Manguaré casi sin escucharla, resignado, hasta encontrarse con el nombre de la
discurseante y el país de donde venía, su España
natal. Se invirtió el asunto y fue el padre quien inició una cadena de preguntas nostálgicas que a Laura
le encantó responder con noticias frescas y noveda-
des, comprendiéndolo a la perfección, también ella
había permanecido largos períodos sin ver un milímetro de su Caledonia.

—¡El mar, hija mía! El mar se echa de menos toda
la vida, aunque adores estas selvas —respondió el

padre a la pregunta sobre las melancolías de la tierra natal. Laura sufría de la inversa, echaba de menos la selva. Se echaron a reír hasta las lágrimas, por
los carcajadones reprimidos.

Pablo pasó a su lado, a todo correr y un *buenos
días, Laura*, sin detenerse a presentar a Néstor que
ni desvió la vista, entretenido en la elaboración del
guion de la ceremonia y con automático chupar a
un cigarrillo sin encender; estudiaba un misal prestado por el sacerdote de Miramar, el padre Casariego
no tenía ni uno, la memoria le alcanzaba para darse
el lujo de dejarlo en Manguaré, junto con su cargo
de párroco. A los guionistas se unió Ricardo, entre-
gándoles un taco de papeles con los nombres de los
presentes en la plaza, reunido por sus alumnos, y
aportando los primeros fotógrafos, reporteros y
camarógrafos.

Mientras Néstor acomodaba a sus colegas entre
saludos eternos y sotovocísticos, el padre Casariego
ofreció a Laura la posibilidad de una confesión, *las
requisas seguramente retrasarán el comienzo del funeral*, comentó, sin hacer ninguna pregunta sobre
su pronta llegada, se imaginó que la sobrina del
general Otálora había adquirido las virtudes de
invisibilidad para los soldados. Laura le contraofertó
una charla en los bancos y el padre aprovechó para
buscar heridas:

—Lo mismo me dijo Julián y por eso conversamos
mucho, en lugar de confesar —Laura abrió los ojos
como pepas de guama—. Sí hija, me habló de ti.
Ambos dormíamos muy poquito y hablando se nos

iba más rápido la noche. Al principio conversábamos de religión, de los campesinos, de las posibilidades de éxito de la marcha, y tú te colaste precisamente ahí. También en esto voy a resultar un fracaso, me dijo, abriéndome un camino con ese también. El otro fracaso habías sido tú. Alcanzó a contármelo todo. Me dijo que había sido tan bruto, bestia y animal que, intentándolo de mil maneras, jamás había conseguido que tú lo quisieras más que como un juguete.

Así supo Laura cómo se había sentido Julián durante los veintitrés últimos años. Exculpándose con vehemencia, le comentó al padre que, hasta la noche anterior, ella habría jurado y rejurado que Julián nunca la había querido. El sacerdote le pasó las manos por el pelo, tranquilizándola y escuchando el relato sobre la conversación de Julián con su hermano Felipe la noche antes de morir y el contenido de la nota entregada por Silverio.

Más reporteros entraban, acomodados por Néstor en lugares estratégicos, en medio de charlas y bromas dichas en voz muy baja; todos lo conocían, imposible no conocer al colega de mayor éxito hasta la semana anterior, imposible no solidarizarse con él y su defensa a la independencia periodística: el veto de Producciones del Mediodía era un secreto a voces en el gremio. Uno de ellos vio al padre y explotaron los primeros flashes del entierro; Néstor les pidió calma, recordándoles que había tiempo de sobra para fotos y demás. El padre sonrió, condescendiente, les dio un saludo con agitar de mano y retomó la charla.

—Tal vez resulte ser el culpable de esa nota, hija, perdóname. Julián jamás te habló de sus sentimientos, era un poco cerradillo —Laura sonrió, de acuerdo con el sacerdote—. Fui yo quien le hizo prometer contártelos la siguiente vez que os vierais. Ya estaba bien de tanto encontronazo y despedida, si iba por ti tras años y años, era asunto de peso, no valía la pena dejarlo así. No sabía que era demasiado tarde.

El padre le recordó una verdad obvia: la intención de los actos humanos no siempre es coincidente con el efecto que producen. Julián no había pensado en hacerle daño, sino en reivindicarse ante ella; todos éramos iguales, él mismo también se equivocaba cada día, y empezó a ejemplificar sus errores con el relato de la noche de su evacuación. Raúl Casariego tenía en los ojos un pozo profundo de tristeza, se sentía culpable de conservar la vida; le tocó a Laura el turno de consolar, tomó las manos del sacerdote entre las suyas, sin saber qué decir, ella también se culpabilizaba por seguir viva en un mundo donde ya no respiraba Julián Aldana.

En el aire retumbó la voz de Alfonso, *un, dos, tres, probando*, repetido enseguida por el otro micrófono. Silverio se asomó a la puerta de la iglesia y levantó el pulgar; la instalación, apresurada y casera, funcionaba como si el cablerío anárquico hubiera nacido para ser destinado a la propagación de la misa. Laura sintió que el sacerdote recuperaba la calma y se decidió a preguntarle una cosa que la venía atormentando desde la tarde anterior:

—Usted que estuvo tan cerca de él en los últimos días, ¿sabe por qué Julián no abandonó la marcha, teniendo la certeza de lo que iba a pasar?

—No era una certeza, hija, siempre existió esa posibilidad. Era peligroso estar en la marcha y sin embargo estábamos. Julián no fue al encuentro de las balas, las balas fueron por él. Y Julián no era hombre de abandonar el barco cuando se está hundiendo, como sólo hacen las ratas.

El sacerdote volvió a estremecerse, se sentía una rata, había dejado el barco en medio del sonar de las sirenas de alarma. Laura, apretándole las manos, elaboró palabras: *no diga eso, padre, cómo se le ocurre, usted mismo ha dicho que nadie sabe lo que va a pasar*, frases de consuelo que ayudan en algo, pero no solucionan nada; la solución estaba dentro del corazón del padre Casariego.

Entraba el cortejo fúnebre, encabezado por niñas y adolescentes con uniforme de colegio, las compañeras de las hijas de Julián, llevando las flores y las coronas del velorio. Raúl Casariego se olvidó de sus sentimientos ante el próximo inicio de la misa.

—Búscame cuando quieras, hija —el padre le dio un par de besos en la mejilla y salió tras el altar; tenía que ponerse las ropas de ceremonia. Laura se quedó como si hubiera recibido un baño balsámico.

Alfonso dirigía el acomodo de las flores con peor mano que la instalación del sonido. Laura no pudo evitar una sonrisa y se levantó a ayudar, recibida por él con alborozo coqueto; entre los dos instruyeron a las niñas en la elaboración de una cascada de ramos y coronas que empezaba a los pies de la mesa destinada al cadáver y se iba extendiendo por el centro del pasillo, hasta llegar a la puerta. Seis porteadores de la familia entraron con el féretro; Laura se apartó para dejarles libre el paso, y el ataúd recorrió el pasillo sobre el lecho de flores. Alfonso guió a los porteadores en el ajuste de la caja sobre la mesa de raso blanco. Laura no tuvo fuerzas para colaborar y buscó el apoyo de una pared.

Entraban los demás miembros del cortejo, acomodados en los bancos por los jovencitos de uniforme de colegio y lazo blanco en el brazo, bajo la atenta guía de Ricardo. Entraba Oriol con la cámara en bandolera y llevando de la mano a Tino, cojeante y con los dientes apretados, aguantando el dolor.

Los niños huidos de la marcha de Palmeras por vía fluvial, concentrados en el trabajo de sobrevivir, se habían demorado dos días en enterarse de la identidad de los muertos; la primera en saberlo fue Deyanira, el miércoles a mediodía oyó los nombres en el radio de la casa de unos vecinos de la familia del río; había ido para escuchar las noticias lejos de Tino, para no preocuparlo, necesitaba enterarse del destino de la marcha, donde estaban su mamá y sus dos hermanas mayores. No dijo una palabra a su hermano, temiendo que la tristeza fuera a empeorarlo. Camilo había salido muy temprano, como el día anterior, y Deyanira lo esperaba con impaciencia, no sólo por contarle, sino por las cosas que traería; habían podido comer más o menos y tener ropas nuevas para ellos y los demás miembros de la familia, gracias a los viajes de Camilo; el radio de la casa del río, sintonizado en una emisora pachanguera, había sido una pesca milagrosa suya.

Camilo, ocupadísimo en rastreo de provisiones gratuitas, se enteró de la muerte de Julián esa misma tarde, por casualidad. Oía una conversación a hurtadillas, esperando un descuido para llevarse algo; volvió a la casa con las manos vacías. Él se encargó de contárselo a Tino, después del raqueteo de la Campana de Cristal. Tino dijo que por nada del mundo dejaría de ir con ellos a la iglesia, aunque fuera saltando a la patasola.

La familia completa se dirigió a la plaza, acompañando a los niños de la marcha. Se quedaron sin saber para dónde coger con el genterío en montonera y el pelotón de soldados guardando la puerta de la iglesia; vieron pasar el ataúd y Camilo echó a correr tras él, sin preocuparse por Tino y Deyanira. La cámara de Oriol registraba las caras de las gentes de la plaza cuando llegó al rostro de Tino, lo reconoció enseguida, paró de grabar, se enteró de la razón de su cojera y lo ayudó a entrar junto con Deyanira y la familia del río, acomodándolos en los bancos destinados a los niños y ancianos de la marcha evacuados a Miramar, y saliendo a correr en busca de Néstor.

Lo primero que supieron los niños por boca de sus compañeros fue el arresto colectivo, ahí debería estar incluida su mamá, dónde más, si no estaba entre los heridos o los muertos. Oriol regresó, acompañado por Néstor. Le comentaron un par de razones a Tino, que afirmó con la cabeza; Néstor le dio un papelito con una frase, pidiéndole que se la aprendiera de memoria, y se despidió con un golpe de ánimo en el hombro, tenía que irse rapidísimo a colocar a la banda y el coro de la Universidad del Sur que vagaban sin rumbo. Los llevó a su sitio, junto al altar y al otro lado del púlpito, en compañía del san Martín de Porres.

Camilo entraba en ese momento, colado entre los familiares de Julián y en dirección a las primeras filas de bancos, reservadas para ellos. Patricia se apartó del grupo en cuanto vio a Laura pegada a una pared, la rescató y la hizo sentar entre ella y la mamá de Julián, que tenía la cara surcada de arrugas, como ríos de llanto. Durante toda la larguísima misa de difuntos, Laura se dedicó a darle pequeñas miradas y toques de ánimo; la serenidad otorgada por la conversación con el padre Casariego le duró toda la ceremonia.

La iglesia se llenó por completo y la gente desbordaba la plaza; seguían llegando a puñados, retrasados por los raqueteos, pero llegando al fin. Desde su lugar tras el púlpito, Pablo hizo una señal a Néstor para dar paso al funeral. En los altavoces se escuchó el himno de Caledonia, interpretado por la banda y el coro de la universidad, atronando instrumentos y capas negras, bajo la mirada del santo. El sacerdote de Miramar y los monaguillos se acercaron al altar, mientras el padre Casariego tomaba posesión del púlpito y decía, tras las notas finales del himno, *buenos días a todos os dé Dios*. Retumbó su voz en la iglesia, en la plaza, en las calles de los alrededores:

La violencia se ha enseñoreado en nuestra Caledonia, la violencia ha terminado con la vida de nuestro hermano Julián Aldana. Pero la violencia no va a entrar en este funeral, amigos y hermanos. Lloraremos en paz a Julián Aldana, lo acompañaremos en paz a su última morada y, por encima de todo, hoy, aquí, le rendiremos nuestro más sentido homenaje.

El padre Casariego acababa de anunciar las reglas de la ceremonia y tomó asiento junto al púlpito. El sacerdote de Miramar dio comienzo a la misa, oficiada por él en las partes de exclusividad sacerdotal; en las demás, la liturgia corrió a cargo de las personas que habían venido a acompañar el cadáver desde Figueroa y Curises, en representación de las otras dos marchas campesinas. Con la dignidad, la alegría y el orgullo propio de los jóvenes ante esas tareas, los alumnos de Ricardo acompañaban a los orantes hasta el púlpito y el padre Casariego les indicaba su parte.

Brille para ti la luz perpetua, cantaba el coro a cappella y los ejércitos escolares de la paz guiaban hasta el catafalco a cuatro hombres entristecidos. Laura se quedó de piedra al reconocer a su tío Daniel Otálora y, tras él, a su hermano Ernesto, a don Ignacio Saldarriaga y a Joaquín. Murmullos y flashes imparables acompañaban su paso. Impactados y humillados con el despliegue militar de la Campana de Cristal, los principales partidos políticos de Caledonia daban apoyo tardío a la marcha de Palmeras, expresado públicamente por la presencia en el entierro de su máximo dirigente, eso creían, no hubo tiempo de hacer pública su destitución antes del desastre y, después, ya nadie se preocupó de hacerla.

La idea había sido de Ernesto, consultada por teléfono a las directivas de Bogotá entre susurros, mientras Laura maldecía a Julián y Carmelina rezaba mil perdones al Cristo. El acuerdo vino con la reunión tempranera en la casa de don Ignacio Saldarriaga, resignado a incumplir antes de tiempo su promesa de encierro hasta la huida de la prevalencia armada. Se pusieron sus mejores trajes de ceremonia y partieron rumbo a Miramar, para abrirse paso hasta la iglesia, en medio de los comentarios de la gente que se apartaba en cuanto los reconocía. *¡Oportunistas!*, alcanzó a gritar uno, acallado por los demás; todos habían visto las caras atribuladas de los dirigentes de Caledonia. Su dolor era verdadero hasta la médula, aunque no fuera por Julián, sino por ellos mismos.

Brille para ti la luz perpetua, se escuchaba, mientras don Daniel y Ernesto Otálora desplegaban una bandera de Colombia y cubrían el féretro. *Brille para ti la luz perpetua*, mientras don Ignacio y Joaquín Saldarriaga desplegaban la bandera de Caledonia y la extendían sobre la del país, mediado el catafalco. La iglesia se vino abajo con los aplausos, inexplicables para los de la plaza, si tampoco era para tanto un cantar. Lo supieron esa misma noche, al ver las imágenes en el televisor. Sin quererlo, los Nacionales y los Constitucionales se robaron el foco; durante poco tiempo, enseguida tomaron la palabra las hijas de Julián. Alternándose en la lectura, Beatriz y Marcela hablaron del hombre y del padre, hablaron de su vida y el color de su risa, de la huella que dejaba su vida, del hueco que dejaba su muerte. El silencio se podía tocar y cortar en pedazos. En cuanto terminaron, el padre Casariego abrió la intervención de los miembros de la marcha de Palmeras, leyó una frase que repitieron otras once personas, cambiando solamente su nombre y el del pueblo desde donde se habían unido a la marcha; la última fue ésta:

Yo, Justino Costa, marchante a Guaduales desde La Estación, hijo de Marina, presa en la plaza de toros, y de Justino, muerto en Manguaré, yo, con mis pasos de cojera por una bala como la que acabó con su vida, lo conservo vivo en mi corazón, Julián Aldana.

Otra vez se vino abajo la iglesia con los aplausos, otra vez fotografías y líneas en periódicos y segundos en noticieros, esta vez acompañados por vítores a rabiar en la plaza repleta. Tino Costa, fracasado en su intento de entrar a la ciudad por el Puente Mayor, acababa de ser redimido con esa ovación, que además se constituiría en la guía de su vida. Aceptaría las becas ofrecidas por don Daniel Otálora y se dedicaría a estudiar; trabajaría en los ratos libres como ayudante de enfermería en el hospital para devolver íntegro el dinero de las becas y se convertiría en médico para salvar vidas, resarciéndose por las que seguiría viendo perder en medio de los charcos de sangre que brotarían tras las explosiones de fusiles, bombas y minas; su mejor maestro no estaría en el hospital o la escuela, sería el viejo curandero de Miramar.

Las doce repeticiones de la misma frase hicieron que, de ahí en adelante, cualquier intervención fuera siempre así: *Yo*, fulanito de tal, en representación de esto o de aquello, o en mi propio nombre, o viniendo de acá o de allá, *lo conservo vivo en mi corazón, Julián Aldana*. El estricto orden creado por la Campana de Cristal de los militares, la organización pacífica con la participación de todos los concurrentes diseñada por Pablo Martín y esa frase esencial de Néstor, dieron paso al comienzo del mito.

EN ANDAS

El tándem de ejército y policía rodeó por completo cada uno de los entierros, así en el cielo como en la tierra. El lugar de los mosquitos había sido tomado por los helicópteros; parecían cientos de lo mucho que revoloteaban los abejorros ruidosos, en control de los aires. Tres de estos insectos, de nombre extranjero impronunciable, contenían armamento pesado y sobrevolaban como amedrente a los terroristas especializados, los únicos capaces de reconocer el tipo especial de helicópteros que ojalá no fuera necesario utilizar en vía urbana, cruzaba los dedos la comandancia en pleno. Otros cuatro bicharracos llevaban arma de metralla con mira de largo alcance, los mismos que habían hecho llover bala sobre los techos resistentes al control militar de la noche anterior; iban de un entierro a otro como cancerberos atronadores con mostrar de los dientes, prestos a apoyar cualquier emergencia radiada por los soldados de tierra.

El paquete se completaba con ocho zancudos aspersores de agua, la novedad recién llegada de Bogotá, importación reciente de los métodos europeos de disuasión multitudinaria: la cascada celeste. El cuerpo de bomberos de Guaduales era tan escuálido que apenas alcanzó a reducir los incendios y carecía de dotación para dedicar el mangueraje escaso a bombear de líquido a los manifestantes; los helicópteros de agua se habían traído para paliar esa carencia y en caso de disturbios se haría su estreno nacional sobre la cabeza de los viandantes en paso fúnebre. El sol brillaba a plenitud de insolación, nadie armaba revuelo en las caminatas mortuorias y, de haber sabido de los tanques de agua prestos a disparar, más de un peatón habría alzado las manos, rogando a todos los santos un chorrazo de helicóptero.

Guiaba la flota de vigilancia el bicho aspado más importante en mando pero casi desnudo en armamento, donde observaba el teniente Quintana, radiando acá y allá informaciones y órdenes, y noticiando a Felipe Otálora sobre el hormigueo vegetal de los entierros, un general adorno de plantaje que había dado comienzo en Palmeras el día anterior. Una coordinadora había reunido a las diferentes personas y organizaciones que iban a asistir a los entierros y fletó diez buses para llevarlos hasta Gualuales; en espera de la salida, la abuela de una de las personas muertas se sentaba resignada en un banco, rodeando con los brazos un ramillete enorme de hojas de plátano. Asombrado ante el atadijo, uno de los organizadores le preguntó para qué iba a llevar el hojerío.

—Para ponerlo en la tumba de mi Sandrita, en recuerdo del platanal —dijo la abuela, como si fuera la cosa más lógica del mundo.

Tenía razón, el platanal de su finca era lo más adorado en el universo entero por Sandra Suárez, dieciséis años, marchante desde la vereda de La Yerbabuena, la mujer con mejor puntería en el tiro de piedra a los antimotines. Peleona de fondo, se echó a correr con los hombres en el Puente Mayor y alcanzó a ajustar alguna pedrada antes de caer unos segundos después de Julián, detenida en el aire de su sexto lanzamiento. Estaba siendo velada en La Ribera, donde vivían unos primos segundos.

El organizador se admiró por la verdad del homenaje. *En recuerdo de Palmeras, hojas de palmera,* se dijo. La idea prendió y se regó como fuego en pólvora; todo el mundo corrió a conseguirlas, la salida de los buses se retrasó dos horas y arrancaron con los techos plagados de hojas. Resultó tan imponente la representación de Palmeras con su adorno vegetal, que fueron surgiendo imitadores, hasta convertirse en once entierros de arboladura en mano.

En Guaduales había palmas reales, milpeso, de cumare, chambira y de yarey, agotadas en un abrir y cerrar de ojos y sin masacre arbolística; tampoco se trataba de desnudar los troncos, pobres inocentes; entonces, la gente echó mano a las matas de sus patios y sacó hojas de guama, plátano, cacao, caña, y quien tenía el lujo de un guadual, exhibió con orgullo sus ramitas. Después se volteó a mirar a los jardines, cortando hojas del árbol de los viajeros y de los balazos, irónico nombre de una planta con huecos ovalados en sus hojas gigantes.

El ejército detuvo el expolio del Parque de la Selva, salvando los cauchos, las jaguas, los aixales, las catingas y los tararés de las manos ansiosas por enarbolar lo que se había convertido en el distintivo esencial de apoyo a la marcha de Palmeras y de protesta contra la matanza ciudadana. Terminadas las hojas de buen tamaño, se recabaron las ramas de los mangos, guamas, naranjales, ceibas, icacos y tamarindos, hasta terminar acudiendo a las de cilantro y adormidera, casi insignificantes de lo puro desmayadas, pero vegetales, al fin y al cabo. En ese momento salieron a la calle los productos hechos con yute, pita y hasta cabuya; objetos de adorno como los ramos de pascua, de vestir como los cinturones trenzados, de utilidad como los canastos y de coquetería como los abanicos de palma, acompañaron a la vegetación de los entierros, que terminaron pareciéndose a las procesiones del domingo de ramos. También con ellos se saludaba desde las casas: salía un brazo de una ventana agitando su rama de guayaba y era respondido por estremecer de palmeras y abanicos en los cortejos. Al día siguiente salieron al mercado prendedores y broches con el diseño de una minúscula hoja de palmera. Antes de tres días, sería mucho más que una moda; en la calle se miraría raro a quien no la llevara, hasta las más elegantes señoras de Guaduales encargarían diseños exclusivos y la lucirían, joya al pecho, convertida finalmente en el único símbolo espontáneo que jamás tendría Caledonia.

Después del cielo, el control de policía y ejército se encontraba en la tierra. Las rutas de los once cortejos estaban flanqueadas hombro a hombro por policías, de tal forma que si uno estaba en su casa y quería unirse al paso del entierro, debía recorrer aceras con espaldar de antimotines hasta encontrar un retén en algún cruce de calles, permitir el cacheo respectivo y entrar por allí, aunque en ese momento estuviera pasando un partido político, un grupo de la religión animista de la selva o un bloque compacto de parroquianas vestidas de luto riguroso, en rezos y llantos por el muerto reciente, tan parecido al hijo que tuvieron y perdieron, o que nunca llegaron a tener.

Uno se podía mover con algo de prisa y superar el cansino paso del entierro. Dejaba atrás al partido político respectivo, en erguir de pancartas con muera éste y viva aquel otro, y se daba de bruces con las Acciones Comunales en pleno, identificadas por el nombre de su ciudad de procedencia y un general *¡compañero Julián Aldana!,* respondido por gritos de *¡presente!,* y estremecer de palmeras.

Aunque uno caminara a paso largo y tendido, siempre había alguien que iba más rápido, como los correcorres de fotógrafos y camarógrafos, rumbo a la cabecera del entierro y de vuelta hacia el final del cortejo, incansables; o como Oriol, con un auxiliar de cámara de lujo, el propio Néstor en colaboración de barrido hacia atrás rudimentario, el mismo que había hecho Alfonso en los entierros del día anterior y que no pudo repetir en el de Julián, ocupadísimo con la instalación del sonido en el cementerio, ayudado por Silverio, reinstalando micrófonos y trasteando el cablerío desde Miramar para regarlo entre panteones y túmulos, adornándolos con bafles.

Néstor guiaba la espalda de Oriol con jalones de cinturón, fumando al mejor estilo de lavandera, el de pucho en la boca y manos en el agua, la ropa y el jabón, oficio aún floreciente en Caledonia; iba colorado por el calor y uno lo oiría decir *con permiso, usted disculpe*, antes de dar un empujoncito para hacerse sitio en el avance imparable. En ese momento uno vería la pericia extraordinaria de Oriol, dando horizontalidad a unas imágenes que grababa caminando para atrás y entre jalones; *un mago de la cámara*, pensaría uno, antes de ser sobrepasado por un hombre afanadísimo, Pablo Martín, con la mirada azul de iris dilatados, la de ver todo a la vez, en control absoluto sobre cada uno de los participantes y los antimotines de acera, seguido por Ricardo, que preludiaba a los uniformes escolares con bandas blancas en el brazo y arrastre de alguien para llevarlo a la cabeza del entierro. También pasarían los irredentos vendedores de bebidas para calmar la solana y un niño vendedor de balazos vegetales, los de plomo se regalaban esos días en Guaduales, pidiendo quinientos pesos por una hoja y uno revolcaría en los bolsillos y compraría sin remedio, para ser como todos.

Avanzando con paso rápido y balazo en mano, uno.daría con un silencioso grupo indígena huiraje, vestido de ceremonia fúnebre: los hombres con ta-

parrabos, collares y plumas verde intenso, las mujeres con la cara pintada de negro y cusma blanca. Se
agrupaban en mudez reflexiva, la muerte de los blancos no llegaba a ser como la suya y las entradas al
cielo cristiano se acompañaban en silencio. Uno los
dejaría atrás para tropezar con el mare mágnum de
los dolientes de Miramar y los representantes de las
otras dos marchas campesinas, de Jerusalén y
Guacamayas; familias enteras, multicolores y en hablar pasitico, amenazando a los niños difíciles con
dejarlos en brazos de la cara cubierta del antimotines
más cercano, avanzaban a ritmo de las letanías de
exequias mezcladas con las lamentaciones por su
pobreza y sus vidas de ruina. Entre ellos iba la marcha de Palmeras evacuada a Miramar, en agitar de
hojas, pañuelos más o menos blancos y banderitas
con estas tres letras pintadas de cualquier manera,
P A Z, orquestados por el padre Raúl Casariego en
oraciones, cánticos y exigencias de libertad para
sus compañeros detenidos en el estadio y la plaza
de toros. Allí caminaba la familia del río y cojeaba
Tino, apoyándose en Deyanira cada vez más, hasta
rodar los dos por el suelo.

Se detenía la marejada del cortejo; alarmar de gritos y temblear de hojas pidiendo auxilio, haciendo
llegar a la carrera a tres voluntarios de la Cruz Roja,
camilla en mano, y a un niño de uniforme escolar
acompañado por Ricardo. Los voluntarios querían
llevarse a Tino en dirección a las ambulancias del
final del cortejo y sacarlo a sirenazos hacia el hospital, pero el niño se oponía ya casi en gritos de ¡auxi-

lio, que me llevan!, y a Ricardo se le ocurrió una idea mejor, encamillarlo hacia adelante, a pedir el favor de que lo llevaran en el único carro del cortejo, la camioneta blindada de Ernesto Otálora, antecediendo al féretro en anuncio de apoyo, con banderas de los partidos Nacional y Constitucional a cada lado, portando a los directores políticos cuya edad no permitía ninguna caminata; el senador y el alcalde, que deberían ir con ellos para cubrirse de todos los peligros, habían bajado del carro hacía unos minutos.

Tino y Deyanira llegarían al cementerio en la célebre compañía de los notables de Caledonia quienes, de paso, encontraron distracción durante el lento avanzar a un kilómetro por hora, preguntando acerca de sus vidas y sus muertes. Don Daniel Otálora, cada vez más estremecido por la inteligencia y el fuertísimo carácter de Tino, hosco y valiente, apuntó en su mente las caras y los nombres para seguirles la pista y llevárselos a su terreno, siempre había estado intentando recuperar de algún modo al único hijo que se había tragado la corriente del río Catarán; lo buscó en Ernesto, sin encontrarlo por tropezar diariamente con el carácter conciliador de su sobrino, y ahora se le encendía la esperanza en el cojeante Tino Costa.

Recuperado el ritmo del cortejo, uno apretaría de nuevo el paso; de ahí hacia delante el color era el negro, eran los familiares de Julián, a quienes una mano generosa entregó ramos de mirto, sin cobrarles un peso. Mirto en mano estaba Camilo, en compañía de una prima tercera que poco distinguía a los Aldana de La Magdalena, hasta el punto de tomarlo por uno de ellos y hacer lo imposible por consolar al niño inconsolable, lágrimas rodantes en la mejilla, Nikes blancas relucientes, bluyines Levis de azul esplendoroso y negra camiseta Reebook; pinta recién estrenada, fruto de la pesca milagrosa. Con la familia continuaba Laura, ceñuda por un dolor de cabeza que le había empezado a las cinco cuadras de caminar al sol, entrecerrando los ojos y dando el brazo a la hermana menor de Julián, de veinte años adoloridos, con el pelo cubriendo la cara agachada, la mano abierta sobre la frente, sacudida en llantos y sin mirto.

Si uno quería seguir adelantando, pasaría junto a tres de los hombres porteadores de las andas y tendría que pegarse a los antimotines para no salir en los noticieros o los periódicos por el despliegue periodístico. Néstor ya veía la pantalla con la sobreimpresión en rojo, *Senador de Caledonia* bajo la cara de Ernesto y *Alcalde de Guaduales* en el pecho de Joaquín. No se trataba de una treta publicitaria o demagógica de los políticos, respondía a una oferta de Pablo, hecha a todas las organizaciones presentes en el cortejo para encabezar el porte del cadáver en turno estricto; ésa era la labor de los escolares, arrastrando con ellos al representante político o cívico a quien correspondía encabezar las andas.

Todo el país que alcanzó a llegar a Guaduales portó el catafalco. El camino era largo, el paso fue

despacioso y hubo tiempo para entregar a cada uno
su oportunidad de homenajear a Julián Aldana, un
hombre que hasta el último aliento creyó en el fracaso de su vida: rechazado por su partido político,
viendo cómo se iba al carajo la mayor protesta cívica organizada por él para reunir finalmente al campesinado de su tierra, sabiendo de la muerte definitiva
de sus sueños antes de sentir la de su cuerpo, en las
últimas horas destituido de la dirección de la marcha
y casi expulsado; este hombre humillado en vida,
estaba siendo reivindicado cuando ya no tenía ojos
para ver el homenaje vegetal, cuando no tenía aliento para respirar el calor del cariño de su gente, cuando no tenía voz para cantar ni una victoria.

Si uno decidía adelantar el catafalco y pasar junto a los cristales ahumados del jeep con las banderas de los partidos Nacional y Constitucional,
entraría en la música del entierro que antes escasamente se oía por el retumbar de los helicópteros.
La banda y el coro de la universidad acompasaban
con la *Marcha fúnebre* de Chopin o estremecían
con el *Réquiem* de Mozart, o alegraban con un aire
de la tierra; la cosa iba para largo y había ocasión
de desplegar todo el repertorio. Al ritmo de la música caminaban las compañeras de colegio de
Marcela y Beatriz, encargadas del transporte de los
multicolores ramos y coronas de flores, respondiendo a los rezos del sacerdote de Miramar que, hiso-
po en mano, goteaba agua bendita a las calles de
Guaduales, bendiciéndolas contra la violencia, lim-
piándolas para el paso del cadáver. Calles olorosas

al incienso esparcido por el viento y la oscilación de los incensarios, acompañados de velones por doquier y una altísima cruz donde se martirizaba eternamente a Jesucristo. Era la cabeza del paseo fúnebre, antecedido por un jeep militar, pleno de soldados en agitar de fusiles, diciéndole a uno *¡eche para atrás!*

Esas cosas habría visto uno, si entraba al cortejo y adelantaba sin fin; pero si, abrumado por los gritos de muera éste y viva aquel otro del partido político que tocó en suerte al entrar en el entierro, se detenía para dejarlos ir, un antimotines le decía *¡ahí parado no se puede quedar!*, y uno tendría que andar con pasos milimétricos para ser adelantado por los activistas sindicales y las organizaciones pluralistas de gremios o ciudadanos, donde venía Alejandra Galván, todavía abochornada por su osadía. Asomada a la ventana de su despacho en el Palacio de Justicia, Alejandra había visto formarse la fila de antimotines en las aceras, después vio la calle vacía, escuchó el revuelo de los helicópteros, vio un jeep militar abriendo el paso del entierro, supo que era el de Julián Aldana al distinguir a Laura tras el féretro, continuó viendo el pasar de las gentes, leyendo pancartas hasta llegar a una que decía *Asociación de Jueces de Caledonia* tras la cual venía la gran mayoría de sus compañeros; no pudo aguantar más y, en un impulso, bajó las escaleras a todo correr, dijo adiós a los sorprendidos guardianes del palacio, atravesó el parqueadero a taconeos apresurados, aterrizó en la acera y tocó el hombro de un antimotines.

—Con su permiso, señor policía —le dijo, con su acostumbrada y suave autoridad. El antimotines la reconoció y le abrió paso ante los colegas, siendo recibida con alegre sorpresa, vítores y abrazos.

Si uno dejaba pasar a los jueces del cortejo, sería recibido por los gremios de comerciantes y artesanos y, tras ellos, se vería rodeado por el único grupo de teatro estable de la ciudad, en performance de difuntos, dioses y diablos. Si uno sobrevivía al vapuleo teatral de rojeces diabólicas con juicios finales y se detenía, exhausto, entraría en las comitivas de los colegios de Guaduales con ratatatán de tambores de juguete, y de las asociaciones de padres de familia con parsimonioso sorber de jugos para calmar los ardores del sol. Tras el reposo familiar, uno se vería envuelto por una improvisada reunión de artistas plásticos que lo invitaban a poner pincelada en una enorme tela casi llena de dibujos, figuras y colores, titulada *Vivo en mi corazón, Julián Aldana*. Si uno ponía un garabato en la tela y se paraba un instante, la procesión funeraria le traería a los estudiantes de todas las universidades además de la del Sur; a los vendedores de gaseosas, helados, jugos y hasta arepas y carne asada, yuca y plátano fritos, ofrecidos en cucuruchos de papel, de éxito indescriptible porque la lentitud de la misa y el paso cansino del cortejo hizo que diera la hora del almuerzo en plena solana, paliada gracias al inmenso ingenio de los pobres que se rebuscan la vida allá donde pueden ganársela. La imaginación negociante de los vendedores con ollas, mochilas o bateas sobre la cabeza, casi todos niños o mujeres por la sencilla razón de que los molestaban menos a ellos que a los hombres en los retenes militares, donde se les quedaba más de una arepa, gaseosa o cucurucho; pero valía la pena de todas formas, el cortejo pagaba lo que se le cobrara y aunque se diera crédito a los nativos, nunca a los foráneos, también se hacía negocio, la ciudad no era tan grande como para que un vendedor ambulante no volviera a ver tarde o temprano la faz deudora de los doscientos pesos.

Al final del cortejo se encontraba la flotilla de médicos y enfermeros de la Cruz Roja y después un jeep militar desde donde alguien le gritaría a uno *¡eche para adelante!* Se respiraba un aire reivindicativo pero en general pacífico y con sempiterno atronar de helicopterístico. Algunas voces iracundas acá y allá, pidiendo venganza y amenazando, eran sistemáticamente acalladas por los adolescentes uniformados de la escuela, con apoyo de los circundantes que los miraban con rabia y terminaban achantándolos.

Se quebró el transcurrir calmoso cuando un alborotador de cruz gamada gritó *¡muerte a los tombos y milicos!,* y se lanzó a empujones contra los antimotines. Los demás se botaron a calmarlo y los policías, creyendo que se sumaban a la gresca, cargaron a bolillazos, armando un peloterón creciente radiado al teniente Quintana; orden de agua antes que bala, nubarrón de helicóptero y aguacero con fuerza de diluvio universal.

—¡Funciona, mi general, funciona! —radió Quintana, emocionadísimo, a Felipe Otálora, el ordenador final en su despacho del batallón.

El trombazo de agua tumbó al suelo a la pelotera completa, incluyendo a los antimotines, y enfrió los ánimos. El alborotador se hizo el pendejo y escapó en el primer retén, enlagunado hasta los calzoncillos; los demás terminaron comentando el suceso a risas, disimuladas por las circunstancias. Se rehizo el cortejo y se reconstruyó la fila policial. Todo el mundo encantado con el diluvio, no fue sino caerse en moratones variopintos, una insignificancia a cambio del premio de refrescarse y mirar con disimulo a las mujeres de ropa con adherencias mojadas que a cualquiera le gustan, al finado también, ya se sabe lo que originó una tarde de río y camisa empapada en el remanso de La Magdalena.

Fresco por la ropa mojada, balazo en la mano y dolor de codo con tanta agitadera de hoja, uno habría conseguido llegar al cementerio junto con el entierro de Julián. El catafalco recorría la Avenida de la Paz Eterna, cargado por porteadores exclusivamente familiares, encabezados por Laura y Patricia, ambas con los ojos serios y empequeñecidos por la larga caminata y los brillos del sol, la mejilla apoyada en el ataúd, el hombro aguantando el peso, un brazo cruzando el pecho para llevar la mano a sujetar la suave oscilación del catafalco con los pasos lentos, y la otra mano apoyada en el hombro acompañante. Parecían hermanas y en realidad lo eran, las hermanó el compartir el peso muerto de un hombre, después de años de animosidad por saber cada una que la otra había compartido con ella el peso vivo.

Se posaron las andas del ataúd embanderado frente al panteón anónimo cuyo tercer piso de tumbas mostraba una hornacina oscura. Los alrededores se repletaron de gente estacionándose en cualquier pasadizo y congelándose en escucha de la ceremonia de exequias. Nadie podía ver, sólo los de la montonera más próxima al catafalco.

En el nombre del Padre, del Hijo y del Espíritu Santo. Se santiguó la comitiva en pleno, la voz del padre Casariego llegaba a todos, gracias a la pericia técnica de Alfonso. Empezaba la ceremonia funeraria, plena de intervenciones, tan plurales como la participación en el cortejo y el porte de las andas. Limitadas a tres minutos por Pablo, tuvieron duración eterna, al ser tantas, pero los concurrentes no sentían el cansancio y la emoción llegó al cúlmen con estas palabras:

Yo, Alejandra Galván, en mi nombre y calidad de juez especial de Caledonia, en lo que esté en mi competencia y poderes, garantizo justicia para ésta y las demás muertes violentas, conservándolo vivo en mi corazón, Julián Aldana. El oleaje vegetal y los gritos de justicia hicieron temer el inicio de una revuelta. El padre Casariego tomó el micrófono con rapidez, entonando un canto fúnebre, sustituyendo los gritos por un cantar generalizado y a pleno pulmón.

Completamente mareada por el creciente dolor de cabeza, Laura buscó el apoyo de Patricia, para no irse al suelo; en medio del palabrerío atronante,

sintió en su cadera el temblor de un hombro, bajó la
vista y vio la cabeza agachada de un niño, le revol-
vió el pelo y una cara mojada alzó a mirarla con
ojos tan colorados como si aguantara lacrimógenos.
Laura cogió la carita de Camilo y se la apretó a la
cadera. El niño alzó la mano hasta la de la mujer
que le daba un consuelo tan necesitado y ya no la
abandonó durante el resto de la ceremonia.

Descanse en la eternidad de la paz del Señor. Se escuchó en los altavoces la despedida del padre Casariego
tras la última intervención, dando al féretro el baño
final de agua bendita y terminando la ceremonia. Las
manos de los enterradores ayudaron a elevar el cuerpo de Julián, lo apoyaron en la hornacina y lo empu-
jaron despaciosamente, hasta ser devorado por las
paredes del nicho. Los colores de Colombia y Caledonia
arropaban los pies del ataúd, aún visibles.

Se inició el desfile de salida, lento también; cada
uno de los participantes quería dejar su hoja o su
rama bajo el difunto, santiguándose y murmurando
lo conservo vivo en mi corazón, Julián Aldana. Se
fue creando un túmulo de vegetación, luego otro y
otro y otro. En cuanto se fuera el cortejo, la primera
tarea de los enterradores sería la de quitar esas montañas, para darse la vuelta y encontrar un haz de
palmeras nuevo, venido de la nada. Desde ese día,
en el cementerio de Guaduales siempre hay ramas y
hojas, acompañando a Julián.

Cuando escaseaba el desfile, los enterradores iniciaron la construcción del tapiaje final. Se quedaron
los más próximos, viendo echar hormigón y ladrillo

en la hornacina. Los pasos de Julián por esta vida habían dado punto final en su cama de cemento a las tres y cuarto de la tarde del jueves veinticuatro de octubre del año 1996 y en ese mismo instante se iniciaba el camino de su existencia en la muerte. Así como cada nacimiento da origen a una vida, más o menos larga, más o menos fructuosa, más o menos feliz, cada muerte origina una permanencia en la memoria de quienes vivieron junto a él su vida, lo que se llama el recuerdo, más o menos largo, más o menos fructuoso, más o menos olvido. En el caso de Julián Aldana sería largo, fructífero y sin olvido. Vista y sentida por el país entero la secuencia de su muerte, a todos los rincones llegaron también las imágenes de su funeral, elaboradas por las mismas manos que habían grabado, editado y reporteado el deceso.

El general de las noticias se dedicó a la presencia de los partidos políticos, a la cascada celestial de helicóptero y a los partes de paz y tranquilidad ciudadana, pero esa misma tarde Alfonso y Néstor editaron a toda prisa y humear de máquinas el reportaje de Ícarus, abandonados otra vez por Oriol y Pablo, huidos en cubrimiento a los detenidos de la marcha y tras nuevas bromas de jefatura por parte de Pablo, dejándoles sólo el título: *Colombia con Julián Aldana*. Producciones del Mediodía no lo emitió, pero sí lo hicieron las televisiones independientes y los competidores, lo cual dio amplísima audiencia y originó un mercado de videos que florecería junto a los broches de palmera, las fotografías en paredes y camisetas, la presencia vegetal a los pies de su tumba, creando un culto popular utilizado por todos y para todo.

La izquierda política se lo apropiaría por completo, desde los radicales hasta los moderados, justificándose en su pasado de lucha estudiantil y campesina, colocándolo en el panteón de sus héroes más preciados. El partido al cual había pertenecido le pondría un altar en sus sedes, olvidándose de que lo había echado en tiempos inmemoriales, escandalizado con su labor mediadora durante el secuestro de Felipe Otálora; colaboración con las Fuerzas Armadas, había sido el cargo. Los campesinos de la marcha de Palmeras también sufrirían de pérdida de memoria, ninguno de los sobrevivientes de la mesa directiva, que lo había insultado y destituido, se acordaría de contarlo. Los partidos retintos y gamados desecharían alguna acción propuesta diciendo *¡no, eso creará otro Julián Aldana!*, y durante años diezmarían sus propias filas en persecución de un héroe para ellos. El ejército y la policía retirarían todas las acusaciones y las pruebas reunidas sobre su pertenencia al ARN, alegando la falsedad de las fuentes y afirmando su impoluta hoja de vida; rápidamente se encontraría el fusil desde donde salieron las balas encontradas en el cuerpo y se identificaría al soldado que lo disparó: él había sido el único culpable de semejante crimen.

Los niños campesinos que nacerían después se llamarían Julián y hasta alguno incluiría el apellido como nombre, dando en llamar a la criatura Julián

Aldana Rodríguez, por ser Rodríguez el padre o la
madre. Las mamás lo usarían para regañar a los hijos indóciles, *no se vaya por allá que lo van a ba-
lear, como a Julián Aldana.* Los jóvenes lo llevarían,
foto al pecho, en todas sus batallas y sus fiestas hasta el amanecer, brindando a la salud de Julián Aldana
con el aguardiente anisado de Caledonia, de ventas
centuplicadas al agregar en sus botellas un dibujo
del perfil del Puente Mayor. Una marca de tenis sa-
caría un modelo con talones aéreos incorporados a
la reproducción exacta de los que se veían en el
video, calzados por los pies de Julián en su caída
mortal; los tendrían que retirar del mercado al perder el pleito interpuesto por Patricia, pero nadie les
quitaría uno solo de los millones de pesos en ga-
nancias y tampoco se recogerían los pares vendidos, adorno en miles de pies y en quién sabe cuántos
armarios. Además del periodismo, el furor negociante
consolidaría la mitificación del hombre que murió
derrotado, sintiéndose un fracaso.

LOS RESCOLDOS

El deseo de permanecer junto al recién enterrado y la indudable soledad aguardando en la casa, hacían postergar el momento de la despedida inevitable; remolones, los deudos de Julián se resistían a partir del cementerio, hablando con quien estuviera más a mano, comentando la última vez que vieron al muerto, el grito triunfal de guerra ante la caída del primer diente, tal palabra dicha hace diez días y que ahora parecía más perfecta que un discurso de Demóstenes o de Jorge Eliécer Gaitán. Cosas sin trascendencia, enjoyadas por la muerte.

Pablo encandilaba a un grupo con la narración de las peripecias de Oriol y Néstor en la grabación del Puente Mayor, dedicando especial atención a las reacciones de Alejandra Galván, a quien pensaba cubrir de verborrea para conseguir autorizaciones y permisos. Alejandra conocía a los reporteros lo suficiente para adivinar la razón de tantas atenciones y estaba pensando precisamente en eso: a las cinco de la tarde, la justicia militar le haría entrega de las mujeres de la marcha de Palmeras, encerradas en la plaza de toros; le habían llegado noticias sobre su mala situación y hasta la mañana siguiente no se permitiría la presencia de abogados, observadores internacionales y Cruz Roja. Alejandra pensaba dejar en manos de Ícarus el testimonio que ella no podía divulgar pero que, como quien no quiere la cosa, de esa forma llegaría al conocimiento público. Se dejó llevar por Pablo a una conversación aparte, escuchó los mil argumentos sabiendo de antemano su respuesta y cuando Pablo se lo pidió, Alejandra tuvo el placer de anunciarle que podrían acompañarla a la plaza de toros. Pablo le dio un efusivo apretón de manos, satisfechísimo con una victoria que creía fruto de su habilidad de palabra.

En el grupo de la familia del finado se escuchaba a Patricia, le había dado la nostálgica y contaba con lujo de detalles su primer encuentro con Julián en Santa María y la palmada en el trasero, escuchada por Laura entre sonrisas y dolor de cabeza, llevando de la mano a Camilo. A escarbaderas entre las piernas del grupo familiar llegó Deyanira, agitadísima, dijo algo en el oído de Camilo y el niño se arrancó de la mano de Laura para ir otra vez en rescate de Tino, como en las aguas del río Catarán. Laura elaboró una excusa a toda prisa y dejó a Patricia en la mitad del cuento; a duras penas alcanzó a los niños, en huida quién sabe dónde.

—¡El señor viejito quiere llevarse a Tino! —Camilo señalaba con el índice a don Daniel Otálora.

Laura se rió ante el hecho extraordinario de ver a su venerable tío acusado de rapto infantil. Don Daniel, sin enfadarse un ápice, encantado con el niño cojo y arisco, explicó a Laura su pretensión de llevarlo al hospital para que le miraran la herida, en el

trayecto al cementerio le habían contado lo del curandero y no le gustaba nada. Laura arregló con los
niños su partida a la casa familiar, donde llegaría el
médico de los Otálora de toda la vida; para tranqui-
lizarlos, se acudió al padre Casariego, quien les juró
por los clavos de Cristo que nada oscuro se escon-
día tras las buenas intenciones de los Otálora.

Cuando un dolor de cabeza crece hasta convertirse
en un gigante, el cerebro danza enfurecido, estam-
pándose contra las paredes del cráneo; no se puede
pensar ni desear algo distinto al final del dolor o la
muerte instantánea. Así estaba Laura en su cuarto de
la casa familiar, las cortinas oscureciendo el sol, los
ojos refrescados con un pañuelo de manzanilla puesta
a hervir primero y congelada con hielos después, los
brazos a lo largo del cuerpo, las manos crispadas,
respirando lo menos posible porque el cerebro bailaba
todavía más con cada inspiración, sin acordarse de
un solo rezo para implorar a algún dios el necesario
empujón a las cuatro aspirinas que ya tenía en el
estómago. Apenas si oía las conversaciones del
comedor, las risas de boca tapada ante las
exclamaciones de Carmelina, contentísima; tras años
de soledad en la casa, la inesperada visita de Camilo,
Tino y Deyanira, la tenía en el séptimo cielo.

Improvisando un banquete de almuerzo tardío,
Carmelina atendió a los niños como huéspedes de
honor. Ellos agradecían, engullendo delicias a
platados, con la excitación de quien se ve atendido
como un rey después de pasarse la vida dándole al
trabajo en el campo para mediocomer. La conversa-

ción se convirtió en charla médica, Laura distinguió la voz del doctor Uldarico Silva, el viejo y querido médico de la familia. Unos minutos más tarde el doctor daba suaves golpes a la puerta y pasaba a saludarla, dijo, pero venía maletín en mano, Carmelina le había comentado del dolor de cabeza. El doctor descorrió las cortinas y sacó su aparataje, comentándole el satisfactorio estado de salud de Tino, admirado con el buen trabajo del curandero a pesar del abollado costurón, adorno para toda la vida en la pierna del niño, y diciéndole que su labor prácticamente se había limitado al encargo de las muletas que llegarían en el término de la distancia.

El doctor Silva la hizo conversar de su vida en Madrid, de Tomás, del porqué de su visita a Guaduales, entre conteos de pulso, de tensión arterial, paleta en la lengua y *di aaaaa, Laurita*, para terminar con termómetro en la boca. Se preocupó ante la presencia de fiebre y pidió una visita a su consultorio, le parecía indispensable realizar algunos exámenes. Laura le dijo que sí sabiendo que no iba a ir; se sentía mejor, el dolor era un movimiento continuo soportable. Pasó con el doctor por la sala, donde los niños jugaban al acarreo en muletas, estrenando la nuevas piernas de Tino, y lo acompañó hasta la puerta, no solamente por cortesía sino en demostración de agradecimiento y aprecio al entrañable médico. Aprovechó el viaje para avisar al brigada Ortiz sobre la inminente partida a la plaza de toros y pedirle ayuda uniformada para acomodar en el Land Rover las docenadas de cajas de cartón con remedios, jabones y utensilios de aseo, hilos y agujas, ropas femeninas para todas las tallas, a más de ollas gigantescas, atados de leña, bultos y canastos repletos de los ingredientes para preparar y comer un sancocho milenario. Los soldados sudaban de tanto amarrar bultos y en el carro, bastante grande de por sí, apenas cabía un chofer y parecía a punto de caer aplastado por el peso que subía varios metros sobre la baca.

Quien metió la pata fue Carmelina. Conocedora del destino de sus compras, le gritó a Laura que la esperara un momentico, tenía que ponerse ropa de faena para dirigir el sancocho; de ahí a que los niños supieran de la posibilidad de ver a sus mamás, no hubo ni medio paso. Laura dudó en llevarlos, pensando en lo que pasaría si no las encontraban, pero al fin decidió que para ellos era preferible ver con sus propios ojos la presencia o la ausencia, en lugar de dar fe a una palabra ajena. Heredera de una familia de paños calientes a los hijos y las mujeres, prefería lo contrario, otorgarles la verdad. El jeep de escolta a Laura se vio ocupado por dos muletas, tres niños y Carmelina en desplegar de costales repletos de cuchillos adquiridos a precio de ganga; el mercado negro del día siguiente a la Campana de Cristal sobreabundaba con la cuchillamenta requisada, llegando a manos comerciales con velocidad mayor a la de la luz, quién sabe cómo.

Si bien Laura tenía alguna idea sobre lo que iba a encontrarse, la realidad fue un poco peor a cualquier cosa imaginada. La plaza de toros de Guaduales está en las afueras de la ciudad; una edificación

enorme, diseñada por Joaquín Saldarriaga sin reproducir ninguna plaza de renombre y con el estilo de la
arquitectura de Caledonia. La creó cuadrangular aunque conservó la indispensable redondez de la arena,
diseñando un cono invertido y arropado por un cuadrado, de tal forma que en el vestíbulo se veía una
pared estrechándose hasta llegar al techo de las últimas gradas; el tejado, naturalmente rojo, era tan vola-
dizo como los de cuatro aguas de las casas de la
región, y las paredes imitaban la cal y el bahareque.

Blanca y roja la plaza, conteniendo en su interior
a las mujeres de la marcha de Palmeras con sus guardianes armados, después de tres días a disposición
de la milicia y tras el envío a las prisiones militares de
las acusadas de pertenecer al ARN. Reinaba una
desolación absoluta. Incomunicadas por completo,
sin saber qué había sido de sus maridos, padres,
hermanos o hijos, la ansiedad les estaba royendo el
estómago; maltratadas por completo, interrogadas,
vapuleadas, la mayoría con moretones por los golpes, algunas con mucho más que moretones; ham-
brientas por completo, tras los días y las noches de
sobrevivir a puñados de arroz medio cocido y agua
escasa; con las ropas en jirones por el ajetreo del
Puente Mayor, los culatazos del arresto y los empellones del interrogatorio, usando términos acolcha-
dos; malolientes y sucias de tres días sin poder darse
un baño ni disponer de una miserable toalla higié-
nica, aguantando las sangres con parches de tela
arrancados de las blusas; asustadas por completo,
sabiendo de ésta, aquélla y la de más allá que se

fueron rodeadas de fusiles, para no volver. Ni siquiera intentaban hablar, el silencio se podía tocar con los dedos.

La delegación judicial encabezada por Alejandra Galván se formaba de jueces adjuntos y secretarios portando bajo los brazos sus máquinas de escribir, mesas y sillas, especiales para las diligencias todoterreno; con ellos venían Pablo, Oriol, Carmelina, los niños, Laura con su correspondiente escolta y el Land Rover a punto de perder los amortiguadores. El teniente delegante los condujo a través del toril, sacándolos directamente al ruedo por el portón, como si fueran toros. Se quedaron quietos, sin saber para dónde coger, parecía no haber nadie aparte de los soldados de guardia, apoyados en la barrera.

—Qué es la vaina, ¿no van a saludar a las visitas? —gritó el teniente.

De lo alto de la gradería asomaron al sol unos cuerpos maltrechos y varias caras de mirada oscura en dos sentidos, oscuro el color de los ojos, oscuro el dolor que reflejaban.

—¡Soy Alejandra Galván, juez especial, la justicia ordinaria se encargará de sus casos!

Un zapatazo salió de la penumbra y fue a dar al estómago de Alejandra. Se oyó una ráfaga al aire y órdenes de quietud. Alejandra, creyendo ser recibida con brazos abiertos, se encontró abiertamente rechazada. Pidió calma a los guardianes y largó una parrafada a gritos, explicando la necesidad de su colaboración para iniciar las visitas de familiares y abogados, los traslados a los pueblos de origen, el acomodo en la ciudad, lo que pudiera hacerse por ellas, ya fuera de la órbita militar; la incomunicación había terminado.

Las mujeres habían ido bajando y atendían como si presenciaran una película de marcianos. Desde lo alto de la gradería, Marina de Costa reconoció las caritas de sus hijos detrás de la delegación judicial y se echó a correr hacia ellos, gritando sus nombres. Tino arrancó a cruzar la arena a ritmo de muletas y Deyanira, con sus piernas sanas y velocidad de cría de tigre, corrió, voló sobre la barrera, el callejón y el muro, y de un salto se prendió de la nuca de su mamá. El reencuentro abrió la esperanza como el girar de una llave de agua y las mujeres, diciendo cosas incomprensibles por el hablar simultáneo, se pegaron a la barrera, codeando a los soldados, que aprestaron las armas.

—Déjelas bajar aquí —pidió Alejandra al teniente delegante, soportando su mirada de *yo no sé y usted verá*—. Bajo mi responsabilidad.

El ruedo se inundó de la masa anhelante de mujeres en invasión a la delegación, hablando todas a la vez, riendo y llorando a gritos y, en algunos casos, arrodillándose a dar gracias al dios que se había demorado tres días en acordarse de ellas. Los soldados se limitaron a invertir el campo de vigilancia, de la gradería a la arena.

Oriol, registrador incansable de imágenes, mantenía el pulso entre la inundación de mujeres, hasta reconocer los rasgos de Adriana; mandó al carajo la grabación y le aplicó un abrazo monumental que recibió la respuesta de un *¡ayayay!* Extrañado con el desaire, levantó la cara agachada de Adriana, le apartó el pelo y comprendió: los ojos amoratados, la frente hinchada mostrando una herida cruzándola en diagonal por un culatazo de fusil remendado a prisa durante el interrogatorio, que la dejaría marcada para el resto de su vida. Las demás heridas no estaban a la vista o eran invisibles, de ésas que la despertarían gritando a mitad de la noche durante meses, incluso cuando se sabía ya lejos del terror.

—Sigues siendo linda —le dijo Oriol, tratando de ocultar la tristeza y la rabia—. Ningún milico va a conseguir volverte fea.

Le pasó los dedos por la mejilla para recogerle las lágrimas y habló sin parar de cualquier cosa menos de la tortura. Logró que ella se fuera entusiasmando con el relato del multitudinario entierro de Julián Aldana y, antes de diez minutos, la maestra de la marcha y de Palmeras lo regañaba por abandonar su trabajo y se iba a hablar con la juez especial, investigando de qué se iba a tratar con tanta judicatura en vano intento de instalar mesas, sillas y máquinas de escribir entre la montonera. Para Alejandra, lo indispensable y primordial era dar las noticias del exterior.

—¡Compañeras, silencio! —rogó a gritos Adriana—. La señora juez especial va a leer la lista de muertos y heridos. Por favor, así nos enteramos todas de una vez, en lugar de preguntar como locas, sin aclarar nada.

Fue una de las lecturas más lentas y dolorosas que Alejandra hizo en su vida. Para conseguir ser oída, leía lo más alto posible un nombre, repetido por Adriana sobre la mitad de la arena y vuelto a decir

por Marina de Costa al otro lado, en medio del racimo familiar de sus cuatro hijos; las dos niñas mayores
habían estado con ella en la plaza, el menor y único
hombre era Tino, si hombre se le podía llamar a la
criatura de nueve años y muletas que no paraba de
mirar a su mamá. Las reacciones a la lectura eran de
mujeres con rostro enrojecido y mano en la boca para
tapar los gritos por sus muertos, permitiendo la
audibilidad de los nombres de la lista, o apretándose
unas a otras con alivio y tristeza por los heridos, al
menos estaban vivos. Sólo se escuchaba un runrún
gutural de aullido ahogado que Alejandra preferiría
no volver a escuchar; escarmentada por esos errores,
la delegación judicial de recepción a los hombres
detenidos en el estadio varió su proceder.

Con el mismo número de jueces y secretarios pero
de nombres distintos, siempre bajo las órdenes de
Alejandra y de nuevo con acompañantes y Land
Rover a punto de caer aplastado, entraron al estadio
antes de dar las siete de la mañana, por las puertas
de la prensa y directo a la cabina acristalada de los
periodistas y el locutor que chilla los goles de los
partidos para animar a la hinchada, a fin de evitar
zapatazos y tener acceso a un amplificador de voz.
También el estadio parecía vacío, los hombres se
repartían en lo más alto, buscando la protección del
óvalo blanco del tejado. Estaban tan incomunica-
dos, maltratados, interrogados, golpeados, vejados,
hambrientos y desesperados como las mujeres, y
además impotentes, viendo mermar su número tal y
como se escapa la harina de un colador; sobre ellos

pendía con mayor fuerza la espada de Damocles de la sospecha, otra veta del machismo.

Los hombres de la marcha escucharon a perfección de altavoz el largo discurso de Alejandra, similar al dicho a las mujeres después del zapatazo, sin mover un músculo y prácticamente invisibles bajo el techo de blanco ondulado. Pero antes de terminar con los siete nombres de los muertos se había iniciado el descenso y arracime de los hombres, llenando las tribunas oriental y sur. Hasta la cabina llegaba el clamor de los lamentos sin acallar de las voces masculinas.

—¡Mi niña, mi niñita! —gritaba sin parar el papá de Sandra Suárez, la adolescente en cuyo homenaje se inició el adorno vegetal de los entierros—. ¡Me quitaron a mi niña! —y sacudía los hombros del hijo que miraba la cabina acristalada como se mira al dios de sangre que arrebata las vidas.

Se echaron a correr en gritos, empujar y escalar de las vallas que protegían el campo de fútbol; los soldados disparaban ráfagas al aire y la voz de Alejandra llenaba el estadio, sin ser escuchada: *Cálmense, se lo ruego, la judicatura de Caledonia intentará ayudarles.* Alejandra no sabría nunca qué fue peor, si el rebotar contra las vallas y los gritos de dolor de los hombres en su correr frenético, o el aullido gutural de las mujeres en el obligatorio silencio para escuchar los nombres.

En la plaza de toros se hizo un llamado adicional a la mamá de Camilo. Dos niñas de rostro vacío se acercaron a Alejandra; las hermanas de Camilo, de catorce y doce años, iban a avisar que nada sabían de su mamá desde que se la llevaron. Camilo, pálido, fue recogido por los brazos de Carmelina, antes de irse al suelo. Pablo Martín apoyó sus manos en las cabezas de las niñas y empezó un largo monólogo en voz baja, consiguiendo que se concentraran en sus palabras; les contaba una historia europea de adolescentes en solitaria huida de las botas gamadas, entre tierras y ciudades en llamas, hasta llegar a un lugar donde encontraban la vida. Pablo consiguió que las niñas accedieran a hablar de su experiencia ante la cámara, mirando a sus ojos azules en lugar del objetivo y contándole paso a paso los sucederes de sus vidas desde el Puente Mayor.

Consolaron a Camilo diciéndole que faltaba averiguar si encontraban a su mamá entre las mujeres detenidas en las prisiones, pero jamás se llegaría a saber qué fue de ella. A Estela de Muñoz, treinta y dos años, nacida en Riofrío, muy lejos de esa Caledonia adonde llegó huyendo de la pobreza de los cafetales y creyendo entrar en la ruta de oro del cultivo cocalero, marchante desde Las Pintadas, vereda de Palmeras, se le perdería el rastro y jamás ni un solo cura podría regar agua bendita sobre su cadáver y decir *Descansa en paz*.

Ante las nueve máquinas de escribir sudaban la gota gorda los afanados secretarios, anotando nombres y filiaciones de las presentes y cambiando la hoja a velocidad de rayo para anotar a las ausentes; Alejandra quería iniciar investigaciones sobre el paradero de quien se nombraba sin saber dónde podría estar. En cuanto daban sus datos personales, las mujeres se apresuraban a colaborar en el sancocho común, dirigido por Carmelina con la misma energía puesta en todos los banquetes que había preparado en su vida. Cuando la madrugada se había abierto sobre la ciudad azotada por la Campana de Cristal y Laura tuvo que pedirle ayuda para las compras, Carmelina entendió a la primera:

—Lo que se necesita es el sancocho especial de esta servidora, el levantamuertos —le dijo, con la seguridad de quien domina sus habilidades y conoce a su tierra y a sus gentes—. Ya verá usted, yo me encargo.

Carmelina había comprendido la esencia del plan de Laura y Alejandra, sabedoras a ciencia cierta de que, por muy humillados y rotos que encontraran a los campesinos, si se les noticiaba sobre el estado de sus familias, se les dejaba bañarse y ponerse ropa sin demasiados estropicios para sentirse y verse limpios, y además se les permitía comer, podrían alzar la cabeza bien alto, pese a estar derrotados.

Sobraron manos para rajar la cáscara del plátano y cortarlo en tacos gruesos, para quitar de su vestido negro a los lechos blancos de las yucas, para desnudar a las papas y lanzarlas al agua, para trocear las carnes de res, cerdo y gallina, para arrumar la leña y prender hogueras ante los aterrados ojos de los soldados, en apuntar a los fuegos bajo las gigantescas ollas y a los brillos de la cuchillamenta, atentos a posibles asaltos que no se dieron, las mujeres también habían comprendido la esencia del sancocho. De paso, Carmelina consiguió levantar el ánimo a Camilo. Le dio órdenes precisas de *vaya allá y traiga eso*, que el niño ignoró al principio y empezó a cumplir por la regañadera de Carmelina, *¿iba a ser el culpable del hambre de su gente?* Lo nombró cocinero mayor y lo convirtió en indispensable.

Laura se halló sin saber en qué podía ser útil, ante su incapacidad cocinera y el basta y sobra de un comité de las propias prisioneras para repartir la remesa. Encontró labor cuando le llegó la malhadada noticia de que la plaza de toros sólo tenía una ducha escuálida, imposible dar agua al mujererío enorme, y el brigada Ortiz la guió hasta una pared del exterior.

—Pida usted manguera a los bomberos —le dijo, señalándole las tomas de agua antiincendios.

Acudiendo a todas sus influencias familiares y en franca briega con el celular de Pablo, consiguió que los hombres del cuerpo de bomberos llegaran a la plaza de toros en ulular de carros con prisa de incendio, para instalar las suficientes bocas de manguera en el patio de cuadrillas, permitiendo el baño a las mujeres de la marcha.

El sancocho es despacioso, como todos los cocidos de olla. En la plena oscuridad de las ocho, la plaza de toros brillaba con la crecida luminosa de los fogones de leña y bullía de actividad cocinera, de mujeres peinándose las unas a las otras, arreglándose la ropa. Viendo el ruedo algo aligerado, Laura se atrevió a sacar las cajas que había dejado en el Land Rover ante la desazón del espectáculo abrumado de las mujeres, pensando que había cometido una frivolidad primermundista al comprar las multicolores pelotas inflables. Se plantó en medio de la arena, sacó una y la infló, dejándola a su lado; luego otra y una tercera. Cuando iba en la novena, con los carrillos a punto de rompérsele y mareada de la infladera, una niña se atrevió a llevarse una y la lanzó al aire. Cayó sobre la cabeza de una mujer que casi murió del susto, atrapó la pelota y se la devolvió a la niña culpable del asalto aéreo. De rebote en rebote, la pelota saltaba en la arena y lentamente se acompañó de otras. Al rato, Laura había sido reemplazada por una aglomeración adolescente en inflada colectiva, mejillas a punto de estallar y risitas inseguras. Poco faltaba para el inicio de múltiples vuelos multicolores adornando los vientos de la plaza y animando a la mujer que tenía la voz más bella de la marcha a entonar *Cenizas al viento:*

Yo me voy hasta el monte mañana, y me voy a cortar leña verde, para hacer una hoguera y en ella, y en ella echar a quemar tu cariño. Alejandra Galván dio un apretón de manos a Carmelina y cruzó un guiño de ojos con Laura, la marcha de Palmeras empezaba a vivir. Las demás voces habían callado, sólo se escuchaba a la cantante: *recoger de este amor las cenizas y después arrojarlas al viento, y saber que no queda de ti, que no queda de ti ni siquiera el recuerdo.* Las mujeres habían iniciado un tímido coro, en lanzamiento del vuelo multicolor que danzaba a la luz de las hogueras del sancocho. *Todos esos dolores que en el alma dejan los viejos amores, solamente se curan de todos sus males con nuevos amores,* cantaba la plaza completa, soldados, jueces y secretarios incluidos; cantaban, entre lágrimas, las mujeres más doloridas:

porque estas cenizas yo las tiro al viento, para que no quede, para que no quede de ti ni el recuerdo.

Con los pelos de punta por la inmensa emoción de testimoniar la incalculable fuerza de la vida, Laura recordó a otra mujer valiente, Patricia de Aldana, y se llevó la mano a la cabeza; acababa de recordar su compromiso de visitarla esa misma noche. Buscó el papel de estraza donde le había anotado la dirección y por fortuna también el número de teléfono. Patricia la disculpó al saber con detalles su ocupación y le permitió aplazar la cita, a cambio de que la llevara al estadio.

Alejandra regañó bien fuerte a Laura en cuanto la vio llegar al parqueadero del estadio, diciéndole que la delegación se estaba convirtiendo en una caravana en crecida, con el Land Rover agachado por el peso, el brigada Ortiz y los escoltas, Carmelina, los dos niños, los cuatro periodistas, esta vez Ícarus asistía al completo, y además Patricia y Adriana, la primera mujer liberada de la plaza de toros. Cerca de las doce de la noche, al dar por terminadas las diligencias, en la plaza se habían recibido dos solicitudes opuestas: Oriol pedía hacerse cargo de su maestra favorita y Deyanira solicitaba, por su propio nombre, permanecer junto a su familia; Tino la miraba con envidia, él no podía quedarse en un centro de detención femenino. Alejandra revisó las resoluciones militares sin encontrar ningún cargo contra Adriana y permitió su salida; sobre Deyanira, pensando en el absurdo de alguien en voluntaria solicitud de encierro, terminó accediendo en consideración a su situación y previa advertencia de que no podría salir sin la compañía de los familiares. Deyanira aceptó encantada y los despidió con sonrisas.

Alejandra tendría que arrepentirse de haber regañado a Laura y agradecería al cielo haber permitido la entrada procesional al estadio porque, en medio del correr y asaltar de vallas de los hombres, unas manos le quitaron el micrófono: *¡Tranquilícense, compañeros! Les habla Adriana Pinzón, la maestra, los jueces me acaban de liberar de la plaza de toros.* Los hombres se fueron calmando al reconocerla y escucharon su testimonio de libertad. Adriana reinició la lectura y llegó al final de la lista de heridos; los hombres eran un enorme racimo, mirando la cabina acristalada. Por último, Adriana solicitó la presencia del papá y los dos hermanos de Camilo.

Cuando la delegación bajó a las tribunas, un grupo se acercó al niño y le contó que se los habían llevado y no habían vuelto. Camilo se quedó como si lo hubieran descerebrado, no se movía, no hablaba, no respondía ni a su nombre; Carmelina lo cargó igual que a un niño de pecho y aguantó su peso, en medio del fragor de organizar el segundo sancocho milenario. Tampoco se sabría de los hombres de la familia de Camilo, los Muñoz de Las Pintadas se esfumaron mientras la ciudad enterraba a Julián Aldana; al igual que ellos, se desconocía el paradero de muchos hombres y mujeres que llevarían bajo su nombre la palabra *desaparecido*. De esas personas a quienes borrarían los vientos de la represión, Alejandra llevaría la cuenta y Patricia fatigaría oficinas, preguntando, hasta ver realizadas las amenazas contra ella en una tarde de ametralleo a su casa de Jacarandá.

Alejandra esgrimió mil razones al teniente delegante para que se permitiera a los hombres la situación más humana de pisar suelo sin escalones ni gradas, pero fue inútil. Las órdenes eran expresas: no estropear la grama del estadio, carísima, especial, inencontrable en Caledonia. En las gradas le fue más complicado a Carmelina el encuadre de los fogones de leña y las ollas del sancocho; con talento banquetero, distribuyó tareas entre los voluntarios, tan numerosos como en la plaza y con dedos menos hábiles, pese a las buenas intenciones. En honor a la verdad hay que reconocerles su facilidad para descascarar, pero en lo de trocear nada de nada, no les quedó una rodaja del mismo tamaño que la otra. Los fusiles apuntaron a las manos con cuchillo, sin ningún ataque por parte de los hombres de la marcha, que también habían comprendido.

Tino miraba el desinterés de Camilo, recordando su propio dolor en Manguaré, y decidió esconder sus muletas bajo las piernas de un secretario ocupado en aporrear de máquina; cojeó acercándose a su espalda, hizo un gesto cómplice a Carmelina y se puso a pensar en su papá, hasta llorar a gritos.

—¡Ayúdeme, Camilo, ayúdeme! Me robaron las muletas y no puedo caminar.

Camilo se volteó a mirarlo y se demoró tres eternos minutos en reaccionar, mientras Carmelina espantaba con gestos enfadados a los voluntarios para ayudar al pobre Tino, casi ahogado en lloros y gritos. Al fin, Camilo dejó el regazo de Carmelina para servir de bastón a su amigo hipeante y pasándole un brazo por los hombros, tramando la necesidad de ir a la tribuna sur, para hacerlo moverse. Unas manos diligentes encontraron las muletas bajo las piernas del avergonzado secretario y se dirigían a devolverlas; Carmelina se encargó de esconderlas en el mismo lugar, explicando la engañifa de Tino a quien quiso escucharla, para terminar contándosela a Néstor, incansable entrevistador, y a la cámara de Oriol. La historia se regó como una inundación del Catarán, hasta el punto de que los hombres en pleno miraban a los niños y, en su fuero interno, cada uno pedía al dios de la conmiseración que la vida le diera un amigo como Tino.

La delegación judicial registraba nombres y filiaciones en el veloz cambio de hojas entre presentes y ausentes, y las filas eran enormes en las duchas de los camerinos deportivos donde por fortuna había agua de sobra. El ambiente era de hombres cosiendo ropas rasgadas, contando su historia a Ícarus, saliendo como nuevos del baño, ajetreándose en las ollas enormes, dando datos a los jueces, rodeando a Patricia y Adriana, que los ponían al día sobre la situación de la ciudad y de las mujeres de la marcha. En el estadio nació la organización fundada por Patricia, gracias a su carisma de viuda célebre, para batallar con las autoridades las mejoras a los campesinos de la marcha, agrupándolos en la recién nacida Fundación Julián Aldana, que serviría de enlace con organizaciones humanitarias para acelerar el abandono de los centros de detención.

Laura no se decidía a sacar del Land Rover las cajas con balones de fútbol, le parecía una crueldad con los hombres, impedidos de usar la cancha. Miraba a Camilo y Tino, pegados a la valla y en escrutar del campo, con Tino monologando animadísimo, como si nada, y pensó en quién sería el dueño de tan fina grama. El Deportivo Guaduales era el equipo oficial, recordó Laura algún partido, las camisetas decían *Industria Licorera de Caledonia*, el gerente era amigo íntimo de su hermano Ernesto. Volvió a la briega con el celular de Pablo y en una sola llamada arregló el asunto. Al rato llegaba Ernesto Otálora con una delegación de la Industria Licorera en donación de balones, ropas y calzado deportivo, y se autorizó el uso de la grama, en número limitado, eso sí, la pisada general habría convertido el césped en potrero enfangado y adiós campo de fútbol.

Tino fue el primer voluntario y se llevó a Camilo a los camerinos, obligándolo a cambiarse para que lo acompañara a jugar en el campo del equipo favorito de ambos, como de casi todos los habitantes de Caledonia. Treinta hombres peloteaban con alegría en la cancha y decidían los integrantes de los equipos. Para garantizar la imparcialidad del árbitro, se eligió a Pablo Martín; el reportero bajó a camerinos y salió en exhibición de las rodillas más pálidas del campo. Por la pura maldad de pedir compañía a su palidez y a su treintena bien pasadita, insistió en que Néstor y Ernesto fueran los jefes de línea.

Laura vació sus cajas con balones en la gradería, donde los menos afortunados podrían jugar también y, viendo que Camilo estaba de pie, gélido y sin atender las invitaciones a jugar de Tino, se bajó al campo.

—Dale, campeón —Laura ofrecía una pelota a Camilo, que miraba con ojos de naciente codicia la mejor portería que había visto jamás de los jamases—. No van a poder contigo, dale.

Un hombre joven se puso ante la portería y lo retaba a un lanzamiento. Camilo acarició la pelota con las manos y la rebotó en el suelo.

—¡Atención, señoras y señores! —la voz de Alfonso se escuchó en todo el estadio. Autonombrándose locutor del partido, husmeaba desde la cabina acristalada y se había dado cuenta de que a Camilo le faltaba sólo un tris de presión—. ¡El guardameta se enfrenta al lanzamiento de Camilo Muñoz!

Un expectante silencio abrazó las tribunas y el campo. El niño apoyó el pie tras él y se animó a un disparo; el tiro salió con toda la fuerza de su tristeza represada, el portero se estiró lo que pudo y los hombres de la marcha cantaron el primer gol de la mañana. Camilo gritó su gol con todo el cuerpo; cumplir su mayor anhelo, golear la portería del estadio de Guaduales, lo regresó a la vida. Aunque ya nada volvería a ser igual para él, rebrotó su creencia en los sueños, las luchas y el valor inconmensurable de continuar vivo en el mundo.

Limpios, sin roturas en las ropas, tras una buena comida y un sueño nocturno en el caso de las mujeres, y después de un buen almuerzo con aperitivo futbolero y una siesta en el caso de los hombres, los campesinos de la marcha de Palmeras recibieron a la Cruz Roja, a los abogados, a los observadores internacionales, al plenario periodístico, a sus familiares y amigos, llenos de tristeza, denuncias, fracasos, y con la dignidad firme de una estatua.

Al lado del bloque sereno del campesinado mostrando una entereza y una organización sorprendentes, con vocería rehecha y casi, casi como si no les hubiera pasado nada, con el *casi* notándose en algún aguado de ojos, alguna rotura de voz, algún mirar para otro lado, materia de las notas periodísticas generales, estaba el reportaje de Ícarus mostrando las imágenes de los gritos y los ataques a las vallas, las estampidas y los llantos ahogados, los moretones, la suciedad, la ropa destrozada, sobre la voz de Alejandra Galván leyendo los nombres de los muertos y heridos, seguidas por el testimonio de las hermanas de Camilo y el reparar de los quebrantos a punta del despacioso sembrado de buenos tratos para cosechar alegrías. El reportaje se tituló *Sobrevivientes de la marcha campesina de Palmeras*, fue editado a furor de máquinas la misma tarde del viernes y transmitido desde los equipos piratas porque continuaban evitando ayudarles en su labor, conocidísima ya, pero más solitaria aún por las advertencias anónimas a los posibles colaboradores.

Las amenazas no alcanzaban a las productoras y pudo ser visto en el extranjero y el país al completo, emitido durante los noticieros de las siete y media. Hasta Producciones del Mediodía tuvo que levantar el veto a Néstor, ante el éxito de los dos anteriores y la pérdida de audiencia que significó ignorarlos.

Las imágenes del rebrote campesino se adentraron en el sentir popular tanto como las del funeral de Julián, compactando la mitologización y generalizando sus símbolos aún más. *Si ellos sobrevivieron, también podremos sobrevivir nosotros*, se decían las gentes, para darse ánimo ante las constantes catástrofes naturales y humanas. Sólo que no iban a tener la fuente inagotable del dinero de Laura Otálora, el comportamiento impecable de Alejandra Galván y el amor cocinero de Carmelina; esas ausencias deberían ser paliadas a punta de entereza en el ánimo, para no dejarse morir.

En España, el reportaje se emitió durante el primer telediario de la mañana del sábado y Tomás, tan pegado a las noticias como Laura antes de abandonar Madrid, lo vio y corrió al teléfono. El maltrato enorme le abrió la conciencia y la preocupación, más que la violencia callejera del primer reportaje de Ícarus y el del entierro de Julián; cayó en la cuenta de que el desmadre de Caledonia podía afectarla. Nadie respondía en la casa familiar y Tomás estuvo llamando toda la mañana, a la vez que buscaba cupo en algún avión para ir a Colombia.

Cuando Tomás llamaba, en Caledonia era noche cerrada y ni siquiera llegó a sonar el timbre del teléfono, desconectado por Ernesto para no escuchar más amenazas de muerte. Los efectos de los reportajes habían empezado a llegar, con fuerza de ventisca.

EL PATIO DE JACARANDÁ

El éxito rotundo de la Campana de Cristal permitió el descenso del toque de queda hasta las nueve de la noche del viernes. Laura continuaba escoltada por el brigada Ortiz y compañía, a quienes dio la mala noticia de la prolongación del trabajo, en visita nocturna a la casa de Patricia, que la había invitado a comer y a rezar el novenario, aún bajo el efecto de la emoción por encontrar un cauce a su futuro en la ayuda a los campesinos. Laura se inventó un compromiso y retrasó la cita a las diez; no quería verse bajo lamentos religiosos y coros enlutados, con el velorio había tenido suficiente.

Completamente perturbada por las visiones angustiosas de los últimos días y por el dolor de cabeza que parecía haber solicitado permiso de residencia permanente entre su cráneo, Laura se compró una enorme provisión de aspirinas y volvió a la casa familiar para repetir los paños de manzanilla helada sobre los ojos. Se durmió al segundo de acostarse y estaba como nueva cuando la despertó el llamar de Carmelina, exigiendo una comida mínima antes de la expedición nocturna. En el comedor la esperaba Ernesto, había visto el reportaje de Ícarus y sobre eso quería hablarle; se la veía más de una vez entre char-

las y comidas de sancocho, entregando el balón a
Camilo y aplaudiendo a rabiar el gol, y se había visto
a sí mismo, en pantaloneta y el pitar de una salida del
balón. Le contó también de las cinco llamadas de
amenazas de muerte *a la cerda esa de Laura Otálora*,
y dirigidas a *usted y sus hermanos, senador de mier-
da*, recibidas en la media hora siguiente.

—Nos han puesto en la mitad del ojo del hura-
cán. Felipe aconseja que nos vayamos mañana mismo para Bogotá.

—¿Qué opinas tú? —después de tres días en
Guaduales, Laura sabía que las amenazas no eran la
distracción favorita de algún desocupado.

—Es lo más prudente, nos vamos unos días. Podemos regresar cuando se calme un poco la cosa.

Laura sabía que, de irse, sería para regresar a Madrid, amaba a rabiar su Caledonia pero el trasladado
a España se había convertido en definitivo y la ate-
morizaba esa ciudad tan apuntada por fusiles desde
todos los bandos; sin embargo, aceptó la salida mañanera, en el avión militar ofrecido por Felipe. Laura
se detuvo en los ojos de su hermano, descubriendo
que estaba tanto o más asustado que ella; se cogie-
ron de las manos, como cuando eran una niña y un
adolescente bajo algún peligro infantil, hasta la hora
de despedirse.

—Ojalá conserves el pellejo, chiquitica —le de-
seó Ernesto. Había visto a Patricia en el entierro y el
estadio, conocía de sobra su carácter de reducidora
de cabezas, al mejor estilo de los antiguos indígenas
selváticos.

—Aguantaré —se rió Laura, imitando la preparación física de un boxeador próximo al combate, y se fue, lanzándole un beso al aire.

La puerta de la casa de Jacarandá se abrió antes de que Laura bajara del jeep. Patricia la saludaba desde el umbral de una edificación idéntica a las demás de la cuadra, de dos pisos, ventanas enrejadas en negro, paredes de baldosa y puertas de chapa. Saltándose el ritual de mostrarle la casa, Patricia le dijo que las niñas dormían en el segundo piso; lo mejor era charlar en el patio, para no despertarlas y aprovechar el frescor del viento nocturno.

Laura se sintió en el edén; salvando las diferencias de tamaño, la variedad de las plantas del patio dejaba por los suelos al Parque de la Selva. Se dio un paseo de ojos, soltando exclamaciones entusiasmadas ante la belleza del paisaje vegetal, con las hojas brillando a la luz metálica de la luna.

—¡Déjese de tanta admiradera! —Patricia le extendió una copa de aguardiente—. Es normal, con las niñas ya grandes y Julián por esos mundos de Dios, ¿qué iba a hacer en la vida, aparte de cuidar las matas?

Laura hizo lo posible por esconder la risa, pero le reían los ojos al aceptar la copa de aguardiente que conservó en la mano, sin beber, concentrada en el relato apresurado de Patricia que, para evitar mentiras piadosas, había decidido contarle el estado de su matrimonio antes de la partida de Julián a Palmeras: en el último año lo había visto escasamente, un fin de semana por acá, un domingo por allá; días sueltos con ese marido poco pródigo en tiempo para ella y las hijas.

Julián estaba en la gloria. Trabajaba noche y día, yendo de rancho en rancho para hablar con los campesinos, convenciéndolos de no aceptar con la cabeza baja la ruina económica de las fumigaciones; parco en palabras, se acompañaba de otros activistas de la Acción Comunal o de algún campesino concientizado, hablándoles de exigir financiación para regresar a las labores tradicionales, sin perder la mejora de vida que les había dado el cultivo cocalero. Los había convencido, aunque el mérito hay que darlo a los hechos además de las palabras, a las familias campesinas mirando al cielo y con una mano sobre la otra ante la tierra estéril por los aires venenosos, el regalo de muerte en descenso desde las avionetas. Los productos utilizados acababan con vegetación y suelos, infectaban los pulmones y la sangre y contaminaban las aguas, asesinando a los pájaros en pleno vuelo, acortando la vida de los animales y enfermando a los seres humanos.

—Para verlo, me tocaba sacar las fotos —completó Patricia, ni la muerte le había bajado el rencor del abandono—. Además nos prohibió ir a visitarlo. Se entiende que las niñas no estuvieran en la marcha, crecieron entre Santa María y Guaduales, al campo sólo lo conocen de paseo. Pero yo quería ir y no me dejó.

Con impudicia que enrojecería a cualquiera pero no a Laura, fascinada con esa narración que habría podido ser hecha por ella si hubiera estado en su lugar, Patricia le contó la noche anterior a la partida de Julián, cuando se le encaró, diciéndole que se iba con él. Julián le explicó por enésima vez que el trabajo de organización era tan grande que no iba a tener ni un minuto para estar con ella. Patricia le ofreció ayuda en la organización, quería estar con la marcha, no con él. Julián le contraofertó las otras dos marchas, si tantas ganas tenía de ayudar, pero no la de Palmeras, debía impedir la interferencia de razones personales en sus decisiones de esos días, los más importantes de toda su vida. Patricia le dijo que a él no le importaba ella, ni las hijas, sino la maldita política. Y se armó la discusión más grave de su matrimonio; entre la cama, donde se suelen librar esas peloteras, en voz baja para no alarmar a las niñas, con la violencia de las miradas y los susurros, aireando los trapos sucios de dieciséis años de vida en común. Sobre las cuatro de la mañana, la furia de Patricia ensayó la amenaza, como si no conociera a su hombre, ingobernable por las malas:

—Cuando se acaben las marchas, no nos encontrarás aquí.

—No es necesario que se muevan de la casa, quien no vuelve soy yo —Julián le dio la espalda, se echó la cobija por encima de la cabeza y no hubo poder humano para hacerlo decir esta boca es mía.

—Cumplió su palabra —finalizó Patricia, con un estremecimiento involuntario.

Laura empezaba a comprender por qué ella estaba más afectada que Patricia. Se tomó de un sorbo la copa de aguardiente, atragantándose; acostumbrada a las bebidas siempre mezcladas de Madrid, la garganta ardió y protestó el estómago. Patricia atribuyó el atragante al relato y diseñó una argucia: hablar ella en primer lugar, convirtiendo en certeza cada una de sus sospechas; Laura le caía muy bien, lo cual no obstaba para cejar un milímetro en su profunda necesidad de revisar los años de dudas y preguntas, estrelladas contra el silencio de Julián. Palmeó la espalda de Laura y le dio un vaso de gaseosa.

Empezando por el principio, Patricia le contó su encuentro en Santa María, agregando lo callado en el cementerio a la ronda familiar, el estado de Julián ante el abandono de una niñita llamada Laura Otálora, *la muy caprichosa no volvió a La Magdalena en la Semana Santa del año 74*. Los treinta y cinco años de la niñita caprichosa cayeron en cuenta de que el peón estaba tan enamorado como ella desde entonces; *más vale tarde que nunca*, dicen, pero a veces es demasiado tarde. Patricia se empeñó en su disgusto hacia el muchacho que rondó su casa ese diciembre, pero cayó, como pájaro herido por los vientos de fumigación, antes de que terminara el año. Laura se echó a la garganta otro aguardiente, disimulando el rechazo estomacal con un enorme y veloz trago de gaseosa, en un intento inútil por ahogar las palabras que terminaron saliendo a nado:

—Si será hijo de puta —fue un susurro perfectamente audible.

Patricia brindó en silencio, se tomó su aguardiente y cruzó los brazos, cediendo el turno a Laura. Intentando disimular el amor y dejando notar el desplome instantáneo de su recontrasuperilusión de adolescencia, Laura le contó sus encuentros en la casa del guadual. Cruzaron las fechas y la memoria de Julián recibió otro puteo, el de Patricia. El primer round terminaba en empate.

—A la larga no estuvo mal el exilio familiar, Madrid por ese entonces era una auténtica fiesta —Laura intentó despistar el tema, gastando los minutos en divertido relato de marchas madrileñas. Rieron a gusto, sus carcajadas tenían el eco vegetal de la penumbra del patio. El viento de la noche retemblaba los visos metálicos de las hojas.

—Eso de que no hay mal que por bien no venga, no sé yo —Patricia se puso muy seria, la frase era el prólogo de una catástrofe antigua que ya no dolía, pero seguía sin gustarle.

Cuando todavía no llegaban a los dos años de casados y Marcela acababa de cumplir los diez meses, Julián regresó muy raro de un viaje a Bogotá, en un inusual traslado que, curiosamente, coincidía con el regreso de la nieta de los dueños de La Magdalena. Laura se tomó la tercera copa de aguardiente que le entró suavecito, aguantando el relato. Como se dice popularmente, *enorme virtud aguardientera, si te rasca una o dos veces, no te pica la tercera.*

—No había Dios que le quitara la ropa —Patricia abundaba en detalles—. Se cambiaba en el baño, cerrando la puerta. Me huía en la cama, pero yo lo descobijé y le rompí la piyama para ver lo que fuera. Tenía arañazos en la espalda, el pecho y la barriga, y las nalgas con huellas de dientes. Durante semanas tuvo que abrocharse la camisa hasta el primer botón, para que no se le vieran los moretones de los mordiscos —Patricia miró a los ojos de Laura, tranquilamente, esperando su reacción—. Cuando quise estar con él, no pudo. Estaba seco.

La confesión le pareció a Laura de una sinceridad tan brutal que merecía ser correspondida; se inventó un reencuentro casual en la casa de sus papás y le dijo que sí, había sido con ella. Sin disculparse por su ignorancia del matrimonio y la hija, cierta pero increíble, hizo énfasis en el carácter de aventura casual sin consecuencias y sólo le habló del hotel y los días. Agregó que ninguno de los dos le había dado importancia, las huellas eran puramente gimnásticas.

—¡Lo sabía! —Patricia sirvió un par de copas de aguardiente y brindó—. Por la verdad, preferible al maldito silencio.

Un brindis sincero por una verdad inexistente. Patricia calló que, antes de un mes, Julián se reivindicaba a sus ojos, iniciando una segunda luna de miel de la cual nacería Beatriz, y Laura se dedicó a contarle la zozobra por el secuestro de su hermano Felipe, decidida a negar antes de ser preguntada, adelantándose en el relato de un nuevo encuentro.

Laura volvió a Caledonia ocho años después de su rapto en La Magdalena, como ella misma llamaba a la decisión familiar de exiliarla en Madrid, preocupadísima por el paso de los meses sin que se liberara a su hermano. El paisaje de la cordillera, visto desde el avión, alzó la mano hasta ella y le apretó los sentires; el apretuje fue mayor ante la visión de Guaduales, de

La Magdalena, del río Catarán rodeado de verdes y palmeras de hojas despeinadas por el viento. Cayó en la cuenta de que no sabía cómo había conseguido sobrevivir tantos años sin el paisaje de su tierra.

No le contó a Patricia que vio a Julián la mañana del viernes de esa misma semana, cuando fue a la casa familiar para asistir a la reunión sobre las negociaciones de liberación. Laura presenció en silencio las discusiones, observando a ese hombre aún más atractivo que en los maravillosos años de la casa del guadual. Había ganado peso, lo que no le venía nada mal; en cada alzar de brazos, la amplia camisa de manga corta mostraba el negro vello de sus axilas; en su cuello, las arterias latían con fuerza al enfatizar y le marcaban ríos de vida pulsantes; el pelo, cortísimo, adornaba su cara de pliegues nuevos que lo maduraban como una fruta a punto de caerse del árbol, y la mirada continuaba intacta, a pesar de los años. Lo acompañó a la puerta sin despertar la susceptibilidad de la familia, había pasado el tiempo y la ocupación principal era la vida de Felipe, y en lugar de despedirse, lo invitó a almorzar.

Lo llevó al mejor restaurante de la ciudad, dedicándose a interrogarlo, para conocer del matrimonio y las hijas, de una esposa llamada Patricia, de las Acciones Comunales de Caledonia, de los constantes viajes en pos del campesinado que le habían coloreado la piel al moreno subidísimo, inalcanzable con vacaciones de playa o rayos uva; es un moreno en pasos de Semana Santa, la cara y los brazos más frecuentados que los pasos finales, con un menor teñido solar en las zonas recónditas, descubierto en el alborozo del triunfal polvo de reencuentro, el postre de su primer almuerzo. Sabedora de su matrimonio, no le dejó una marca, aunque se lo comió al completo y la mayor cantidad de veces que pudo.

Tenían una ventaja enorme, la esposa y las hijas en Santa María, ciudad bien apartada, y él durmiendo en la casa de Silverio en Miramar, pero Laura sabía que si no tomaban infinitas precauciones se iniciaría una ronda de casualidades que terminaría en los oídos de Patricia; rehuyendo Miramar y el centro de la ciudad, se recorrieron Guaduales de motel en motel, fueran de entrada peatonal o automovilística, para eso sirvió de maravilla el Land Rover familiar.

En los de entrada a pie, la hora se cobraba a precio de hotel de cinco estrellas y no daban ninguna ventaja, aparte del disfrute de los amores clandestinos. Para no ser reconocida, Laura imitó el estilo de las coperas, que se maquillaban los ojos de azul o verde fluorescente y los labios de rojo a cual más escandaloso, abundaban en escotes con exhibir del género en la pechuga, escaseaban en centímetros de falda, apretando la redondez del nalgamento y mostrando en subir de pierna las cualidades jugosas de sus cajas de placer, prestas a venderse al mejor postor, a cada una según su mercancía y de cada una según la exquisitez de su meneo. Se citaban en un café cerca del motel elegido. Julián llegaba antes, para evitar que a ella le cayera algún candidato; Laura llegaba unos minutos después y se iba directamente al baño a ponerse el disfraz, mientras él pagaba la consumición para aprestar la huida; en cuanto saliera del baño le iban a caer encima las coperas del lugar, reclamando el derecho de territorio. Los encargados de los moteles recibían al cliente de una copera nueva y más de una vez pidieron comisión.

Laura había tenido razón en el disfraz, hasta Santa María y el oído de Patricia llegó el rumor de que su marido estaba rodando por malos caminos en Guaduales, lo vieron irse de putas en cuanto tenía un minuto libre. Patricia buscó y rebuscó en el cuerpo, las ropas y el comportamiento de su marido algún indicio de mano ajena de mujer y no encontró ni uno; terminó adjudicando el rumor a la envidia. Julián había aprendido los secretos del arte del engaño marital, bien aconsejado por Laura.

Los moteles para peatones abundaban como pasto silvestre y no tuvieron necesidad de repetir ni uno de esos lugares con ventilador de aspas en el techo, baños algo roñosos y camas de sábanas verdes. Los licores eran vendidos a precio de ámbar divino y siempre adulterados en las marcas de importación, obligándolos a beber el aguardiente anisado de Caledonia, el único que se encontraba sin aguar, la ganancia era tan gigantesca que se podían dar el lujo de servirlo en botellas precintadas. Se lo pasaron en grande jugando a la puta y el cliente; así Julián se hacía con el mando, sacando sus fantasías más secretas, y Laura descubrió la fascinación de la dominación, de cumplir el deseo de otro. Les gustó tanto que siguieron jugándolo en los moteles con discreta entrada en carro directamente hasta la habitación con garaje; ahí el disfraz era exclusivo de él y más sencillo, sombrero de ala ancha y gafas de sol. Las malas lenguas de Guaduales afirmaron que la hermana europea de los Otálora había importado el despendole del primer mundo y amenazaba acabar con la decencia, se la había visto en el Land Rover, entrando hombres en los numerosos moteles de carretera.

Un poco mejores que los de a pie y con precio de hotel de siete estrellas, cuando lleguen a existir, los moteles de ingreso automovilístico tenían servicio de comidas y bebidas en discreto posar de bandejas y timbre a la puerta de los apartamentos. Para repetir el gusto de los peatonales, pedían por teléfono una botella del aguardiente anisado, mirándose en los espejos de las paredes y el techo. Como el carro era conducido por ella, el puto era él, en espera deseosa de las órdenes de Laura, repantingada sobre sábanas de blanco incandescente y excitada con la trama de las futuras órdenes.

En esta democracia alternada de poderes, les llegó el final de la aventura con la liberación de Felipe. Usando coartadas perfectas, decidieron pasar una noche juntos, repitiendo en el motel que más les había gustado, en las afueras de Guaduales y con entrada directa en Land Rover. Por ser la última, se dividieron el poder, la primera mitad para él, Laura quiso reservarse el final.

Lo deseado por Julián era algo que no había intentado antes, apabullarla a orgasmos, ver hasta dónde la podía llevar. Encendió todas las luces y le ordenó que no se moviera si él no se lo pedía, que no lo acariciara y no dijera una palabra. La tendió en la cama completamente vestida y empezó a tocarla sobre la ropa. El primer sacudón lo consiguió sin siquiera bajarle la cremallera de los bluyines, con sólo decirle obscenidades al oído, comerle el lóbulo, meterle los dedos entre la boca, ordenándole que chupara como si fuera su pene en sucedáneo y restregándole el original contra las nalgas. Lo difícil para él fue conseguir bajar su descomunal erección, cada vez más ardiente al verla de desplome en desplome, y para ella la dificultad residió en no pedirle a gritos que se la metiera hasta adentro. Laura perdió la cuenta de sus orgasmos pero Julián la continuó llevando, iba en nueve cuando tuvo que entregarle el poder, y la imagen de Laura entre espasmos lo visitó con frecuencia durante años. Ella tuvo que concederle el récord y empezó su mandato condecorándolo con la orden del Caballero de los Orgasmos. Caballero algo desplomado porque miró el reloj, vio acercarse la hora de la pérdida del poder y se despachó a gusto en ella antes de dejar el mando, como cualquier presidente o gobernador que se precie y sepa que no va a ser reelegido.

Laura había diseñado un plan para llevárselo en la memoria. Le impidió que se bañara, lo quería así, regado con su propio olor, y apagó todas las luces para construir el plano olfativo de su cuerpo. La boca olía a tabaco y al anís del aguardiente. Laura intentó fumar para acercarse a él, esfuerzo inútil, ni por esas se llevó a los labios algo más que cigarrillos de maría; tampoco se aficionó al aguardiente anisado, pero siempre que le entraba la nostálgica, abría una botella y aspiraba con ansia, era la boca de Julián. Para casos de urgencia conservó esencias de anís en su casa, *extraña costumbre*, opinaba Tomás, la de inspirar anís con ansiedad de cocainómano y afirmar que así se acordaba de la tierra. La cara de Julián olía a crema de afeitar de una marca que reconocería días después de olisquear por veinte frascos; las axilas, a sales de mar y de amoniaco; el cabello despedía esencias de nuez moscada y barro húmedo; los pies respiraban a cuero azotado; el ombligo era idéntico en olores al sebo derretido de una vela; el cabello olía a champú de una conocida marca para lavados frecuentes y a sol requemado de mediodía, y tuvo que pajearlo para investigar el olor de su semen sin conseguir ningún parecido con nada, era el suyo.

Siguió con el trazado de las coordenadas táctiles y sonoras, rutas de cuerpo y golpes de piel, únicos en cada ser humano. Enseguida, encendió la luz para mirarlo; lo hizo ponerse de frente, de espaldas, del lado derecho y del izquierdo, acostado y de pie, acurrucado con el sexo colgando entre las piernas abiertas, admirándolo por el derecho y el revés hasta que se lo aprendió del todo y para siempre. Si se le mostrara un trozo de su frente habría dicho: *esas cejas me las sé, son de Julián.*

Quería un último polvo bien calmoso, con ella puesta a caballo, entrelazando las manos y los ojos; en adelante preferiría recordarlo así, con temblar de los párpados en esfuerzos por permanecer mirándola, con la expresión de sus ojos bajo paños de placer. Miró el reloj, iba bien de tiempo, quedaba media hora para dedicarse a sentirlo; volvió a apagar la luz, lo acostó bocabajo y se tendió sobre él, con la cara apoyada en su pelo; el ruido del latir simultáneo de los corazones fue creciendo, como si se subiera poco a poco el volumen de una música, *bumba, bumba*, hasta llenar el aire entre los espejos. Laura se estremeció con el pensamiento de preferir la muerte, antes que no volver a oír ese sonido.

Cuando llegó la hora, estaban hechos un nudo de mar en confusión de miembros. Habían prometido no dramatizar la despedida; para que huyeran el lirismo y las promesas, se despidieron en la entrada a la ciudad, con sólo una mirada. No se cruzaron opiniones, pero la separación sería tan dura que cada uno por su lado decidió no volver a buscar al otro, conformándose con acariciar el recuerdo de esos días.

Laura no dijo ni una palabra a Patricia sobre la aventura, se arriesgó a creer que Julián había sido discreto, y cubrió la sospecha con el relato de los mismos hechos, cambiando a Julián por Joaquín Saldarriaga. La mentira casó con las sospechas de Patricia, era posible que Julián se hubiera dedicado a las coperas y nadie estaba más lejos de serlo que Laura Otálora; fuera de eso, el alcalde era de muy buen ver, confirmaba el general de las mujeres de Guaduales. Así pudo Laura contar a la esposa el terrible dolor del abandono del amante, Joaquín ya se había casado y cualquier mujer de Caledonia comprendía que el matrimonio era para toda la vida.

Laura ganó por puntos el segundo round, lo pudo ver en la cara de Patricia, compartiendo sus lamentos junto con el estremecer dolido de la vegetación del jardín que parecía estar acompañándolas, y se lanzó con el narrar de un hecho verdadero, la superación del dolor con la llegada de Tomás, para no irse. El chorro de dinero Otálora había sido cortado como castigo por su abandono de la carrera dictaminada por la familia y Laura había tenido que trabajar de camarera en los lugares donde había sido cliente feliz; sus ofrecimientos laborales fueron recibidos con los brazos abiertos. María la Colombiana fue la camarera más marchosa, llevándose tras la barra las juergas exquisitamente organizadas en los años anteriores delante de las mismas barras de discotecas, bares y garitos. Poco a poco se fue cotizando y terminó cobrando un dineral que le llegaba para vivir bastante bien, nunca a la par del inagotable dinero familiar, pero sin necesidades, sus padres no le quitaron el piso de Serrano.

Tomaba el sol en una playa de la Cartagena española, porque a la colombiana prefería no volver, cuando se le acercó un paleto de piel colorada, a incordiarla con la conversación tonta del típico ligón. Se lo sacudió como a un grano de arena para encontrárselo al día siguiente, par de helados en la mano, alargándole uno y armado de sonrisas, lo más bello de Tomás, su desplegar de labios, entregándolo todo. Le fue entrando por la ternura. Laura se dejó admirar a conciencia, le venía estupendo sentirse querida, y siguió dejándose mimar en Madrid, donde él también vivía. En medio de ternezas y atenciones, Tomás fue ganando terreno en la conquista más larga y difícil de su vida, y también la más triunfal: cuando logró acostarse con ella, había pasado un año y medio desde la playa de Cartagena. Laura se despertó, como muchas otras mañanas, en la cama de Tomás, donde dormía mejor que en la hostil de Serrano, alargó la mano al descuido y tropezó con su espalda. Lo pensó unos segundos.

—¡Qué carajo! —dijo al aire, y le metió mano.

La ternura de Tomás siguió durmiendo, en cuestión de polvos le resultó un delicioso gallo de pelea. Laura no volvió a dormir en Serrano y aún vivían en el mismo piso cuando irrumpió el telediario.

—Me vine al entierro de Julián —dijo Laura, muy seria, mirando a los ojos de Patricia— porque era la única manera de devolverle lo que hizo por mi hermano.

—Y su hermano lo premió dando orden de disparar —Patricia cayó en la trampa, ya se podía cambiar de tema.

Otro round para Laura, cimentado enseguida:

—Él no dio la orden, los soldados se aculillaron con el poderío de la marcha y bajaron hasta la gente los disparos que debían ser al aire —Laura acababa de reproducir la versión de su hermano Felipe, en palabras exactas.

—¡Pero quién se cree esa vaina! —Patricia, furiosa, iba a entrar a rebatir opiniones, pero se detuvo antes de dirigirse hacia miles de kilómetros de donde quería ir; sirvió un par de copas y brindó, volviendo al tema—. A la salud de Julián, a quien tanto quisimos —usó un plural intencionado, a ver qué pasaba.

Laura se tomó el aguardiente con calma y sonrisas, cada vez le resultaba más suave y le dejaba la boca inundada de anís.

—No es mi hombre, sino el suyo.

De manera instintiva, utilizó la fórmula de una antigua canción muy popular justo al final de la infancia, con el nacer de los primeros picores en zonas antes dormidas y en grupos excitados o, aún más peligroso, en compañía de un azoradísimo niñito: *¿de quién es esa boquita?*, cantaba el niño, mirando a la boquita respectiva, si se lo permitía la timidez. *No es mía, sino suya*, la niñita regalaba los labios para exploración de dedos temblorosos, de duración variable, según la habilidad. *Tampoco es mía, ¿de quién es?* Y así por turnos y con distintas partes del cuerpo, ocasionando calenturas en progresión geométrica. Patricia se rió a gusto, en carcajadas con múltiples ecos del patio; conocía la canción y la siguió:

—Tampoco es mío, ¿de quién es?

—¡De la muerte! —salió la respuesta inmediata de Laura, que se tapó la boca, arrepentida.

Patricia, en instantáneo recuerdo de su viudez reciente, desvió la vista hacia las plantas del jardín y desorbitó los ojos. Laura siguió su mirada y el susto, en principio de dimensiones universales, se le fue convirtiendo en sonrisa pequeña: una bellísima mujer de expresión beatífica y blanco absoluto, blancos los cabellos, los pies y el fondo de su risa, blancas las vestiduras, la mirada y las manos, alzaba entre sus brazos el cuerpo desgonzado de Julián, vestido con las ropas del Puente Mayor. Las mujeres se miraron y acudieron de inmediato a la botella de aguardiente; se tomaron una copa apresurada, volvieron los ojos a la vegetación del patio y ahí seguía Julián, durmiendo en brazos de la blancura de la muerte. El *match* había concluido con el triunfo de la bella mujer blanca, dueña definitiva de Julián.

—Es suyo, sí —Patricia se lo decía a la hermosura de la muerte y trastabilló al levantarse de la silla, en un esfuerzo inútil por acercarse a su marido yaciente.

Una luz blanqueó el jardín durante fracciones de segundo, diluyendo las formas y precediendo al restallar sonoro de una explosión. La borrachera se les esfumó al instante; se miraron, sobrecogidas, y echaron a correr hacia la casa, en direcciones distintas. Patricia fue a ver a sus hijas y Laura al jeep militar, preguntando al brigada Ortiz qué había pasado. El brigada atendía, con expresión desencajada, el radiado de órdenes a gritos.

—¡Súbase, señora, nos vamos!

Laura obedeció sin dudar, observando el cielo, aclarado por el fulgor de un incendio. Por su mente pasaron mil catástrofes antes de saber una verdad más dura que los desastres imaginados; entre balbuceos, Ortiz consiguió decirle que había estallado el Palacio de Justicia.

SALIR ADELANTE

La voladura de los explosivos en los sótanos del Palacio de Justicia retembló el edificio y lo incendió por los cuatro costados, como si un millar de manos hubieran realizado un simultáneo encendido a una pira kilométrica. El lengüetazo rojo empalideció las estrellas y aclaró el cielo en una falsa madrugada, originando un inútil cantar de los gallos. La ciudad, encerrada por el toque de queda, abrió los ojos al unísono y se asomó a las ventanas, o salió a los patios y las azoteas, oteando los cielos. Las calles se llenaron con el aullido veloz de las sirenas de ambulancias, bomberos, soldados y policías, corriendo en estampida incontrolable, acompañados por el trepidar alocado de helicópteros con sus focos pincelando calles y casas.

Gracias a la costumbre de rodear los edificios con una zona para el parqueo, la voracidad de las llamas lamía las paredes del Palacio de Justicia sin afectar los edificios cercanos, pero tenía suficiente con sus siete pisos de madera en las puertas, los marcos de ventanas, los pasamanos de escaleras y barandales diseñados para asomarse al patio central, sin contar con los cientos de mesas, escritorios, sillas y cuadros de próceres y héroes. Es más, el incendio tenía de alimento los quintales infinitos de papel con el archivo de toda la vida judicial de Caledonia, los expedientes en curso, las investigaciones, y había aún más papel en las bibliotecas jurídicas de fiscales, magistrados y ayudantes. Por si fuera poco, la llamarada podía sorber en la vegetación del jardín colgante del patio central y las once vidas humanas. Un caos absoluto de carreras militares y órdenes radiadas a gritos se abalanzaba sobre el Palacio de Justicia para apoyar los controles al fuego y el auxilio a los heridos, volteando al revés todo lo que se encontraba por delante, en persecución de posibles explosivos adicionales o sospechosos de éste y próximos atentados.

La fuerza de la explosión rebotó contra las patrullas de guardia del toque de queda y los edificios de los alrededores, sembrando metros y metros con roturas y heridos. Los militares de las patrullas, pálidos y con las armas abandonadas o apuntando a los suelos, anegados en cortaduras de esquirlas, eran atendidos donde se les encontraba, para restañar las primeras sangres antes de llevárselos en ambulancias que iban y venían del hospital, en flujo continuo. Los vecinos salían de las casas a puñados, pidiendo auxilio a gritos y arrastrando al familiar o amigo chorreante de sangre, para recibir primero la detención militar y enseguida la ayuda.

Toda persona que gozaba del privilegio de un salvoconducto encauzó sus pasos hacia alguna de las calles que enmarcaban el Palacio de Justicia, con el papel en exhibición para no ser destinatario de un grito, un empujón contra la pared, una zancadilla que los botara al suelo, o algún otro comportamiento desmadrado de los militares, enceguecidos por los nervios.

Ernesto se vistió a todo correr en cuanto supo del origen del retemblor, abrió la puerta para toparse con los distraídos soldados, apiñados y mirando al cielo en lugar de la calle, desde donde podía venirles la amenaza humana; arrastró a uno cualquiera, sin fijarse si era su guardaespaldas oficial, y se lo llevó con él a pie, sólo había una cuadra y media hasta la esquina del Parque Central con el Palacio de Justicia. En el recorrido de esos escasos metros, Ernesto fue encañonado seis veces y terminó exhibiendo en alto su salvoconducto. El aterrador y fascinante espectáculo, más fascinante aún por lo terrible, la tenebrosa belleza de la destrucción del fuego, lo clavó en la esquina con los ojos prendidos a las llamas. A su lado fue a dar Joaquín Saldarriaga con el brazo congelado en demostración de salvoconducto y Ernesto puso la mano en su hombro, solidarizándose con la profunda tristeza del creador del Palacio de Justicia, maniatado testigo de los vientos de la violencia, llevándoselo por delante. Hipnotizado en la visión del fuego colérico, Joaquín se apartó de Ernesto sin siquiera darse cuenta de habérselo encontrado y se adentró por la Séptima, entre el correr del desparrame militar.

Laura también decidió levantar la mano con su salvoconducto tras dar los primeros pasos fuera del jeep y sentir una boca de fusil en el costado y un

¡deténgase! El brigada Ortiz corrió a sacarla del lío y le cedió el papel para que ella misma lo llevara. En medio del maratón atomizado de militares, heridos, médicos y bomberos, Laura preguntaba a quien se iba encontrando en el camino si venía del interior del Palacio o sabía algo sobre la juez especial, sin que nadie le respondiera un sí o un no, cada uno ocupadísimo en su propia tragedia o en la labor urgente.

Ni siquiera el teniente Quintana se ocupó de ella, atareado en el gritar de órdenes a un piquete combinado de bomberos, policías y soldados que derrumbó la puerta principal del Palacio, aplastó las llamas que salían a dentelladas y entró para sacar enseguida los primeros dos cuerpos, en pedazos. Los servicios de urgencias amontonaron los trozos sobre una de las camillas y se los llevaron a la morgue sin retumbar de sirenas. Laura sintió un calor de infierno que atribuyó al subidón de la temperatura distribuido por el incendio y a la impresión de pensar en Alejandra troceada, pero era un subir de la fiebre que la hizo tambalearse y buscar apoyo en la primera pared sin llamas que encontró.

Dentro del edificio el calor era bestial y los hombres del piquete apenas alcanzaban a ver nada entre la humareda, respirando con dificultad bajo sus máscaras de oxígeno. El fuego subió hasta el séptimo piso, trepando por los barandales del patio central y el jardín colgante, lamió la preciosa cúpula de cristal y la hizo estallar en pedazos. El piquete se protegió como pudo y dio contra el suelo, bajo el baño acristalado; cinco hombres no volvieron a levantarse y fueron sacados al parqueadero por sus compañeros, entre gritos. Los entregaron a los primeros que se encontraron y volvieron adentro.

Cuando vio el correr de las camillas, Laura corrió a alcanzarlas y preguntó a los heridos; uno de ellos alcanzó a decirle que no habían podido pasar del primer piso. Laura empezó a perder la esperanza, caminaba sin saber hacia dónde, mirando a la altura del incendio, y tropezó con un cuerpo acurrucado; bajó la vista a pedir perdón y reconoció la cara enrojecida y surcada de lágrimas de Joaquín Saldarriaga. Se sentó junto a él, en pleno suelo, para escuchar el relato de su derrota definitiva; el Palacio de Justicia era su obra más amada, la condensación de años de lucha contra la tierra de Caledonia, débil para los cimientos, contra la opinión del Gobierno central que aseveraba la inutilidad de construcciones de envergadura en las tierras selváticas, contra los poderes de la destrucción, enfrentados creando.

Las llamaradas bailaban más arriba del último piso. El parque de bomberos de Guaduales se encontró al completo, disparando sus escuálidos chorros de agua contra los cuatro costados de la llamarada, sin alcanzar más allá del tercer piso.

—¡Mi general, no llegan las mangueras hasta arriba! —el teniente Quintana comunicaba el estado del incendio a Felipe Otálora—. ¡Tienen que venir los helicópteros hídricos!

Era el nombre oficialmente dado a los abejorros de tormenta artificial que habían asegurado la paz

de los entierros y permanecían en Guaduales para
ser utilizados en caso de revuelta adicional. Panza
llena, reposaban en el aeropuerto, y el general Otálora dio luz verde a su intervención, caminando de
un lado para otro, como tigre estrenando jaula. Se
dio un golpe en la frente y corrió al teléfono, mar-
cando el número de la casa de Alejandra Galván.
Como se temía, nadie respondió.

—¡Otálora a Quintana, responda! —repitió la llamada hasta oír una respuesta ahogada; el teniente
Quintana corría a la vera de las llamas, en pos del
piquete que iba a entrar por la puerta trasera del Palacio—. ¡Alejandra Galván está adentro! ¡Empiece a
dar instrucciones con altavoz a los sobrevivientes para
que intenten llegar al último piso! Deje abierta la frecuencia y mándeme un helicóptero con personal de
rescate aéreo.

El general se colgó de la cintura el radiotransmisor
y salió a toda carrera hacia el helipuerto del batallón,
sin tiempo para cambiar su traje de faena por el uniforme de galas militares, era un asunto crucial salvar
la vida de Alejandra y conseguir la victoria, aun perdiendo entre llamas al Palacio de Justicia; había adivinado que la intención básica del atentado era acabar
con la vida de la juez puntal de Caledonia en medio
del desplome del simbólico edificio de la justicia civil. Felipe corría, escuchando los sonidos transmiti-
dos por la frecuencia abierta de Quintana.

—¡A los del interior del edificio, atención! ¡Todos
al último piso! —gritó Quintana a través del altavoz
y se lo pasó a uno de los soldados que iban tras él,

ordenándole repetir lo mismo sin descanso, hasta nueva orden.

Alejandra Galván escuchó el altavoz y se levantó del suelo del baño. Felipe Otálora había acertado, ella estudiaba expedientes en su despacho del cuarto piso en el momento de la explosión. Un ruido tan fuerte como el de un terremoto y un retemblar de las mismas dimensiones proyectó sobre Alejandra el contenido de sus anaqueles, la tumbó al suelo y la dejó atontada, en medio de la oscuridad. Se fue levantando muy despacio, en un constatar de seguir viva pese a todo, y avanzó a cuatro patas por el piso repleto de expedientes y libros, tanteando en busca de sus gafas; sin encontrarlas, dio con una pared y se apoyó para levantarse. La claridad llegó de las ventanas, haciéndole saber que el incendio iba a entrar en su despacho desde el exterior en cuestión de segundos.

Como si la persiguieran mil demonios, Alejandra corrió a la puerta, cruzó la oficina de su secretario y salió al corredor, para encontrarse con la humareda y las llamas en ascenso por el patio central. Su mente funcionaba a velocidad supersónica a pesar del susto, que le hacía temblequear las piernas. Desechó con obviedad el ascensor y pegó la espalda a la pared, arrastrándose hasta la escalera; empezaba a bajar cuando la cogió el arder del pasamanos, giró en redondo y comenzó a subir. Alcanzaba el sexto piso en el momento del estallido de la cúpula de cristal, y el incendio llegó también desde arriba. Cercada por las llamas, no perdió la cabeza y su memoria rastreó hasta encontrar el único lugar del edificio donde había puertas metálicas y no abundaba la madera, en los baños. Bajó los escalones que la separaban del quinto piso y se adentró a lo largo del pasillo, atravesando los huecos del bailoteo de llamas.

Alcanzó a entrar indemne en el baño y se acurrucó, apoyando la espalda en la pared embaldosada y con la cara protegida por los brazos, respirando a través del cedazo de su ropa. Escuchó la orden de altavoz y la esperanza de un rescate la hizo salir del baño, encontrando las llamas en danza cruzada; sin permitirse pensar en lo que hacía, se lanzó a través del pasillo.

El vestido alcanzó a prendérsele antes de llegar a la escalera; se arrancó la ropa sin permitirse la vergüenza de quedar en paños menores, salvándose de la quemazón general. Al llegar al sexto piso encontró a uno de los guardianes y se agarraron de la mano para subir al séptimo piso en el momento en el que se descerrajaba la primera tromba de helicóptero; fue una bendición, el aguazo apagó la espalda del guardia y el pelo de Alejandra, antes de que el fuego le devorara el cuero cabelludo. En el séptimo se podía respirar un poco y ellos, aún de la mano, miraron con infinita ilusión el pincelazo de luz que partía del helicóptero de Felipe Otálora y rastreaba los pasillos en búsqueda de cuerpos humanos.

—Hay dos personas en el pasillo de la Séptima, rápido ¡descarguen el segundo! —Felipe se refería a los litros de agua de la panza de otro helicóptero.

Volvió a observar los efectos, constató la presencia de tres personas más en otro de los pasillos, supo de la necesidad de un tercer aguazo y del apoyo de otro helicóptero de rescate aéreo, exigiendo ambulancias en el helipuerto del batallón, a donde conducirían a los hurtados de la hambruna del fuego.

Un par de helicópteros desprendió escaleras y se acercó a los pasillos, con simultánea bajada de expertos en rescate aéreo que armaron atadijos de seguridad en la cintura de los espantados habitantes del palacio y los izaron, uno a uno. Alejandra recordaría que el suelo se perdió bajo su cuerpo, las luces de las calles y las casas zigzagueaban en danza de tiovivo; la cintura le apretaba con dolores de muerte; la noche giraba, en escalar y bajada de montaña rusa; unas manos la aprisionaron por el estómago y la regresaron a la tierra firme del suelo de helicóptero.

—Bienvenida a la vida, Alejandra Galván —oyó que le decía Felipe, antes de perder el sentido.

Cuando Alejandra todavía no llegaba al séptimo piso, el piquete de soldados, policías y bomberos que había penetrado al Palacio de Justicia por la puerta trasera, sacó un cadáver más, también desmembrado. Laura los vio y pidió un momentico de pausa al desesperado Joaquín Saldarriaga para correr tras los miembros del piquete, preguntándoles con angustia si en el palacio estaba Alejandra Galván. El teniente Quintana se dignó a prestarle atención y le dijo que sí, antes de salir corriendo. Laura gritó al cielo como un animal herido; se acurrucó a seguir

236 LUZ PEÑA TOVAR

gritando, el incendio le dio una vuelta de noventa grados y se cayó de lado en el suelo desnudo, sin detener su grito. Una mano palmeó su espalda, la levantó a la brava, cogiéndola de los hombros, le rogó inútilmente que dejara de gritar y le cruzó la cara de un golpe.

En cuanto recuperó el control, Laura miró al atacante; tenía ante sí a su hermano Ernesto que, sin decir ni una palabra de disculpa, se la llevó de la mano a toda carrera hasta la entrada principal del Palacio, donde Joaquín Saldarriaga, bañado en lágrimas, agredía a varios hombres uniformados, en resistencia escasa a su dolor enfurecido, y gritaba como loco que lo dejaran entrar, quería morir junto a su edificación más preciosa. Laura intercambió una mirada de horror con Ernesto y se colgó al cuello de Joaquín, para llorar juntos. El dolor compartido les devolvió la cordura, pero ninguno de los dos se recuperaría del golpe.

A Laura no se le pasaría el girar de la tierra, ni los dolores del cuerpo, y Joaquín Saldarriaga renunciaría a su cargo de alcalde esa misma mañana, siendo sustituido por el primero de una serie de alcaldes militares, y se negaría a reconstruir el Palacio de Justicia; partiría de Guaduales antes de una semana, aunque se vería obligado a regresar meses después, para asistir al entierro de su papá. Don Ignacio Saldarriaga no conseguiría sobrevivir a las heridas producidas por los disparos a quemarropa de un asesino a cara descubierta, recogido por una moto después de descerrajar los tiros.

Los trombazos de agua inundaron las calles adyacentes, donde continuaban afanándose los equipos de rescate, y enfangaron a quien se encontraba cerca. Empapados del tizne negruzco de la aguada, temblando no se sabe si de frío o de espanto, los hermanos Otálora y Joaquín Saldarriaga vieron salir los restos de tres personas incineradas, sólo fragmentos de carbón de medio metro, colocados en una camilla y cubiertos por una sábana blanca. Más tranquilo, Quintana se acercó a ellos para comunicarles la buena nueva, la doctora Alejandra Galván estaba siendo atendida en urgencias del hospital, junto a cuatro de los guardianes. Casi tuvo que detener a Laura a punta de amenaza de fusil hasta encontrar al brigada Ortiz, distraído con el relato del atentado a cargo de uno de los guardias del toque de queda que exhibía su antebrazo vendado, como un triunfo.

Joaquín no quería separarse de la ruina humeante del Palacio, pero los hermanos Otálora se lo llevaron a rastras hasta el hospital donde, nada más verlos con tamaño aspecto, los confundieron con otros de los tantos damnificados y los lanzaron sobre las camillas, empujándolos hacia el interior de las urgencias; tuvieron que defenderse con las intervenciones a gritos del brigada Ortiz, habían perdido sus salvoconductos. Recuperando su cualificación de simples curiosos, los depositaron en la sala de espera y nadie se ocupó de responder a sus solicitudes de información sobre Alejandra Galván, el caos era tremendo y el personal médico carecía de tiempo para distraerse. Consiguieron algo de atención gracias al doctor Uldarico Silva, que iba a entregar a la enfermera el historial de las quemaduras de Alejandra en el momento de escuchar su nombre, pronunciado por los Otálora. El doctor les contó que Alejandra estaba bien, dentro de poco la trasladarían a una habitación, y aguantó con estoicismo el inoportuno abrazo de Laura, del cual salió con la bata tiznada y con parches de sangre; en el fragor del abrazo, Laura empezó a sangrar por la nariz, sin darse cuenta. El médico la quiso entrar a urgencias pero ella se resistió, alegando que lo suyo no tenía importancia, y le pedía perdón por ensuciarle la bata.

El doctor estaba estremecido de la preocupación: *años alejada de las tierras selváticas, ayer la fiebre, hoy la hemorragia...* Tachó de su mente la deducción médica y le rogó su ingreso en el hospital; Laura se negó del todo, con la sangre enrojeciéndole la dentadura y bajando por labios y mentón. Desalentado, el doctor pidió la ayuda de una enfermera.

Mientras Laura subía la cara a mirar al cielo raso de la sala de espera y su nariz era taponada con gasas, Ernesto llamó la atención del doctor sobre el estado de nervios de Joaquín Saldarriaga. El médico recetó tranquilizantes y le ayudó a beber el agua para pasarlos, las manos de Joaquín temblaban como una pared en terremoto. El doctor miró al trío con ternura intensa, los conocía desde antes de nacer, oyendo su corazón en el vientre de sus madres, y estaban tan sucios, tan asustados, tan desamparados como un recién nacido en el desconcierto de aguasangre de los primeros segundos de afrontar la vida.

Laura sólo quería ver a Alejandra, aún con la nariz sangrante y el dolor de cabeza, residente definitivo en su cerebro. *Y seguramente menos fiebre*, adivinó el doctor Uldarico Silva, sin poder cerciorarse de su diagnóstico. La enfermera confirmó que la juez especial reposaba en su habitación y el doctor acompañó hasta allá a Laura, que no pudo evitar un quejido al ver a Alejandra; dormida por el efecto de sedantes, parecía una presa de un campo de concentración, la cabeza había sido afeitada por completo y estaba cubierta a trozos con vendajes engrasados sobre las quemaduras. Laura la tomó de la mano y quería dedicarse a velar su sueño. Aprovechando la soledad, el doctor le soltó sus sospechas:

—Creo que tú estás más enferma. Puedes tener fiebre amarilla, Laurita.

Ella volvió a negarse a ser internada. Sintiéndose vencido en una guerra perdida antes de dar batalla médica, el doctor rindió armas y le rogó que se fuera a descansar, él mismo se encargaría de llamarla sobre el mediodía, Alejandra no se despertaría antes.

La luz solar recibió a los Otálora y a Joaquín Saldarriaga al salir de urgencias; parecían mendigos derrumbados a quienes un pelotón de soldados, en vez de guardar o proteger, llevaba a la comisaría más cercana. El restallar de cámaras acompañó a la recepción solar y los periodistas agobiaron a preguntas.

—Nada será igual después de la destrucción del Palacio de Justicia —dijo Ernesto a los micrófonos, en la mayor verdad y la más exacta frase que había dicho en su vida—. Sin embargo, sé que los habitantes de Guaduales nos recuperaremos del golpe y saldremos adelante —agregó, recuperando su compostura política.

Hasta él era consciente de que la devastación había empezado a ganar centímetro a centímetro la geografía y la vida de la gente de Caledonia, y tenía plena conciencia de que salir adelante era una bonita frase destinada a la galería: no existía una puerta que condujera a algún sitio, porque nadie podía saber dónde estaba el adelante.

QUIEN AVISA...

Aún no llameaba el Palacio de Justicia y parecía una noche de viernes cualquiera; la ley seca y el toque de queda se prolongaban más de una semana y el pasar de los días había dado la experiencia suficiente para sacar el quite a las restricciones y disfrutar, a pesar de todo. La consuetudinaria juerga del fin de semana se había reinstaurado dentro de las viviendas, invitando a los amigos con dormida en cama franca hasta el toque de diana del amanecer, dando atractivos adicionales a las rumbas caseras.

Las patrullas del toque de queda tenían orden de no intervenir, si el alboroto era soportable y los rumberos no salían ni a la puerta; vigilaban la soledad de las calles y salivaban con la música pachanguera de las salas, perfectamente audible, y con la turbadora visión de mujeres agitando hombros y caderas al son de ritmos calientes. Más de un piquete aceptó, apresurado y mirando alrededor, las copas de aguardiente ofrecidas por alguna persona, con sonrisas y sacando la mano a través de la ventana. La ley seca era ampliamente violada por el mercado negro y en todas las casas había colección de botellas, en previsión de sequedad eterna.

Silverio y Ricardo, dominadores de los recovecos donde se encontraba de todo, habían surtido al caseronón arrendado por los periodistas con tres cajas del aguardiente anisado de Caledonia. Ícarus al completo se encerraba en la casa, ante la falta de salvoconductos, que no habían conseguido ni con la soltura de palabra ni con las palancas de Pablo; para consolarse, habían decidido celebrar también su rumbita. Además de los cuatro reporteros, con la inclusión honorífica de Adriana, estarían Ricardo con su novia y Silverio con su esposa, sólo que, como es usual en Caledonia, donde uno invita a seis y se aparecen diez, los amigos de Miramar aportaron tres vecinas; querían dar pareja de baile y conversa a los desparejados de Ícarus.

Llegaron unos minutos antes del noticiero, para visión colectiva del reportaje sobre la resurrección de la marcha, emitido como noticia de apertura; aplaudieron a rabiar y brindaron a gusto. Antes de que terminara el noticiero, se abrió la cascada de amenazas; la primera se recibió en el celular de Néstor y él escuchó en chupar ansioso a su cigarrillo, conservando la cara impávida y sonriendo, como si le estuvieran dando una felicitación.

—Era el imbécil del director de Producciones del Mediodía —dijo, para disimular el susto con la cara de asco bien merecida por el personaje; desconectó el celular y se fue hasta su habitación, dedicándose a mirar a la pared y fumarse un cigarrillo tras otro; quería enfriar el pánico y pensar si proponía la salida inmediata de Guaduales.

Pablo intentaba ganar a Alfonso la posición de pinchadiscos, insistía en poner a Totó la Momposina en lugar del perenne vallenato; responder al celular lo hizo perder y el acordeón sonaba victorioso mientras Pablo empalidecía con las descripciones exactas de sus pasos por Guaduales y las palabras que precedieron al corte de la comunicación: *si no se va mañana mismo, no sobrevivirá para contar el cuento*. Pablo también apagó el celular y corrió hasta la botella de aguardiente más cercana; los demás bailaban, sin prestarle atención. Las dos amigas que los esperaban a él y a Néstor no se perdían de la rumba, bailaban juntas, una costumbre muy común en Caledonia, si los hombres no se animan, las mujeres no se resignan a permanecer sentadas. Después del tercer aguardiente, Pablo tenía ánimos para bailar a trío con las amigas nuevas.

Alfonso, en desplegar de habilidades vallenateras y brillando hebilla con su pareja, escuchó el timbre de su celular entre una canción y otra; alcanzó a oír insultos varios hasta que comenzó el otro vallenato, desconectó y se lanzó sin más al baile, nadie le iba a dañar el disfrute de su música favorita. *Se la llevaron, se la llevaron, se la llevaron, ya se perdió*, cantaban el disco y Alfonso, en la gloria, dirigiendo con mano maestra a su no menos feliz pareja. La fiesta estaba prendidísima y Néstor fue recibido con regocijo por Pablo y las amigas de Miramar, incluyéndolo en el baile a mitad de una canción. Se azotaba baldosa a gusto y ya, con Néstor a bordo, de manera total.

Oriol y Adriana eran los únicos moderados en sacudidas de cadera, amacizados y casi sin moverse, en consideración a las huellas del interrogatorio; a pesar de los cuidados, ella se encontraba cada vez más indispuesta y decidieron subir a descansar a su cuarto, encontrándose con el celular de Oriol en repiqueteo sobre la mesa de noche. Una vez puesto el aparato en la oreja, Oriol tenía tal cara en la escucha muda, que Adriana le arrancó el celular y oyó el monólogo mordiéndose los labios. Oriol recuperó el teléfono para apagarlo; de ahí en adelante, todo Ícarus conservó los celulares dormidos.

—Nos van a matar —comentó Adriana, dándolo como un hecho cierto.

Durante un buen rato no hicieron otra cosa que abrazarse. Esta pareja llevaba compartiendo cama dos noches y no había podido hacer cosa distinta, primero por los dolores de Adriana y ahora por el miedo. Oriol era partidario de no comentar los avisos de muerte pero ella, veterana de una Caledonia donde el señalado por las amenazas era seguro difunto, lo convenció de bajar para decírselo a los demás, aun a costa de sentenciar la fiesta.

Si tú supieras, mi amor, lo que yo siento por ti, si tú supieras, mi amor, mi corazón es feliz, cantaba Totó la Momposina; Pablo había recibido una oportunidad entre los vallenatos y el fiesterío se movía con los sones de *La sombra negra*. Oriol detuvo la música y acalló protestas al instante, contando las amenazas. Resultó que, salvo las tres amigas invitadas, los demás también las habían recibido; uno a uno fueron contándolas. Ricardo y Silverio confesaron las suyas, de viva voz y en persona, además del teléfono; caminaban por la calle, se cruzaban con un grupo de desconocidos que les daba un rápido empujón o un golpe y les anunciaba la muerte.

—Están persiguiendo a la marcha —confesó Silverio a la miniasamblea, en escucha y general fruncir de cejas.

Las intimidaciones se convertían en certezas con sorpresivos ataques que habían empezado después del entierro; a uno de los campesinos le habían dislocado un brazo, a otro le rompieron una pierna a golpes de cadena, varios lucían moretones de puñetazos y el padre Casariego guardaba cama, le habían dado una golpiza como la recibida por Oriol en el hotel. Antes de que los reporteros se abalanzaran en regaños por no habérselos contado antes, Silverio se disculpó:

—No queríamos aguarles la rumba. Pensábamos contárselos por la mañana, antes de irnos. El toque de queda maniata la noche y por lo menos nos divertimos un poquito.

Pese al buen montón de años que Pablo llevaba en Colombia, no terminaba de acostumbrarse a esa forma de rebuscar la diversión por donde fuera y en medio de lo que fuera, aunque el tiempo le había dado la comprensión, ningún ser humano soporta la vida sin un poco de descanso entre el preocupe tenaz de la vida diaria. La fiesta se convirtió en reunión de trabajo con roceo de aguardientes y sin

246 LUZ PEÑA TOVAR

música. Decidieron aguantar un día, para tener tiempo de entrevistar a los heridos de la Acción Comunal; se irían en cuanto transmitieran el reportaje, con borrada obligatoria a los rasgos de las caras entrevistadas para evitar mayores represalias. El bombazo los sorprendió en esos conversares.

Tras unos instantes de desconcierto y una vez convencidos de que el atentado no había sido contra ellos, se asomaron a las ventanas para encontrarse con el cielo iluminado. Oriol corrió por la cámara y subió hasta la azotea, para grabar la fogata alumbrando las paredes del Palacio de Justicia, en voraz crecida hasta apoderárselo, clareando la noche y dando luz a varias manzanas de su alrededor. A la azotea fueron los demás, cada uno con su desasosiego particular: las mujeres se reunieron en un corro para sostener el temblequeo de Adriana, la escucharon contar una enorme cantidad de atrocidades y terminaron acompañándola en el lagrimear por su tierra desahuciada; Silverio y Ricardo observaban las llamas como al péndulo de un hipnotizador y tuvieron que esquinearse para ocultar el llanto, a los hombres de Caledonia les resultaba especialmente duro hacer público un llorar; de un vistazo, Néstor comprendió la hondura del atentado, apartó la mirada, sentándose en el suelo en fumar compulsivo, tenía la terrible certeza de que el hálito de la muerte cubría por entero la ciudad; y Pablo se vio en la obligación de parquear sus emociones para tranquilizar a Alfonso, que amenazaba al aire de la noche y puteaba a todo grito.

Un helicóptero de haz luminoso se les vino encima, volando a ras de azotea, dándoles golpes con el viento de su hélice y señalándolos con su cono de luz, enmudeciendo a Alfonso. Oriol escondió la cámara, por si acaso. Una voz metálica les ordenó calma y amenazó: *En caso de no guardar compostura, las patrullas del toque de queda se verán obligadas a entrar en la casa y detenerlos*. La población del caseronón se sentó en el suelo, arracimándose junto a Néstor, y permaneció bien quieta hasta la partida del helicóptero.

Pablo arrastró a Alfonso al interior de la casa y lo obligó a ayudar en la subida de aguardiente, mientras le hablaba sin parar, hasta conseguir tranquilizarlo. Oriol recuperó el enfoque de la cámara y pidió a Adriana su colaboración en el ascenso del trípode, se temía que el espectáculo daba para rato; con la cámara fija pudo mirar el incendio sin la protección del lente a sus ojos estremecidos y compartiendo con Adriana el pánico enorme. Las gentes de la azotea soportaron el miedo común en silencio, con ojeo a la llamarada y pasar de la botella de aguardiente, en tragos de gollete. Oriol vigilaba periódicamente el encuadre de su cámara y fue el primero en observar la lluvia de helicóptero; llamó la atención de los demás y el grupo se pegó a la baranda con ojos ávidos por detallar el apagado de las llamas, con algo de alivio pero ni una pizca de alegría, el mal ya estaba hecho.

Ni el licor consiguió quitarles el frío que se apoderó de ellos con la extinción del incendio; ateridos, vieron nacer el sol y el toque de diana se los llevó rumbo al Palacio de Justicia. Alfonso, conductor oficial del carro de Oriol, hizo tres viajes en apretuje literal, el Renault 4 no era inflable y ninguno quería perderse la inspección directa de las ruinas, imposible para todos, el cordón militar era perfecto y se tenía mejor vista desde el caseronón arrendado que desde alguna calle cercana, donde sólo se entreveían los últimos pisos del esqueleto ennegrecido y había que salir de ahí lo más rápido posible, el olor a chamusquina se pegaba a la nariz, impregnando la piel, los cabellos y las ropas.

Alfonso dejó a sus compañeros en el hospital y volvió por los integrantes de la rumba frustrada, para acercarlos hasta sus casas. Ícarus se encontraba entre la montonera periodística que flasheó a Ernesto Otálora, Joaquín Saldarriaga y Laura, al salir de urgencias; Pablo la reconoció, pese a la mano sosteniendo una gasa enrojecida sobre la nariz, a los ojos inyectados en sangre y al carbón del incendio cubriéndola como un sudario. Caminando al trote junto a Laura, esperó a que le confirmara la poca importancia de sus males y le primiciara la supervivencia de Alejandra Galván, para comentarle que Ícarus estaba dispuesto a entrevistar a la juez, en cuanto estuviera en estado de hablar. Antes de subirse al jeep, Laura alcanzó a decirle que la llamara a mediodía; estaría en la casa de la familia.

A las once y media de la mañana, Ícarus enviaba los testimonios y desastres del Palacio de Justicia con el parte médico de las heridas y pronta recuperación de Alejandra Galván bajo el título de *El terror campea en Guaduales.* Finalizada la transmisión, tomaron rumbo a la Acción Comunal pero no consiguieron llegar, recibieron el ataque en una calle de Miramar. Una camioneta los alcanzó y adelantó, cerrándoles el paso, y otra los bloqueó por detrás; los carros escupieron asaltantes a cara descubierta que rompieron los cristales del carro. Uno de ellos se subió al capó y zapateaba, mirándolos; los demás los rodearon a golpes en la carrocería, zangoloteándolos y gritándoles *lárguense de aquí, hijueputas. ¡Viva Colombia libre!* Tres minutos después desaparecían con rechinar de llantas, dejándolos ahogados del susto y sin entender cómo seguían intactos. En las ventanas de las casas se veían caras curiosas que apartaban la vista en cuanto ellos los miraban. Nadie se ofreció a ayudarlos. Salieron del carro, necesitaban respirar y examinar las roturas. Pablo encendió su celular y avisó a Silverio, indicándole la dirección donde se encontraban; lo conservó encendido hasta recibir una llamada de Ricardo citándolos dos cuadras más arriba, donde un amigo suyo tenía un restaurante, podrían ir caminando, si el carro no funcionaba. En efecto, Oriol se había quedado sin su viejo automóvil.

—No valía un peso —dijo, ocultando la tristeza de perder las chatarras que lo habían llevado por media Colombia.

Necesitaban otro carro y varios litros de calma. Llegaron al restaurante casi corriendo y en constantes miradas para atrás y para todos los lados. Después de contar los detalles a Silverio y Ricardo, mientras se recuperaban del tembleque con un par de copas del aguardiente anisado de Caledonia, estupendo templador del pulso si no se toma mucho porque entonces lo destempla, decidieron arriesgarse a usar el jeep de las transmisiones piratas que tampoco estaba seguro en el caseronón arrendado, adonde ni ellos querían volver para evitar el riesgo de otro Palacio de Justicia en miniatura y con Ícarus ardiendo dentro.

Antes de la una de la tarde, el jeep parqueaba frente al restaurante, bien cargado con los bultos de la mudanza apresurada. Pese a los sustos varios, ninguno perdió el apetito y devoraron un almuerzo de proporciones más que reparadoras, con postres de tinto y en digestiva espera. Pablo había llamado a Laura para obtener la confirmación telefónica de que Alejandra Galván se recuperaba y, de querer hablar, le avisaría. Tuvo que dejar encendido su celular, sin otro remedio que aguantar más de diez llamadas de amenazas.

Laura no se sentía mejor a pesar de que el dolor de cabeza había cedido, la nariz ya no le sangraba, un baño le había quitado los restos de la lluvia de los helicópteros, sucia de humareda, apestosa a carbón de tres minas, y acompañaba a Carmelina en la aspersión de sahumerios por cada rincón de la casa, intentando inútilmente despojarla del hedor a chamuscado, pero logrando un éxito enorme entre los niños y los hermanos Otálora, en procesiones y coreo a su ceremonia ancestral.

El doctor Uldarico Silva, tan caballeroso como siempre, llamó para avisarle que Alejandra Galván había despertado del sueño artificial de los somníferos, se encontraba lo suficientemente recuperada y sería dada de alta. Laura salió a la calle y sonrió, perdonando las descortesías del teniente Quintana, ante su regreso a la custodia; había recuperado el cargo tras el final del humeo en el Palacio de Justicia y el comentario a su general sobre el descuido del brigada Ortiz, prefiriendo la conversa con sus compañeros heridos al seguimiento de Laura, peligrosísima negligencia ante las amenazas y el desmadre de las fuerzas en pugna.

Laura, con el paso inseguro, tomó un brazo de Alejandra para sacarla del hospital, y el teniente Quintana la sostuvo del otro. Pese al secreto de la salida, había montonera periodística acosando a la debilitada juez especial, que por fortuna contó con la peregrina idea de Laura de llevarle ropas y una pañoleta para tapar su cabeza de campo de concentración. Salvaron el acoso periodístico sin daños exhibicionistas ni declaraciones, protegiendo a Alejandra a punta de flanqueo de brazos y espantar de los inoportunos con respuestas como *déjenla tranquila, por favor*, librándola de verse obligada a abrir la boca.

Alejandra Galván había nacido en un lugar de placidez verde y mucho frío, bien lejos de Caledonia, que había llegado a considerar como tierra natal tras años de vivirla, desde aquel lejano día de su primer trabajo jurídico, debido a su amistad con la esposa de Felipe Otálora. Sólo había abandonado Caledonia para sacar con honores sus doctorados en el exterior y, pese a sus triunfos en la carrera judicial, no había logrado convencer a ningún miembro de su familia del traslado a tierras selváticas. Vivía sola, en una modesta casa de Las Pintadas, un barrio de las afueras, a salvo de la ostentación del centro de la ciudad o de Aguaclara, donde residían los ricos recientes que, cuando llegaron, habían encontrado el casco central en poder de los ricos de toda la vida.

En cuanto entraron a la casa, Alejandra se fue directo al espejo del baño y se enfrentó a su cara sin cejas, pero intacta de milagro, y a su cabeza rapada con cuadrados de retales de vendas. No permitió el paso a Laura, necesitaba desafiar sola las marcas definitivas de su cuerpo, así como en soledad tendría que soportar el dolor de las quemaduras, vivo a pesar de los analgésicos. Abrió el maletín de curación que le había dado el doctor Uldarico Silva, se desnudó y se quitó las vendas. *Quemaduras superficiales*, le habían dicho, lo cual significaba carne viva a trocitos, como islas rugosas por el cuerpo: en el hombro y la cadera izquierdas, en el antebrazo y el muslo derechos, en la nuca y el cuero cabelludo. Una rabia intensa le subió del estómago y se atragantó, sin salir; si el fuego no había acabado con su vida, decidió Alejandra, el dolor tampoco lo haría, y mucho menos la posesión de un cuerpo con parches de piel quemada. Volvió a encarar el espejo; miró a sus ojos, que le devolvieron una expresión de horror, y permaneció mirándolos, hablándoles, hasta que los ojos de la mujer del espejo volvieron a tener su mirada de antes. Se había reconciliado consigo misma y con la vida, pero cómo reconstruir su trabajo, polvillo negruzco entre los escombros; pasó lista a los casos pendientes, sobre los resueltos no era el momento de pensar; evaluó los lugares donde podría encontrar copias, las diligencias que se vería obligada a rehacer. Trabajaría las veinticuatro horas, si era necesario, pero conseguiría reedificar caso por caso; difícil, mas no imposible. Ya podía soportar la presencia de los demás y llamó a Laura, necesitaba su ayuda para ponerse los nuevos vendajes.

La mirada aterrada de Laura no le hizo ningún efecto, sólo la apuntó en su memoria, estaba segura de que se repetiría de ahora en adelante. Hablaron durante un largo rato en el baño, Laura quería saber cómo había sido el desastre. Regresaron a la sala y a la compañía del teniente Quintana como antiguas amigas, de charla sobre chismes intrascendentes; acerca de las consecuencias del atentado, le había dicho Laura, tendría la ocasión de hablar al país entero, si estaba dispuesta. Alejandra había recogido las fuerzas necesarias para expresarse con dignidad ante las cámaras y aceptó la presencia de Ícarus que llegó en un suspiro, Guaduales no era tan grande como para demorarse más de cuarenta minutos en darle la vuelta, si no molestaban las barreras militares.

Alejandra hizo una exigencia, el relato sería hecho a las caras de Laura y Adriana, invisibles tras las cámaras. Alfonso constató las cualidades lumínicas, Oriol enfocó la cámara y la sala guardó silencio, esperando sus palabras.

—No quiero pensar en quiénes han hecho esto, ni por qué —comenzó Alejandra, sin ocultar las ruinas de su cabeza—. Como ustedes comprenderán, la investigación no va a estar en mis manos y yo seré un testigo, me niego a hablar de víctimas. Estoy viva, eso es lo importante. Y me encargaré de que, como yo, siga viva la justicia en Caledonia.

Respondió a las preguntas de Néstor y Pablo con palabras que causaron gran impacto en la población colombiana y la enviarían en vía directa lejos de Caledonia, no por las amenazas, ni el atentado, ni el exilio para salvar la vida, porque confirmó a los magistrados de la Corte Suprema de Justicia que en todo el territorio nacional no encontrarían una persona con su formación y su valor para llenar la vacante en la Sala Constitucional.

Finalizada la entrevista, Ícarus en pleno se excusó de no aceptar el tinto y la conversa ofrecidos por la anfitriona, ritual de cortesía indispensable en Caledonia, alegando la prisa inmensa de Néstor y Alfonso por editar y transmitir la entrevista, mientras los demás iban a la Acción Comunal; así enteraron a Alejandra de los ataques a los campesinos y al padre Raúl Casariego, sin decir una palabra del sufrido por ellos, en carne propia. La competencia de investigar esos delitos continuaba estando en sus manos y Alejandra quiso ir con ellos, pero antes llamó a su secretario, para informarle del próximo destino; terminó la conversación con la boca abierta y el auricular en el aire: en esa misma mañana, la competencia había sido transferida a la justicia militar.

En cuanto Alejandra se recuperó del estupor por lo que debía ser un descanso pero, para ella, constituía la entronización definitiva de la muerte de la justicia civil, Ícarus partió veloz y sin más compañía, por nada del mundo Laura iba a dejar sola en su casa a Alejandra Galván. Los llevaron hasta la puerta, despidiéndolos con saludos múltiples para el padre Casariego.

—Ahora te toca hablar a ti —le dijo a Laura una Alejandra en jugar a los jueces y los interrogados, queriendo dedicar sus pensamientos a otros temas, ante la inutilidad manifiesta de un trabajo reducido a la nada, por un lado y por el otro—. ¿Qué es la vaina tuya con Julián Aldana?

Quintana iniciaba un escurrirse para otro cuarto, detenido por Laura. Con el pasar de los días, su presencia se había convertido en algo natural, como la de un cuadro que se ve a diario. Dirigiéndose a ambos, Laura contó, por primera y única vez en su vida, la historia completa de sus amores secretos, del comienzo al final, aderezándola con la ironía de conocer la versión de Julián, a través de Patricia y el padre Casariego.

Dos horas y cuarenta minutos después, con Laura ronca por tanta charladera, Quintana sentía que el mundo le había dado una vuelta completa y Alejandra Galván tuvo que hacer un esfuerzo para recordar el dolor por su trabajo chamuscado y el múltiple estropicio de su piel.

... ES MÁS TRAIDOR

Si se creía finalizada la serie de encuentros furtivos entre Laura y Julián en su última noche de motel, se estaba lejos de la verdad. Cuando una persona se enamora, a la par del sentimiento, nace la necesidad de conocer y abarcar la vida del otro; el enamorado lo define como interés por la persona amada, cuando no es más que una compulsión de apoderamiento sobre el destinatario de los anhelos. La víctima cede con gusto y aporta todos los datos solicitados, creyéndose mejor persona por merecer tamaña atención y, a su vez, realizando idéntica captura en la persona del indisimulado detective.

A Tomás, dueño del pasado y el presente de Laura, o eso creía, está bien visto cuánto se equivocaba, le faltaba sólo un detalle para el apoderamiento general, conocer su tierra de origen. Durante los dos primeros años de vida en común con polvos, serían tres pasados si se cuenta la etapa despolvada, Tomás intentó el viaje veraniego a Caledonia, pero Laura se sentía incapaz de llevarlo a la geografía de su otro amor; lo logró finalmente, con ese tesón que lo llevaba a conseguir casi todo, que todo en la vida es imposible.

Laura le hizo un especial recorrido turístico por su Bogotá personal, la misma pero a la vez distinta de todas las Bogotá posibles, tantas como habitantes tiene. Lo más difícil de la visita empezaba con el arribo a Guaduales; Laura eludió el restaurante adonde había llevado a Julián, privando a Tomás del más exquisito asado de chigüiro de toda la región, sin hacer apología de esa carne al asador ni de alguna otra manera, es una especie en extinción, pero en Caledonia no tenía fuerza organización ecologista alguna salvo las de derechos humanos, la especie en mayor peligro de extinguirse era el hombre.

Llegaron a La Magdalena con la intención de permanecer en plan campestre algunos días y Laura, cada vez que los mayordomos hablaban sobre su hijo predilecto, miraba el paisaje del patio y sus ojos detallaban las guanábanas, como si no tuviera ningún interés la noticia de que iba de visita a la finca. Julián Aldana se arriesgó a la muerte de su matrimonio, que no se produjo ante el interés predominante de Patricia por las hijas, únicamente para verla, aunque estuviera acompañada del marido, o tal vez precisamente por eso.

Para el día de la llegada de Julián y buscando rehuirlo, Laura inventó un larguísimo paseo a caballo por la finca, que emocionó a Tomás. Llenaron alforjas y salieron con las primeras luces del sol, en plan de cabalgata hasta el anochecer; sobre el mediodía, Tomás tenía las caderas a punto de reventar por los golpes de la silla, inevitables en su ignorancia cabalguística, y divisó una casa, rogando a Laura la pausa indispensable en tierra firme. De haber podido, ella se habría escondido bajo las ancas del caballo, era la casa del guadual; sin tener a mano excusa alguna, se vio obligada a aceptar. Casi se cayó del caballo cuando vio la figura agachada sobre el tejado, *el malvado de Julián*, comentaba Laura al teniente Quintana y a Alejandra, *repetía con exactitud de película la imagen que yo había visto hace un montón bien crecido de tiempo*, el preludio de sus años más deliciosos.

Era una puesta en escena con premeditación y alevosía. Al enterarse del paseo de los invitados, Julián pretextó inspecciones a la ganadería, se largó a correderas de caballo hasta encontrarles el rastro y en cuanto los vio dirigirse a la casa, tomó un atajo; llegó cinco minutos antes que ellos, con el animal echando espuma por el hocico, y se subió al tejado para componer el espectáculo. Tomás, en democracia primermundista, invitó al atareado peón a almorzar con ellos, actitud impensable en un natural de esas tierras, cada uno es quien es y no se junta con quien no es.

—Gracias, patrón, ya almorcé —fue la seca respuesta de Julián, sin levantar la vista de las tejas.

Laura agarró del brazo a Tomás y lo entró en la casa, elaborando una razón inventada acerca de la natural reserva de los campesinos; el proceder más correcto era dejarle la comida cuando se fueran, a los peones les sentaba fatal sentarse a la mesa de los patrones. Tomás terminó aceptando, sin aprobar esas absurdas jerarquías y a pesar de las ganas que tenía de conocer con mayor profundidad a un currelo selvático.

—Con perdón, ¿curre qué? —interrumpió Quintana.

—Traduzco del castellano al colombiano: Currelo equivale a camellador —Laura se divertía, el teniente había creído que la deficiencia de comprensión era debida a ignorancia del idioma propio y no, era desconocimiento de lenguaje ajeno.

—Qué palabras más raras se usan allende los mares —al teniente Quintana le resultaba fascinante aquella lejana tierra.

Laura se pasó un buen rato contándole casos aún más exóticos, como el de adornar hasta las puertas de las iglesias con carteles recomendando *TIRAD* y esperó a que terminara de reírse para explicarle que por allá a lo de los polvos se le llamaba follar en vez de tirar y la significación del cartel era la de jalar, para que los parroquianos no empujaran la puerta inútilmente. Alejandra también aportó anécdotas de su propia cosecha en los años del doctorado y, retomando el cuento, Laura continuó con el final del almuerzo bajo el ritmo de los golpes en el tejado.

Ella quería irse al instante, pero Tomás insistió en reposar un poco; se acostó, profanando lo más sagrado, la cama de los polvos de la recontrasuperilusión de adolescencia, y se quedó dormido en dos segundos, fulminado por el azote de la cabalgata. A Laura se le hacía irrespirable la casa. Atravesó el guadual en dirección al río, decidida a darse un chapuzón aun sin haberse traído el vestido de baño, pero se detuvo en la orilla, sin valor para afrontar la corriente oscura.

Paralizada de miedo, sintió un cuerpo de hombre abrazándola por la espalda; no sabía quién era, así de que permaneció como una estatua mientras adivinaba al dueño del abrazo y, según quien fuera, hacer una cosa o la otra. Cuando el hombre le apretó el sexo contra las nalgas, supo que era Julián.

—¿Tan distinto lo tenían? —interrumpió Alejandra, formulando una buena pregunta, como todas las que sabía hacer.

—No. Dos pares de bluyines, el mío y el suyo, me limitaban semejante finura de los sentidos: fue por la manera de apretar.

—¡Claro! —asintió el teniente Quintana, creyéndoselo, le había parecido que tanta perfección táctil era una exageración narradora—. ¡Se dieron un buen polvo entre los guaduales! ¿Verdad? Con el esposo dormido, la cosa resultaba de lo más excitante.

Laura y Alejandra se rieron a carcajada limpia, estaban de acuerdo en la lógica del polvo consiguiente entre los guaduales.

—Si sigue usted así, teniente —dijo Laura, entre las risotadas—, voy a tener que cederle la narración. Ni más ni menos, un polvazo fenomenal, pese a ser rapidísimo, por si Tomás se despertaba y tenía la mala idea de pasear.

Julián y Laura no podían evitar darse un repaso cada vez que se encontraban. Esta vez, Julián le pidió regreso a Colombia sin marido y Laura se negó, por nada del mundo iba a continuar perdiéndolo con cada recuperación. Si ella quería promesas de separación de la mujer, de traslado a España, de algo un poco más sólido en lugar de ese amor intenso y a trozos, perdió la esperanza. Julián la besó como si quisiera sorberle toda la saliva y, sin un adiós o un hasta luego, se volvió al tejado. Muy chulo, él.

—¿Chulo? —se aterró Quintana, creyendo que se refería al animal carroñero de Colombia.

—Vanidoso y sobrado —tradujo Alejandra, tan bilingüe como Laura.

Quintana se despepitó de la risa, comprendiendo. Laura sacó un par de aspirinas de su cartera, las pasó con un tragazo de agua, viéndose en la obligación de responder a la mirada interrogante de Alejandra y explicar sus malestares por tanto estrés, sin darle importancia y siguiendo con la narración. Volvió a la casa del guadual y se metió en la cama con Tomás, despertándolo. Para vengarse de Julián y ser equitativa a más de justa, le dio un polvo compensatorio, también corto y silencioso, a fin de no hacer sufrir al peón del tejado. En los veinticinco minutos que se demoraron en salir de la casa, Julián adivinó ese, y mil polvos más, rabioso y sin poder hacer nada; ella estaba en su derecho, como él en el suyo, cumpliendo el débito conyugal con Patricia. Ya estaba decidido a irrumpir en la casa esgrimiendo la excusa de buscar una herramienta indispensable, pero los vio salir. *Adiós, hasta luego, adiós*, fue lo único que dijeron sus voces.

—Por lo menos, esa vez no dolió tanto la separación —concluyó Laura—. Me faltaba la última y definitiva, en Cartagena.

—¡Julián Aldana se fue tras de ti hasta España! —Alejandra estaba impresionada con la osadía del enamorado, creyó que Laura hablaba de la Cartagena europea.

—Seguro que fue en el Caribe idílico —aventuró Quintana, intentando adivinar otra vez la continuación de la historia y refiriéndose a la Cartagena de la costa atlántica colombiana.

—Pierde puntos el auditorio —anunció Laura, imitando los concursos televisivos—: Cartagena del Guadual.

En Caledonia también existía una Cartagena, pequeñísima ciudad bien adentro de la selva y en la ribera del río Catarán, fundada en los años ochenta por el esplendor dinerario de los narcotraficantes y, en el momento de la llegada de Laura y Julián, languideciendo con los vientos de la represión y el asesinato de los fundadores.

Laura, decidida a no regresar a Caledonia, ni se acercó por los aires colombianos hasta verse en la obligación de volver, para llorar y enterrar a su abuelo Octavio, en febrero del año noventa y uno. Acababa de recibir la llamada de Ernesto, avisándole de la muerte y el retraso del funeral hasta su llegada, cuando recibió otra.

—Lo siento, Laura —Julián conocía más que nadie cuánto había querido a su abuelo Octavio y esperó la respuesta, inútilmente—. Sé que vas a venir —ella continuó muda—. Dame una oportunidad, te lo ruego.

—Está bien —fue lo único que le dijo, antes de colgar.

Laura se despidió de Tomás en la puerta de salidas de Barajas, *es el nombre del aeropuerto madrileño*, aclaró la narradora al teniente Quintana, entró a la zona internacional y llamó a uno de sus múltiples amigos, recolectados durante las noches de trabajos y juergas, a la sazón dueño de una agencia de viajes especiales, de aventura y alto riesgo. El rutero exótico prometió hacer todo lo posible, aunque encontró difícil acceder al pedido de Laura; Caledonia, peligrosísima por su selva y empeorada por los conflictos, se había incluido en las listas de viajes riesgosos, antes de desaparecer de las rutas turísticas.

La respuesta llegó a la casa familiar media hora antes del inicio de los funerales. Laura se encerró en el baño, garrapateó una frase en un minúsculo papel, lo enrolló hasta volverlo insignificante y en cuanto llegó al cementerio lo conservó entre el puño. Julián Aldana, acompañado por su señora esposa, desfiló ante los atribulados Otálora, estrechándoles la mano. Cuando soltó la de Laura, el papel estaba entre su palma: *Váyase de inmediato a Viajes Amazónicos y recoja un paquete a nombre de su papá*. El mayordomo de La Magdalena había contratado un vuelo para Cartagena del Guadual, con salida al día siguiente y vuelta una semana después, alojamiento incluido en la elegante mansión de La Victoria.

—¿Cómo hiciste para huir de tus hermanos? —otra buena pregunta de Alejandra Galván.

—Les dije que era un regalo de Tomás, él me entendía mejor que ellos. La muerte del abuelo era durísima de sobrellevar y necesitaba tiempo para reflexionar en soledad.

Ernesto, acallado por los celos de una comprensión aún mayor que la de un hermano, la acompañó al aeropuerto. Salió después del entierro, un día antes que Julián, previendo la compañía familiar hasta la escalerilla del avión.

—A su marido, ¿qué le dijo? —el teniente Quintana estaba muy preocupado, generalizaba a todas las mujeres hasta llegar a la suya y ya buscaba resquicios de traiciones posibles. Frente a las argucias mujeriles, la lucha en Caledonia le resultaba sencilla; en la guerra se conocía quién era el adversario, por lo menos.

—Que me iba a Cartagena, qué más le iba a decir.

No requirió de mayores explicaciones, Tomás creyó que hacía referencia a la Cartagena del Caribe, ni siquiera sabía de la existencia de Cartagena del Guadual, y le pareció maravilloso un descanso para el atribulado ánimo de su mujer que, además, se preocupó de llamarlo varias veces mientras estuvo con Julián, para evitar el riesgo de llamadas a un hotel de la Cartagena donde ella no se encontraba.

—¡Chucha! Perfecta trama —el teniente estaba espeluznado con la habilidad femenina.

—Tal vez —concedió Laura, nadie nos pilló en flagrante delito—, pero los resultados distaron de la perfección.

Los primeros cuatro días resultaron tan maravillosos como los del hotel de cinco estrellas bogotano, o los de los moteles de Guaduales y sus alrededores. En el quinto día empezaron los problemas. Aparte de los polvos incansables, nada más había por hacer en Cartagena del Guadual. El pueblo tenía sólo seis manzanas escuálidas y ni un cine, ni múltiples calles por pasear, ni un lugar donde salir, aparte del correspondiente café en abundancia de coperas; ni forma de excursionar por las cercanías, plagadas de Serenos y peligros en abundancia. La única opción era permanecer en la mansión con la monótona piscina de aguas quietas, aburriéndose con el televisor y el radio de músicas pachangueras, ordinarias para el gusto de Laura. Nada de nada, según ella, acostumbrada a las continuas salidas madrileñas, y también según Julián, en cese absoluto de su ritmo de vida movidísimo, de pueblo en pueblo, pleno de activismos políticos. Terminaron peleando por todo y por cualquier cosa.

Al principio, las peloteras terminaban en polvos de reconciliación, a cual más sabrosos. El último día solamente pelearon, cansados el uno del otro, y se despidieron sin un polvo final para el recuerdo. A Laura no le interesaban las luchas campesinas de Julián, se aburría enormidades con su conversación y lo mismo le sucedía a él, los atractivos del mundo europeo le parecían insustanciales frente al hambre de su Caledonia. Tampoco compartían cosas por hacer; Laura se divertía enormidades en sus colocones de maría nacional, la mejor de las mejores, escandalizando a Julián, y la diversión estaba, según él, en observar los animales y adivinar su estado de salud, incomprendido por Laura, que los consideraba sólo una parte del paisaje. Se despidieron con tristeza por la inutilidad de su amor ante la vida diaria y sin dolor por la separación que sabían definitiva.

—Lo mío con Julián era de piel, no de compartir las veinticuatro horas del día, ni mucho menos los años —terminó Laura, con un suspiro de fatiga por tanta habladera y sin añoranza de la vida que no compartió con él.

—Entonces, ¿por qué vino al entierro? —la buena pregunta era del teniente Quintana, quitándole la palabra de la boca a Alejandra.

—Porque la imposibilidad del cotidiano no elimina el amor —sentenció Laura y habría tenido que explicarse, de no haber sonado el timbre de la puerta.

Julián y Laura no volverían a encontrase en vida y su última mirada tenía de todo, salvo expresiones de amor, pero siguieron amándose como antes de la gran decepción de Cartagena del Guadual; ellos mismos lo sabrían en cuanto se les pasara la rabia por tanta pelotera y regresaran a los correspondientes anhelos, él por ver su cuerpo arqueándose, ella por saborear su boca, en olores furtivos a las esencias de anís.

El Teniente Quintana se encargó de abrir la puerta a tres soldados en portar de ollas, canastos, olletas y jarras, la comida y bebida enviadas por Carmelina desde la casa familiar para cuidar a control remoto los estómagos de su niñita-bonita, su señorita-la-jueza y su flaquito teniente-ángel-protector. Llegaba con puntualidad extraordinaria, iban a dar las siete y media de la noche, hora oficial de la comida Otálora. *Carmelina es una mujer maravillosa*, comentaron los beneficiarios del oportuno festín, salivaba el estómago y Alejandra, absorbida por su trabajo, no tenía nada de comer en la casa. Entre risas, las mujeres decidieron otorgar a Quintana el honor de lavar los platos de los comensales en pleno, incluyendo a los soldados de guardia en el jeep; el cometido quedó a medias por una llamada de su radiotransmisor.

—¡QG75, QG75! —comunicó la voz del aparatejo.

El teniente, sin explicar las razones y alegando órdenes de importancia inexcusable, comprendidas por Laura después de haberlo visto en labores de extinción del fuego en el Palacio de Justicia, le hizo jurar que no se movería de ahí y ella asintió, obediente. Quintana salió con trote alarmado, dejándolas sin saber de qué se trataba la urgencia. Al poco tiempo, su lugar fue tomado por *el teniente García, a su mandar, mi teniente Quintana se comunicará con ustedes vía telefónica en cuanto se aclaren los sucesos.* Aseguró que ningún Otálora estaba afectado y les contó que acababa de llegar de Bogotá y había visto entrar a Laura en el avión.

—Encabezo las tropas del Batallón Cundinamarca, destinado temporalmente a Guaduales —precisó, dejando claro el origen de sus medallas y el destino selvático como un premio, a pesar de creerse castigado en la custodia de las dos mujeres, una ilustre por su cargo y la otra por su apellido, pero sin que la ilustrez justificara el desperdicio de alguien tan eficiente como él, pensaba, y se le notó el pensamiento.

García no volvió a soltar una sola palabra el resto de la noche aunque, eso sí, comió con gusto los considerables restos banqueteros de Carmelina, que había enviado comida para catorce, desayuno para nueve y almuerzo para siete, por si acaso. Laura se sintió mal y salió corriendo al baño. Vomitó la comida completa y tuvo que salir para susurrar a Alejandra la petición de toallas higiénicas; con los sustos, le aseguró, el ciclo menstrual se había puesto patasarriba, adelantándose.

Pasaba un minuto tras otro sin que sonara el teléfono; Alejandra y Laura rebuscaron alguna novedad en televisión o radio, sin encontrarla, a la vez que hacían llamadas lo más cortas posibles para no ocupar la línea, pero nadie parecía saber qué era lo que había pasado; terminaron abrazadas en el sofá de la sala, temblorosas del susto. No recibieron la llamada del teniente Quintana hasta poco antes de las once de la noche.

Había estallado una bomba colocada en el chasis del carro de las transmisiones piratas, llevándose por delante las vidas de Néstor y Alfonso, deteniéndolos en la preparación del que iba a ser el último reportaje de Ícarus desde Caledonia y que Pablo, antes de irse con Oriol y Adriana a entrevistar al viejo curandero de Miramar, también herido en un atentado y en autocuración con yerbas, había titulado: *Diezmadas las marchas campesinas de Caledonia.* Nadie pudo ver ese reportaje. Nadie más vio la vida de Néstor y Alfonso, reducida a trozos de cuerpo bañados en charcos de barro y sangre entre los restos del carro, en medio del desguace de Miramar, el sitio que había sido elegido para esconderse de los ataques y amenazas.

Quintana dirigió el equipo que recogió los restos; un dedo por acá, una pierna más allá, pedazos de vísceras confundidas con hierros, la cara aún sonriente de Alfonso como un paisaje adornado por ríos de sangre, la frente de Néstor separada del rostro y sin albergar ni un pensamiento más. Muertos en fragmentos ensangrentados y negruzcos, asesinados por expresar al país y a quien quisiera escucharlos la batalla inútil librada en Caledonia, donde quien más perdía era la gente indefensa que se cruzaba en el trayecto de la metralla ajena, manejada por intereses oscuros: la gente desarmada, como ellos.

Asesinado el periodista más popular de Colombia, titularon las agencias internacionales en un reportaje que no enviaría Ícarus. Pablo Martín fue incapaz de escribir o decir algo; silenciado definitivamente, retornaría a España después de los funerales y se dedicaría al periodismo deportivo, dando rienda suelta a una de sus grandes pasiones, el fútbol. Oriol, al ver los hierros torcidos del jeep de las transmisiones piratas, botó al suelo la cámara y la pisoteó con furia; de ahí en adelante se negaría a grabar una sola imagen, a tomar una sola fotografía de consuelo; emigrante obligatorio en huida para salvar la vida, terminaría en España, junto con Adriana, para rodar de un trabajo a otro hasta descubrir una vocación nueva y, gracias al amparo infalible de Pablo Martín, conseguirían un crédito para montar un vivero, decididos a cuidar las plantas con la misma dedicación que habían tenido para las imágenes y los alumnos.

Alejandra y Laura permanecieron mudas tras la llamada del teniente Quintana. Alejandra intentaba digerir su inutilidad judicial y sus dolores por la quemazón, en regreso instantáneo junto con la noticia. Laura recordaba la cara de Néstor, fumando sin parar y preguntando una cosa y la otra, o estudiando con dedicación el misal del cura en la iglesia de Miramar, como estaba la primera vez que lo vio, y las coquetas miradas de Alfonso, con el garbeo vallenatero de su cadera alegre.

Más llamadas inundaron la casa de la cesada juez especial, en alarmas, comentarios y pésames. Ernesto llamó a su hermana para llorar con ella a través de las líneas y Felipe habló con las dos, explicando a Alejandra la medida del transvaso de jurisdicciones a la milicia y expresando a su hermana, por primera vez desde que llegara a Caledonia, su dolor profundo ante las muertes esparcidas por los vientos de sangre. *Haré todo lo posible para detenerlos*, le prometió.

Una eterna noche para ellas, incapaces de moverse un milímetro, susurrantes, en una conversación mucho más que íntima que se da exclusivamente en noches como esa, cubiertas por la muerte. Tampoco podían dormir, se limitaban a custodiar los ronquidos del teniente García, repantingado en su silla y con el quepis por los suelos; tras el estiramiento de su arribo, casi hacía sonreír a sus protegidas con el rostro dulcificado de su sueño.

Los únicos movimientos fueron de Laura, en recomponer de toallas higiénicas para absorber el desangre que seguía adjudicando a una menstruación exagerada; como nada le dolía, no volvió a acudir a las aspirinas y empezó a sentir algo nuevo, una lentitud extraña que adjudicó a los crímenes y era una manifestación más de los males del cuerpo, proveniente de la inexorable relentización del pulso: sus movimientos empezaban a ser más y más despaciosos, hasta el punto de que a las seis de la mañana, cuando Ernesto pasó por ellas para llevarlas al velorio, Laura hacía todo con lentitud extrema, como si la vida transcurriera en cámara lenta. No era la vida sino ella la que se movía entre algodones y los que la vieron se dieron cuenta, creyendo que era por la aflicción o el miedo.

La muerte había sido tan terrible e inmerecida que recibió el repudio general; desde el más pobre ciudadano de Colombia hasta los más poderosos, incluyendo a Producciones del Mediodía, lamentaron la pérdida y homenajearon tras la muerte a estos hombres a quienes habían hecho difícil la vida. En su avión oficial llegó a Guaduales la planta ministerial en pleno para asistir a las honras fúnebres, en misa solemne celebrada en la catedral. Por una sola vez y sin que sirviera de precedente, el obispo de Guaduales cedió en su rabia contra el rebelde sacerdote de Manguaré y permitió la asistencia del padre Raúl Casariego; accediendo a los ruegos provenientes de tirios y troyanos, le concedió una sola intervención en la misa, durante la multitudinaria comunión.

El padre Casariego, con muletas y en recuperación de la paliza que los reporteros habían querido dar a conocer antes de ser masacrados, realizó la plegaria más sobria de su vida, con ausencia de misal, su memoria continuaba excelente, y lágrimas que se le descerrajaban sin querer. El padre lamentaba, con la muerte de Alfonso y Néstor, *el asesinato de la esperanza, pero nunca el derrumbar de la fe en el ser humano, a la hechura de Dios*, decía, inquebrantable y húmedo de llanto.

LA CASA DEL GUADUAL

Con cinco campanas llorando a muerto la mañana entera, salían de la catedral los restos de Néstor y
Alfonso, acompañados por un cortejo en división
absoluta entre peatones y automovilistas. Los peatones remoloneaban en el atrio de la iglesia, dando su
adiós a los hombres que les habían servido el conocimiento noticioso, rescatándolos de la ignorancia,
o habían divulgado sus tristezas, salvándolos de la
impunidad y el olvido, como las gentes de la marcha de Palmeras, protagonistas del reportaje que-
brado en átomos volando, incluyendo a los liberados
del estadio y la plaza de toros.

Entre ellos pululaba el padre Casariego, dedicado
a organizar la próxima escapada al corazón de la
selva. Con él se iría Camilo; en cuanto el sacerdote
bajó del púlpito, el niño huyó de las manos de
Carmelina y se puso a su lado, dispuesto a ir con él
adonde fuera. Camilo se endurecería hasta convertirse en un baquiano precoz de las selvas, a él habría que acudir si se quisiera llegar hasta el único
sacerdote que continuaría en medio de la guerra;
habría que ir a Puerto Huiraje, el último pueblo donde
lleva la carretera, preguntar por el joven guía y atravesar un largo camino hasta un caserío enmontado

donde uno encontraría al padre Casariego, convertido en un anciano extrañamente ágil y dicharachero
para su edad. Allí también iría a parar Carmelina, para
conservar al hijo que la providencia había llevado a
sus manos y dedicarse al cuidado de los campesinos
con el mismo empuje que tuvo en las atenciones a
los Otálora; su sabiduría en comidas y yerbas y su
extraordinaria habilidad cocinera se verían aumenta-
das por la resurrección de los antiguos recuerdos provenientes de su primera infancia huiraje.

Con ellos no estaría Tino Costa, permanecería en
Guaduales, donde se asentaría otro buen número
de campesinos y la familia del río, formando un
nuevo barrio, el Daniel Otálora. De manera increíble para un director del Partido Nacional, el viejo tío
financiaría la construcción del asentamiento con su
plata, como último acto público del reinado de la
política antes de la rendición definitiva al trono de
las armas; quiso que el cariño de las gentes lo acompañara en la muerte, como no lo había hecho en
vida, y lo consiguió: su sangre se extinguiría sin
herederos, por lo menos su nombre sería conservado en titulares de barrio.

Los campesinos que huyeron de Caledonia se re-
partirían por el país en una nueva migración, la de
los *desplazados*: familias enteras, con precarios
atadijos sobre el hombro, aumentando el número
de los barrios periféricos de otras ciudades. Salva-
rían la vida, trasladando su miseria sin redención.

El cortejo absolutamente automovilístico partía
de la catedral de Guaduales en dirección al aero-

puerto, protegido por helicópteros y pleno de carros blindados con custodia militar en desplegar
de sirenas. Lo que quedaba de Néstor y Alfonso
era llevado a la capital, donde recibiría el abrazo
definitivo de la tierra.

Alejandra Galván, en recrudecimiento de sus dolores por las quemaduras en la piel y en el trabajo,
se vio obligada a volver a su casa en compañía de
Carmelina, a quien Laura había pedido el favor *durante poco tiempo*, dijo, exhibiendo una cara aletargada y con gafas negras para protegerse de un sol
que toda la vida había soportado como algo natural
y a ojo limpio. Si el doctor Uldarico Silva la hubiera
visto, habría constatado un grave síntoma de
fotofobia, pero no pudo asistir a las honras fúnebres, se recuperaba del primero de los ataques car-
díacos que se lo llevarían a la tumba.

En el avión donde se iba Ícarus al completo, ate-
rrorizados sobrevivientes o trozos sin vida, y el pleno ministerial, estaba Ernesto Otálora, en obligación
política y humana de asistir al entierro; había tratado de convencer a Laura para irse, pero ella rechazó
la escapatoria, alegando su necesidad de acompañar a Alejandra. Las razones de la amistad conven-
cieron al hermano, no sin antes recibir de Felipe y
el teniente Quintana, vía radiotransmisión, la seguridad de protegerla.

—Para acercarse a Laura tendrán que luchar primero con su escolta, bien entrenada y numerosa
—aseguró Felipe, adelantando el futuro con preci-
sión de adivino.

La noticia del fallo en la protección sería recibida por Ernesto en Bogotá, regresando del cementerio jardín donde habían llevado a dormir los restos de Alfonso y Néstor. El golpe le aplastó el estómago y lo hizo temblar de culpabilidad. Ningún Otálora más que la misma Laura fue culpable, si alguna responsabilidad adicional ha de agregarse a la autoría de los Serenos.

De vuelta a la ciudad desde el aeropuerto, Laura vio el cruce de caminos que conducía a La Magdalena y pidió el desvío, esgrimiendo su legítimo derecho de ir donde quisiera. El teniente García ordenó la detención del carro a la vera de la carretera, radió al batallón pidiendo el visto bueno para el nuevo destino y la respuesta fue afirmativa, la casa de la finca familiar no constituía ningún riesgo, ahí se aposentaba una brigada de vigilancia.

Laura reconoció difícilmente la fachada, con idéntico estremecimiento al de la primera vista desde el avión; aparte de los desconchados y deslucidos exteriores, estaba invadida de soldaderío. Realizó un doloroso paseo por la casa, durante el cual concluyó, al igual que su hermano una semana antes, que por fortuna la muerte había privado a los abuelos de la visión ruinosa al trabajo de toda su vida; enseguida se dio a una charla mínima con la familia de Julián, aún más dolorosa, los papás no se recuperaban del golpe. Tanta tristeza la llevó a buscar un poco de vida en el paisaje; pidió caballos para ella y la escolta, sin saber el destino cierto del paseo.

Como se había dado autorización, el teniente García cometió el único error, no pedir vía libre adicional; montó la caballada junto a sus soldados y partieron a galope tendido. Sin saberlo, Laura dirigió el caballo en línea recta hacia la casa del guadual. Uno de los peones de La Magdalena se escabulló a la ribera del río Catarán y elaboró una señal convenida de antemano; el operativo había sido ideado desde el mismo día de la llegada de Laura:

—El general Otálora va a morder el polvo —se había escuchado en el batallón, al interferir una frecuencia de los Serenos, adjudicando la frase a una intención de revolver la ciudad.

La acción estaba completamente lista dos días antes, en espera del momento más favorable para el ataque. Laura se lo puso en bandeja al decidir el paseo a la casa del guadual, uno de los lugares marcados como favoritos de antemano; Wilson había escuchado algunas de las conversaciones de Julián con el padre Casariego y conocía la posibilidad de que la mujer quisiera revivir los recuerdos. El segundo de Julián Aldana era uno de los infiltrados del ARN en las marchas campesinas; obedeciendo a una orden de escapatoria, se botó al río Catarán desde el Puente Mayor, nadó a contracorriente hasta una playa rojiza de La Ribera y al encuentro de sus compañeros, antes del sacrificio al cual se dirigía la marcha.

Desesperada con que a la muerte se agregara el cambio del paisaje en La Magdalena, modificándole hasta el pasado, Laura hincó las espuelas, sin preocuparse de si los demás podían ir al mismo paso, iniciando la carrera desbocada que haría llegar a la escolta con el hígado afuera y privaría del radio-transmisor al Teniente García, perdido en algún salto de caballo.

Laura descabalgó como si hubiera hecho el viaje en la placidez de un globo y entró a la casa del guadual minutos antes que los militares. Se quedó boquia-bierta, una mano anónima la había conservado intac-ta, ahuyentando hasta el polvo; se acostó bocabajo en la cama de los amores de la recontrasuperilusión de adolescencia y recibió, en un golpe instantáneo, el olor reciente del cuerpo de Julián. El dirigente de la marcha de Palmeras, tras salir de su casa en Jacarandá y despedirse de Patricia y las hijas, había pasado la noche en esa cama, recordando, extrayen-do fuerzas del amor para enfrentar la batalla política.

La soldadesca invadió la casa del guadual y des-plegó los fusiles en un *¡alto, manos arriba!*, dirigido a posibles intrusos y Laura supo que ni ahí encon-traría la paz; exigió soledad para irse a dar un pa-seo. El teniente García le concedió el capricho y se creyó la tranquilidad del paisaje, con el arrullo de los guaduales en risa vegetal de los vientos, hasta cuando empezaron los tiros. Los soldados se bota-ron al suelo en desplegar de ráfagas para todos la-dos. García consiguió arrastrarse por el patio y llegó al guadual; protegido por los palos de guadua, se levantó de un salto, buscando a Laura. La encontró apoyada en los últimos troncos, casi a la vera del río, vomitando.

El teniente García alcanzó a mirar con horror la negrura del vómito antes de que una ráfaga le rompiera la cara. Laura, víctima de las arcadas intensas, agachado el cuerpo, escapó de la balacera, pero no de los brazos de un par de Serenos que se la llevaron a rastras, dejando el inmenso reguero de muerte y sangre, dentro y en los alrededores de la casa del guadual. Triplicado el número de asaltantes, habían convertido en coladores a los militares de la escolta.

En medio de las investigaciones para atrapar a la célula que había acabado con la vida de Alfonso y Néstor, el teniente Quintana recordó a la hermana de su general y radió en preguntas.

—Hace más de dos horas que se fueron finca adentro —informó el encargado de comunicaciones de La Magdalena.

Quintana inició un operativo aéreo, dirigido por intuición hacia la casa del guadual, creía que ahí habían ido a parar los pasos de Laura, según la lógica del relato escuchado en la casa de Alejandra Galván; acertó, pero llegó tardísimo. Los helicópteros se encontraron con la visión de los nueve cuerpos acribillados a bala y un resto de vómito negro que nadie se preocupó en detallar.

El comando secuestrador se disolvió en minúsculas facciones, esfumándose con la misma celeridad con la que se había reunido. Laura era arrastrada al interior de la selva, mientras los militares buscaban en los montes y los pueblos de los alrededores. La responsabilidad del operativo, recayente en su totalidad sobre Wilson, siguió el camino a saltos de un apoyo campesino a otro, recuperando su papel de miembro de la marcha de Palmeras, fingiéndose acosado por el ejército y en huida para conservar el pellejo, después del arresto sufrido por su mujer, una Laura sangrante por la vagina, la nariz y la boca, y con vómitos frecuentes adjudicados a la tortura.

Los Serenos no tuvieron necesidad de reivindicar el secuestro, las indagaciones entre los campesinos indicaron el paso atribulado de un amigo de la marcha, lo señalaron en una fotografía de los entierros en Manguaré y rápidamente se averiguó que no figuraba su llegada a Guaduales y no se lo había visto en rescate de mujer alguna. Se siguió la pista hasta averiguar su nombre, se apretó bien a los Serenos presos y se supo que era integrante del Frente 14; ya se sabía a quién buscar. La Campana de Cristal se abrió a toda Caledonia; con velocidad de campaña, el ejército peinó, metro a metro, sin encontrar el rastro. Laura Otálora se había esfumado entre el arbolado selvático.

La huida y el ocultamiento de los secuestradores estaban planeados con efectividad de guerra. Saltando de un comando Sereno a otro, como una ficha de damas chinas en eludir de los militares, Wilson cargó con Laura, aletargada sin necesidad de somníferos, hasta llegar al comando designado para cubrir la detención. La encargada del mantenimiento médico confirmó el diagnóstico hecho precozmente por el doctor Uldarico Silva, fiebre amarilla.

—El único tratamiento que podemos hacer es darle muchos líquidos, inyectarle codeína y esperar —dijo, absteniéndose de recomendar la quietud impensable; para evitar ser localizados debían esconderse en el día y movilizarse en la oscuridad. Desde la noche del lunes tuvieron que transportarla en parihuela, Laura no podía dar ni un solo paso y había entrado en coma.

La barrida del ejército, liderada en persona por Felipe Otálora y ampliamente respaldada por la habilidad de Quintana, seguía el orden que iban designando las confesiones. Un interrogado señalaba la presencia de los Serenos en algún lugar y un batallón al completo llegaba en avión, si había cerca una de las muchas pistas construidas por los narcotraficantes, o en helicóptero, si no existía espacio para aterrizajes, y batía con lo que se encontrara por delante. Nuevos interrogados señalaban una presencia en otro sitio, y así de un lado para otro; era el único proceder, frente al gigantismo de la selva.

Arramblaron con dos comandos Serenos que señalaron, en coincidencia absoluta, el área por donde se movía el comando que tenía a la secuestrada. Felipe y Quintana circularon la zona en el mapa y cayeron en la selva por seis frentes, en ejecución de la Operación Estrella. Desde uno de los helicópteros, el general Otálora comandaba las maniobras, vestido con ropa de campaña como en los viejos tiempos, y en la otra punta volaba el helicóptero del teniente Quintana. La zona se rodeó de militares en canoas por cada uno de los ríos de la zona y en correr por trochas y caminos inexistentes, abiertos a machetazos, con la guía de baquianos.

Mediando la mañana del miércoles, el comando Sereno discutía la posibilidad de embarcar a Laura río abajo y entregarla, dándole una muerte idéntica a la de Ofelia, única opción a discutir porque la represión era mucha, la secuestrada parecía estar en otro mundo por los delirios de la fiebre amarilla y el secuestro, que iba a ser uno de los golpes mejor dados por el ARN, se les estaba volviendo una pesadilla. La discusión se rompió con el retumbar del primer helicóptero y enseguida fueron atacados desde el aire, la tierra y el río.

Tras un eterno cruce de disparos, los soldados consiguieron tomar el campamento sin baja alguna. Contaron seis guerrilleros muertos, cuarenta y tres capturados con vida y radiaron la presencia de Laura, rescatada y enferma. Felipe no pensó en el extrañamente reducido número de Serenos, entre los capturados y los muertos sumaban menos de los indicados en los interrogatorios y los observados desde el aire, pero sí lo hizo Quintana y dio orden de reinvertir la persecución hacia el entorno próximo, mientras Felipe descendía de su helicóptero con escalera volátil.

—Por aquí, mi general —guiaba un soldado.

Felipe corrió a abrazar a su hermana enferma, se arrodilló a su lado y la acunó, entre promesas de curación pronta, sin sentir el terrible olor de un cuerpo en hemorragia general, sin notar la hipotermia, sin percatarse de la ausencia total de reacciones. Quintana llegaba corriendo con una camilla y se quedó aterrado al ver en la cara de Laura una mirada luminosa y una sonrisa perenne. El general Otálora alzó la vista hacia la figura detenida junto a él y vio la muerte de su hermana reflejada en los ojos del teniente. Por el terrible esfuerzo de controlar el dolor, Felipe empezó a temblar con fuerza de ciclón y dio a Quintana una orden jadeante:

—Ejecútenlos.

Fue el comienzo de la guerra. Desde entonces, miles de hombres y mujeres, guerrilleros, soldados y civiles, caerían como maíz desgranado sobre la tierra de Caledonia.

La autopsia al cuerpo de Laura confirmó el diagnóstico de la muerte por fiebre amarilla, sin aclarar el misterio de su cara feliz, comentario general y desconcertado de todos los asistentes al velorio, que vieron el rostro por la acostumbrada exhibición en la ventana acristalada del ataúd. Los embalsamadores realizaron un maravilloso trabajo de maquillaje en su cara, dándole el rubor de la vida a sus mejillas; tuvieron la delicadeza de no coserle los párpados, yertos en exhibir una mirada brillante, y pintaron de rojo vital la sonrisa de sus labios.

Tomás la veía tan bella y con tanta vida que intentaba despertarse de la pesadilla donde se había metido, acariciar su espalda dormida, despertarla y contarle el horrible sueño de haberla visto muerta en su tierra de selvas. Había llegado a Caledonia la mañana del lunes, encontrándose con la recepción de un Ernesto irreconocible, abrazándolo al pie de la escalerilla y susurrándole al oído:

—Se la llevaron ayer por la tarde.

El secuestro es algo horrible para los familiares, los secuestradores han alambrado con dinamita el cuello de su víctima y están dispuestos a hacerla estallar en cualquier momento; han abierto la puerta a la muerte y la han invitado a pasar, junto a Laura se podía ver a la bella mujer blanca que se lleva las vidas, alargando la mano. En la mayoría de los casos, la agonía se prolonga semanas o meses, algunos han llegado a llevar años de espanto cotidiano; en el de Laura fueron cuatro días para Ernesto y tres para Tomás, antes de tener la certeza del blanco y definitivo abrazo. En el velorio se los podía ver como si hubieran transcurrido años; Ernesto había encanecido de golpe entre el domingo y el lunes, y Tomás estaba en los huesos, con mil arrugas cruzando por su frente; ninguno tenía fuerzas para llorar. En cuanto se lo permitían las pausas entre los pésames, Tomás volvía al ataúd, para mirarla. Quería estar ahí, por si ella cerraba los ojos y salía de esa quietud extraña.

—No te preocupes, yo te abro la caja —le ofreció a la sonrisa de Laura.

Alejandra notó que Tomás hablaba a la ventana acristalada y fue junto a él, con la intención de llevárselo lejos del féretro.

—¿Cómo puede estar feliz? —le dijo Tomás, espeluznado.

Alejandra miró a través del cristal y recordó un gesto idéntico y reciente, mientras Laura contaba sus días con Julián en la casa del guadual.

—A lo mejor no se dio cuenta de nada, Tomás.

FRECUENTAR EL FUEGO 285

Los delirios de la fiebre amarilla abren esa posibilidad y uno puede elegirla entre todas, decidiendo creer que Laura Otálora se entregó a la somnolencia de la enfermedad, sin luchar; que no sufrió por la impiedad del trasegar a empujones con su cuerpo, de rancho en rancho, en carros a saltos de trocha, por canoas con motores a reventar. De la somnolencia al letargo, Laura se despertaba con los inútiles intentos por darle alguna bebida y volvía a dormirse, sin notar los jalones para cambiarle las ropas, o las baldadas de agua para lavarle el cuerpo de las suciedades hemorrágicas. Entre el letargo y el coma, no sintió la flacura excesiva, ni la piel en colgajos, ni el olor putrefacto, ni vio la selva donde se encontraba, ni sintió el pánico de la captura. Del coma al delirio, con el cuerpo muriéndosele, abrió los ojos y se encontró con la casa de La Magdalena.

—Ernesto es extraordinario —pensó, contentísima con las paredes recién blanqueadas de cal y el rojo brillante de las puertas, los barandales y el tejado—, arregló la finca para que yo la viera bonita.

Los mayordomos salieron a recibirla, contentos de verla después de tantos años de ausencia; en cuanto pudo, la mamá de Julián se la llevó a un rincón y le dijo que se diera un paseo a caballo, había una sorpresa esperándola en la casa del guadual. Laura se fue hasta allá más que volando, abrió la puerta de la casa y se encontró a Julián, atareadísimo en la preparación de una olleta de tinto. Le dio un empujón y lo regañó mucho por haberle dejado la cruel nota póstuma.

—Eso no se le hace ni siquiera a un enemigo —le gritó—. Casi me matas.

Julián intentó besarla, sin disculparse, y ella salió a correr, atravesó el patio y se internó en el guadual; escabullendo palos de guadua a la mayor velocidad posible, fue atrapada por los brazos de Julián. Atacada de la risa, Laura se defendía de mentiras, para seguir el juego; a su lado se fue solidificando la blancura de la muerte. La dama blanca se dejó mirar por ellos durante un largo rato, mientras iba apoderándoselos con su abrazo de luz, imprimiendo la felicidad en los ojos y la sonrisa de Laura.